COZY MY

T0012538

UNAS GALLETAS DE MUERTE

ALMA

Título original: *Chocolate Chip Cookie Murder*

Copyright © 2000 por Joanne Fluke
Publicado por primera vez por Kensington Publishing Corp.
Derechos de traducción cedidos por Sandra Bruna Agencia Literaria, S.L.
Todos los derechos reservados

© 2023, por la traducción, Vicente Campos González
© Ilustración de cubierta y contra: Joy Laforme

Diseño de la colección: lookatcia.com
Diseño de la cubierta: lookatcia.com
Maquetación y revisión: LocTeam, S.L.

ISBN: 978-84-18933-61-5
Depósito legal: B-1640-2023

Impreso en España
Printed in Spain

El papel de este libro proviene de bosques gestionados de manera sostenible.

COZY MYSTERY

JOANNE FLUKE

UNAS GALLETAS DE MUERTE

**Una novela de misterio de
Hannah Swensen**

ÍNDICE DE RECETAS

CAPÍTULO UNO

Hannah Swensen se puso la vieja cazadora de cuero que había recuperado de la tienda de beneficencia de ropa de segunda mano Helping Hands y se agachó para tomar en brazos al inmenso gato macho naranja que se frotaba contra sus tobillos.

—Muy bien, Moishe. Puedes repetir una vez, pero te tiene que durar hasta la noche.

Mientras llevaba a Moishe a la cocina y lo dejaba junto a su cuenco de comida, Hannah recordó el día que el gato había acampado delante de la puerta de su apartamento. Tenía una visible mala pinta, con el pelaje apelmazado y mugriento, y ella lo metió en casa inmediatamente. ¿Quién iba a adoptar a un gato de casi doce kilos, medio ciego, con una oreja desgarrada? Hannah le había puesto el nombre de Moishe, y aunque ciertamente no habría ganado ningún premio en el Club de Amantes de los Gatos de Lake Eden, se había establecido un vínculo instantáneo entre ambos. Los dos estaban curtidos en la lucha: Hannah por los enfrentamientos semanales con su madre y Moishe por su dura vida en las calles.

Moishe gruñó satisfecho mientras Hannah le llenaba el cuenco. Parecía debidamente agradecido por no tener que mendigar ya comida ni refugio y mostraba su agradecimiento de incontables formas. Esa misma mañana, Hannah había encontrado los cuartos traseros de un ratón en el centro de la mesa de la cocina, al lado de la mustia violeta africana que siempre se olvidaba de regar. Mientras que la mayoría de sus contemporáneas femeninas habría llamado a gritos a su marido para que quitara de en medio aquella repugnante visión, Hannah había agarrado el cadáver por la cola y elogiado profusamente a Moishe por mantener su apartamento sin roedores.

—Nos vemos por la noche, Moishe. —Hannah le dio una cariñosa palmada al gato y recogió las llaves de su coche. Estaba poniéndose los guantes de cuero, preparándose para salir, cuando sonó el teléfono.

Hannah miró el reloj de pared con forma de manzana que había encontrado en un mercadillo de segunda mano. Solo eran las seis de la mañana. Su madre no la llamaría tan temprano, ¿no?

Moishe levantó la vista de su cuenco con una expresión que Hannah interpretó como comprensiva. A él no le caía bien Delores Swensen y no hacía el menor esfuerzo por ocultar sus sentimientos cuando ella se presentaba en casa para una visita sorpresa al piso de su hija. Después de que le destrozara varios pares de medias, Delores había concluido que limitaría sus relaciones con el gato a las cenas madre-hija de los martes por la noche.

Hannah descolgó el teléfono, interrumpiendo el mensaje del contestador a la mitad, y suspiró al oír la voz de su madre:

—Hola, mamá. Estoy a punto de salir por la puerta, así que sé breve. Ya llego tarde al trabajo.

Moishe levantó la cola y la meneó, señalando con el trasero al teléfono. Hannah ahogó unas risitas ante las payasadas del gato y le hizo un guiño cómplice.

—No, mamá, no le di a Norman mi número de teléfono. Si quiere ponerse en contacto conmigo, tendrá que buscarlo.

Hannah frunció el ceño mientras su madre se extendía en su habitual letanía sobre la forma adecuada de atraer a un hombre. La cena de la noche anterior había sido un desastre. Cuando había llegado a casa de su madre, Hannah se había encontrado con dos invitados adicionales: su vecina y reciente viuda, la señora Carrie Rhodes, y el hijo de esta, Norman. Hannah se había visto obligada a mantener una conversación amable con Norman ante un empalagosamente dulzón estofado hawaiano y un pastel de nueces cubierto de chocolate del súper Red Owl mientras sus respectivas madres sonreían alegremente y comentaban la buena pareja que hacían.

—Escucha, mamá, de verdad, tengo que... —Hannah se calló y alzó la vista al techo, con los ojos en blanco. Una vez Delores se ponía a hablar de un tema que le interesara, era imposible meter baza. Su madre creía que una mujer que se acercaba a los treinta debía estar casada, y aunque Hannah había argumentado que le gustaba su vida tal como era, no había podido evitar que Delores le presentara a todo hombre soltero, viudo o divorciado que había puesto el pie en Lake Eden.

—Sí, mamá, Norman parece muy agradable, pero... —Hannah hizo una mueca mientras su madre seguía hablando con entusiasmo de las buenas cualidades de Norman. ¿Qué habría hecho pensar a Delores que su hija mayor podía interesarse por un dentista al que ya le raleaba el pelo, bastantes años mayor que ella, cuyo tema favorito de conversación era la piorrea?—. Perdona, mamá, pero llego tarde y...

Moishe pareció darse cuenta de que su ama estaba frustrada porque estiró una pata naranja y volcó su cuenco de comida. Hannah lo miró fijamente, sorprendida por un instante, y luego esbozó una sonrisa.

—Tengo que irme corriendo, mamá. Moishe acaba de volcar su cuenco de comida y ahora tengo Meow Mix esparcida por todo el suelo. —Hannah interrumpió los comentarios de su madre sobre los posibles de Norman y colgó, dejándola con la palabra en la boca. Entonces recogió con la escoba la comida del gato, la tiró a la basura y llenó el cuenco con más comida para Moishe. Añadió un par de golosinas para gatos, la recompensa de Moishe por ser tan listo, y lo dejó masticando satisfecho mientras ella salía a toda prisa por la puerta.

Hannah bajó corriendo las escaleras hasta el garaje subterráneo, abrió la puerta de su camioneta y se colocó de un salto tras el volante. Cuando abrió su negocio se compró una Chevy Suburban de segunda mano del concesionario de Cyril Murphy. La había pintado de un rojo manzana, un color que sin duda llamaría la atención dondequiera que aparcara el vehículo, e hizo que le pintaran el nombre de su negocio —The Cookie Jar, «el tarro de galletas»— en letras doradas en las puertas delanteras. Incluso encargó una matrícula personalizada que rezaba: «COOKIES».

Mientras Hannah conducía por la rampa que llevaba a la calle, se encontró con su vecino de abajo, que volvía a casa. Phil Plotnik trabajaba en el turno de noche en DelRay Manufacturing, y Hannah bajó la ventanilla para avisarle de que les cortarían el agua entre las diez de la mañana y mediodía. Luego empleó su tarjeta de acceso para salir del recinto y giró hacia el norte para tomar la Old Lake Road.

La interestatal atravesaba Lake Eden, pero la mayoría de los vecinos utilizaba la Old Lake Road para ir a la ciudad. Era una ruta pintoresca, que serpenteaba alrededor del lago Eden. Cuando llegaban los turistas en verano, algunos de ellos se confundían con los nombres. Hannah siempre lo explicaba con una sonrisa cuando le preguntaban. En inglés, el lago se llamaba «Eden Lake» y el pueblo enclavado en su orilla, «Lake Eden».

Esa mañana hacía un fresco que rayaba en el frío, nada raro para una tercera semana de octubre. El otoño era breve en Minnesota: unas cuantas semanas de hojas que iban cambiando de color y que hacían que todo el mundo tomase fotografías de los rojos intensos, los chillones naranjas y los brillantes amarillos. Después de que hubiera caído la última hoja, dejando las ramas peladas y desnudas recortándose contra los cielos plomizos, los fríos vientos del norte empezaban a soplar. Luego llegaba la primera nevada para alegría de los niños y los suspiros estoicos de los adultos. Aunque deslizarse en trineo, patinar sobre hielo y lanzarse bolas de nieve podía ser divertido para los pequeños, el invierno también significaba que había que quitar a paladas montones de nieve, que te quedabas prácticamente aislado cuando el estado de las carreteras empeoraba y que las temperaturas caían con frecuencia a los treinta y cinco o incluso los cuarenta bajo cero.

Los visitantes veraniegos habían dejado el lago Eden justo después del fin de semana del Día del Trabajo (el primer lunes de septiembre) y habían regresado a sus acogedores hogares invernales en las ciudades. Sus cabañas a la orilla del lago quedaban vacías, con las cañerías protegidas con aislante para impedir que se congelaran en las temperaturas invernales bajo cero y con las ventanas selladas con tablones contra los vientos gélidos que llegaban desde la superficie helada del lago. Ahora solo residían los vecinos; y la población de Lake Eden, que casi se cuadriplicaba en los meses de verano, disminuía a menos de tres mil habitantes.

Mientras se demoraba en el semáforo entre Old Lake Road y Dairy Avenue, Hannah contempló una imagen familiar. Ron LaSalle estaba junto a la zona de carga de la lechería, Cozy Cow Dairy, cargando la furgoneta para emprender su ruta comercial. A esa hora de la mañana, Ron ya había acabado de repartir los productos lácteos a los vecinos particulares, colocando la leche, nata y huevos en las cajas isotérmicas que la lechería proporcionaba. Las cajas eran una necesidad en Minnesota. Mantenían el contenido fresco en verano y evitaban que se congelara en invierno.

Ron apoyaba la mandíbula en la mano ahuecada y tenía un aire pensativo, como si estuviera reflexionando sobre cosas más serias que los pedidos que todavía le quedaban por repartir. Hannah lo vería más tarde, cuando le entregara sus propios encargos, así que tomó nota mental para preguntarle en qué estaba pensando. Ron se enorgullecía de su puntualidad y la furgoneta de Cozy Cow frenaría ante la puerta trasera de Hannah a las siete y treinta y cinco en punto. Después de que Ron le entregara su pedido diario, entraría en la cafetería para tomarse un café rápido y una galleta caliente. Hannah volvería a verlo a las tres de la tarde, cuando él hubiera acabado sus rutas de reparto. Sería entonces cuando recogería su pedido fijo, una docena de galletas. Ron las dejaba en su camioneta por la noche para tener galletas para desayunar a la mañana siguiente.

Ron levantó la mirada, la vio en el semáforo y alzó una mano a modo de saludo. Hannah tocó el claxon mientras el semáforo se ponía en verde y ella reemprendía su camino. Con su pelo oscuro y ondulado y su cuerpo musculado, Ron era ciertamente un regalo para la vista. La hermana pequeña de Hannah, Michelle, juraba que Ron era tan atractivo como Tom Cruise y se había desvivido por salir con él cuando iba al instituto. Incluso ahora, cuando Michelle volvía a casa del Macalester College, siempre preguntaba por Ron.

Tres años atrás, todo el mundo esperaba que el *quarterback* estrella de los Lake Eden Gulls fuera seleccionado para las ligas profesionales, pero Ron se rompió un ligamento en el partido final de su carrera en el instituto, poniendo fin a sus esperanzas de hacerse un hueco en los Minnesota Vikings. Había veces que Ron le daba pena a Hannah. Estaba segura de que conducir una furgoneta de reparto de Cozy Cow no era el glorioso futuro que él había imaginado para sí mismo. Pero Ron seguía siendo un héroe local. En Lake Eden todos recordaban su espléndido *touchdown* que les había dado la victoria en los campeonatos estatales. El trofeo que había ganado se exhibía en una vitrina en el instituto y él se había presentado voluntario como entrenador ayudante sin cobrar en los Lake Eden Gulls. Tal vez era mejor ser un pez gordo en un pequeño estanque que un *quarterback* de tercera que calentaba el banquillo de los Vikings.

No había nadie más por las calles tan temprano, pero Hannah se aseguró de que el velocímetro marcara por debajo del límite de cuarenta kilómetros por hora. Herb Beeseman, el policía local, era conocido por estar al acecho de residentes despistados que sentían la tentación de pisar el acelerador con demasiada fuerza. Aunque Hannah nunca había recibido una de las multas por exceso de velocidad de Herb, su madre todavía se enfurecía al recordar la multa que le había impuesto el hijo pequeño de Marge Beeseman.

Hannah giró en la esquina de Main con la Cuarta y condujo hasta el callejón que había detrás de su tienda. El blanco edificio cuadrado tenía dos plazas de aparcamiento, y Hannah metió su camioneta en una de ellas. No se molestó en desenrollar el cable que llevaba envuelto alrededor del parachoques delantero y enchufarlo en la hilera de enchufes que había en la parte posterior del edificio. El sol brillaba y el locutor de la radio había prometido que las temperaturas alcanzarían casi los diez grados hoy. No tendría necesidad de utilizar el calentador eléctrico de arranque durante algunas semanas más, pero cuando llegara el invierno y el mercurio bajara de cero, tendría que asegurarse de que su motor se ponía en marcha.

Tras abrir la puerta y apearse de su Suburban, Hannah lo cerró con cuidado tras de sí. No había muchos delitos en Lake Eden, pero Herb Beeseman también ponía multas a todo vehículo que encontrara aparcado sin cerrar. Antes de cubrir la distancia hasta la puerta trasera de la repostería, Claire Rodgers apareció en su pequeño Toyota azul y aparcó detrás del edificio marrón que había junto al establecimiento de Hannah.

Hannah se paró y esperó a que Claire se bajara del coche. Le caía bien Claire y no se creía los rumores que corrían por la ciudad sobre su lío con el alcalde.

—Hola, Claire. Hoy has venido temprano.

—Acabo de recibir un nuevo encargo de vestidos de noche y hay que ponerles los precios. —El rostro de Claire, de una belleza clásica, se iluminó con una sonrisa—. Las vacaciones se acercan, ya lo sabes.

Hannah asintió. No es que se muriera de ganas por celebrar Acción de Gracias y la Navidad con su madre y sus hermanas, pero era un mal trago que había que pasar en aras de la paz familiar.

—Tendrías que pasarte por aquí, Hannah. —Claire la evaluó con la mirada, fijándose en la cazadora que había vivido mejores tiempos y el viejo gorro de lana que Hannah se había echado sobre sus encrespados rizos rojizos—. Tengo un maravilloso vestido de cóctel negro que te sentaría de maravilla.

Hannah sonrió y asintió, pero tuvo que poner todo su empeño para no echarse a reír mientras Claire abría la puerta trasera de Beau Monde Fashions y entraba. ¿Dónde iba a llevar un vestido de cóctel en Lake Eden? Ahí nadie daba cócteles y el único restaurante de categoría en el pueblo había cerrado en cuanto se fueron los turistas. Hannah no recordaba la última vez que había acudido a una cena elegante. Y, ya puestos, tampoco recordaba la última vez que alguien la había invitado a salir en una cita.

Hannah abrió la cerradura de la puerta de atrás y la empujó. La recibió el olor dulce a canela y melaza y empezó a sonreír. La noche anterior había mezclado varias hornadas de masa para galletas y el aroma todavía perduraba. Encendió la luz dándole al interruptor, colgó la cazadora en el gancho que había junto a la puerta y prendió las dos estufas de gas industriales que se apoyaban en la pared del fondo. Su ayudante, Lisa Herman, llegaría a las siete y media para empezar el horneado.

La media hora siguiente pasó rápido mientras Hannah picaba, fundía, medía y mezclaba ingredientes. Mediante el método de prueba y error, había descubierto que sus galletas tenían mejor sabor si se limitaba a hornadas que podía mezclar a mano. Sus recetas eran originales, las había creado en la cocina de su madre cuando solo era una adolescente. Delores pensaba que hornear era un trabajo pesado y le había encantado delegar esa tarea en su hija mayor, de manera que así podía dedicar todas sus energías a coleccionar antigüedades.

A las siete y diez, Hannah llevó el último cuenco de masa de galleta a la cámara frigorífica y apiló los utensilios que utilizaba en su lavaplatos de tamaño industrial. Colgó su delantal de trabajo, se quitó el gorro de papel que usaba para taparse los rizos y se dirigió a la cafetería para empezar con el café.

Una puerta batiente, como la de los restaurantes, separaba el horno de la cafetería. Hannah la abrió de un empujón, pasó dentro y encendió las lámparas de globo de vidrio pasadas de moda que había rescatado de una heladería cerrada de una ciudad vecina. Se acercó a las lunas delanteras, apartó las cortinas de *chintz* y revisó toda Main Street. No se movía ni una hoja; todavía era demasiado temprano, pero Hannah sabía que, en menos de una hora, las sillas que rodeaban las pequeñas mesas redondas de su local estarían llenas de clientes. The Cookie Jar era un lugar de encuentro para los vecinos, un local selecto, ideal para intercambiar cotilleos y planear el día entero ante pesadas tazas blancas de café fuerte y galletas recién salidas del horno.

La cafetera de acero inoxidable destellaba brillante y Hannah sonrió al llenarla de agua y medir la cantidad de café. Lisa la había fregado el día anterior, devolviéndola a su antiguo esplendor. A la hora de llevar el horno y la cafetería, Lisa era un regalo del cielo: veía lo que había que hacer, lo hacía sin que se le pidiera e incluso se le habían ocurrido algunas recetas propias de galletas que añadir a los ficheros de Hannah. Era una verdadera pena que Lisa no hubiera utilizado su beca académica para ir a la universidad, pero su padre, Jack Herman, padecía alzhéimer y Lisa había decidido quedarse en casa para cuidarlo.

Hannah sacó tres huevos de la nevera que había detrás del mostrador y los echó, con las cáscaras y todo, en el cuenco con los posos de café. Entonces los rompió con una cuchara pesada y añadió una pizca de sal. Una vez hubo mezclado los huevos y las cáscaras con los posos del café, Hannah raspó el contenido del cuenco, lo pasó por el filtro y entonces le dio al interruptor para preparar el café.

A los pocos minutos, el café empezó a subir y Hannah olisqueó el aire con gusto. Nada olía tan bien como el café recién hecho, y todos en Lake Eden decían que su café era el mejor. Hannah se ató el bonito delantal de *chintz* que se ponía para servir a sus clientes y volvió a través de la puerta batiente para darle instrucciones a Lisa.

—Hornea primero las galletas crujientes con pepitas de chocolate, Lisa. —Hannah dedicó a Lisa una sonrisa de bienvenida.

—Ya están en los hornos, Hannah. —Lisa levantó la mirada de la superficie de trabajo de acero inoxidable, sobre la que estaba vaciando masa con un sacabocados y colocando las esferas perfectas en un pequeño cuenco con azúcar. Solo tenía diecinueve años, era diez años menor que Hannah, y su pequeña figura quedaba completamente envuelta en el enorme delantal blanco de panadero que llevaba puesto—. Ahora estoy trabajando en las galletas crujientes de melaza para el banquete de los Premios de los Boy Scouts.

Hannah había contratado en principio a Lisa como camarera, pero no había tardado mucho en darse cuenta de que la chica era capaz de mucho más que servir café y galletas. Al final de la primera semana, Hannah había pasado a Lisa de empleada a tiempo parcial a jornada completa y le enseñó a hornear. Ahora llevaban el negocio juntas, como un equipo.

—¿Cómo está hoy tu padre? —La voz de Hannah sonó con un tono empático.

—Hoy es un día de los buenos. —Lisa colocó la bandeja de galletas crujientes de melaza sin hornear en el estante de rejilla—. El señor Drevlow se lo lleva al grupo de ancianos de la iglesia luterana del Santo Redentor.

—Pero yo pensaba que tu familia era católica.

—Lo somos, pero papá ya no se acuerda. Además, no veo qué daño podría hacerle comer con los luteranos.

—Yo tampoco. Y seguro que le sentará bien salir y socializar con sus amigos.

—Eso fue exactamente lo que le dije al padre Coultas. Si Dios le dio a papá el alzhéimer, entenderá que se olvide de a qué Iglesia pertenece. —Lisa se acercó al horno, apagó el temporizador y sacó una bandeja de galletas crujientes con pepitas de chocolate—. Llevaré estas fuera en cuanto se enfríen.

—Gracias. —Hannah retrocedió a través de la puerta batiente y abrió la puerta de la cafetería que daba a la calle. Le dio la vuelta al rótulo de «Cerrado» que colgaba en la luna y lo dejó en «Abierto»; luego comprobó la caja registradora para asegurarse de que estaba llena de cambio. Había acabado de disponer cestitas de sobres de azúcar y edulcorantes artificiales cuando un modelo reciente de Volvo verde oscuro se detuvo en el espacio junto a la puerta de la fachada.

Hannah frunció el ceño cuando se abrió la puerta del conductor y su hermana mediana, Andrea, se apeó. Andrea tenía un aspecto espléndido con una chaqueta verde de *tweed,* con una piel de imitación, políticamente correcta, alrededor del cuello. Llevaba recogido el pelo rubio en un moño brillante sobre la coronilla y bien podría haber salido de las páginas de una revista femenina. Aunque los amigos de Hannah insistían en que ella misma era bastante bonita, el simple hecho de vivir en el mismo pueblo que Andrea la hacía sentirse carente de gracia y de estilo.

Andrea se había casado con Bill Todd, un ayudante del *sheriff* del condado de Winnetka, en cuanto se graduó en el instituto. Tenían una hija, Tracey, que había cumplido los cuatro años el mes pasado. Bill era un buen padre durante las horas que no estaba en comisaría, pero Andrea no había nacido para ser una madre de las que se quedan en casa. Cuando Tracey solo tenía seis meses, Andrea llegó a la conclusión de que necesitaban dos salarios y se puso a trabajar como agente en la inmobiliaria Lake Eden Realty.

La campana sobre la puerta tintineó y Andrea irrumpió con una fría ráfaga de viento otoñal, tirando de la mano de Tracey tras de sí.

—¡Gracias a Dios que estás aquí, Hannah! Tengo que enseñar una casa y ya llego tarde a mi cita en Cut 'n Curl.

—No son más que las ocho, Andrea. —Hannah subió a Tracey a un taburete junto al mostrador y fue a la nevera para darle un vaso de leche—. Bertie no abre hasta las nueve.

—Ya lo sé, pero dijo que abriría temprano para mí. Esta mañana voy a enseñar la vieja granja de Peterson. Si la vendo, puedo encargar una alfombra nueva para la habitación principal.

—¿La granja de Peterson? —Hannah, sorprendida, se dio la vuelta para mirar a su hermana—. ¿Quién querría comprar esa vieja ruina?

—No es ninguna ruina, Hannah. Con unas pocas reparaciones quedará estupenda. Y mi comprador, el señor Harris, tiene los fondos para convertirla en la atracción de la comarca.

—Pero ¿por qué? —Hannah estaba sinceramente perpleja. La casa de Peterson llevaba veinte años vacía. Ella iba hasta allí en bicicleta de niña y no era más que una granja de dos plantas con unas pocas hectáreas de tierra de cultivo cubierta de vegetación descuidada que lindaba con la granja lechera de Cozy Cow—. Tu comprador debe de estar loco si pretende hacerse con ella. La tierra prácticamente no vale nada. El viejo Peterson intentó cultivarla durante años y lo único que pudo hacer crecer fueron rocas.

Andrea se estiró el cuello de la chaqueta.

—El cliente lo sabe, Hannah, y no le importa. Solo le interesa el edificio de la granja. Su estructura está en buen estado y tiene una bonita vista del lago.

—Pero si está justo en medio de un agujero, Andrea. Solo puedes ver el lago desde el tejado. ¿Qué piensa hacer tu comprador, trepar por una escalera cada vez que quiera disfrutar de la vista?

—Yo no lo diría así, pero viene a ser lo mismo. Me dijo que va a añadir una tercera planta y convertir la finca en una granja para pasar el rato, un pasatiempo.

—¿Un pasatiempo?

—Sí, algo así como una segunda residencia en el campo para tipos de ciudad que quieren ser granjeros pero sin doblar el lomo. Contratará a un granjero local para que cuide de sus animales y se encargue de la tierra.

—Ya entiendo —dijo Hannah, que reprimió una sonrisa malévola. Según su propia definición, Andrea era un pasatiempo como esposa y como madre. Su hermana había contratado a una mujer del pueblo para que fuera a limpiar y cocinar las comidas, y pagaba a canguros y cuidadoras para que se ocuparan de Tracey.

—Me puedes cuidar a Tracey, ¿verdad, Hannah? —Andrea parecía ansiosa—. Sé que es una pesadez, pero solo será una hora. Kiddie Korner abre a las nueve.

Hannah pensó en decirle a su hermana lo que pensaba. Ella llevaba un negocio y su local no era una guardería. Pero una mirada a la expresión esperanzada que asomó en el rostro de Tracey la hizo cambiar de opinión.

—Anda, vete, Andrea. Tracey se quedará a trabajar conmigo hasta que sea la hora de ir al cole.

—Gracias, Hannah. —Andrea se dio la vuelta y se dirigió hacia la puerta—. Sabía que podía contar contigo.

—¿De verdad que puedo trabajar, tía Hannah? —preguntó Tracey con su vocecita, y Hannah le sonrió para tranquilizarla.

—Sí, claro que puedes. Necesito a alguien que sea mi catadora oficial. Lisa acaba de sacar de la cocina una hornada de galletas crujientes con pepitas de chocolate y tengo que saber si son lo bastante buenas para ofrecérselas a mis clientes.

—¿Chocolate dices? —Andrea se dio la vuelta en la puerta para hacerle una mueca a Hannah—. Tracey no puede comer chocolate. La pone hiperactiva.

Hannah asintió, pero le hizo un guiño cómplice a Tracey.

—Lo tendré en cuenta, Andrea.

—Hasta luego, Tracey —dijo Andrea y le lanzó un beso a su hija—. Y no molestes a tu tía, ¿vale?

Tracey esperó a que la puerta se hubiera cerrado tras su madre y entonces se volvió hacia Hannah.

—¿Qué es hiperactiva, tía Hannah?

—Es otra palabra para lo que hacen los niños cuando se lo pasan bien. —Hannah salió de detrás del mostrador y levantó a Tracey del taburete—. Ven, cariño. Vamos a la trastienda y veamos si esas galletas con pepitas se han enfriado lo bastante para que las pruebes.

Lisa estaba metiendo otra bandeja de galletas en el horno cuando entraron Hannah y Tracey. Le dio un abrazo a Tracey, le pasó una galleta de la bandeja que se estaba enfriando en la rejilla y se volvió hacia Hannah frunciendo el ceño.

—Ron no ha venido todavía. ¿Crees que se ha puesto enfermo?

—No, a no ser que le pasara algo de repente. —Hannah miró el reloj que colgaba en la pared. Marcaba las ocho y cuarto y Ron llevaba ya casi cuarenta y cinco minutos de retraso—. Lo vi hace dos horas cuando pasé por delante de la lechería y me pareció que estaba normal.

—Yo también lo he visto, tía Hannah. — Tracey tiró del brazo de Hannah.

—¿Lo has visto? ¿Cuándo, Tracey?

—La furgoneta de la vaca pasó por delante mientras yo esperaba fuera de la inmobiliaria. El señor LaSalle me saludó con la mano y me sonrió raro. Luego Andrea salió con sus papeles y vinimos para aquí.

—¿Andrea? —Hannah miró sorprendida a su sobrina.

—A ella ya no le gusta que la llame mamá porque es una etiqueta y odia las etiquetas. —Tracey hacía cuanto podía para explicarse—. Se supone que tengo que llamarla Andrea, como todo el mundo.

Hannah suspiró. Tal vez había llegado la hora de tener una conversación con su hermana sobre las responsabilidades de la maternidad.

—¿Estás segura de que viste la furgoneta de Cozy Cow, Tracey?

—Sí, tía Hannah. —La cabeza rubia de Tracey subió y bajó con seguridad—. Giró en tu esquina y entró en el callejón. Luego hizo mucho ruido, como el del coche de papá. Yo supe que venía de la furgoneta de la vaca porque no había más coches.

Hannah sabía a qué se refería exactamente Tracey. El viejo Ford de Bill estaba en las últimas y petardeaba cada vez que él levantaba el pie del acelerador.

—Ron seguramente estará ahí fuera peleándose con su furgoneta. Iré a ver.

—¿Puedo ir contigo, tía Hannah?

—Quédate conmigo, Tracey —dijo Lisa antes de que Hannah pudiese contestar—. Así me ayudas a escuchar la campanilla y atender a cualquier cliente que entre en la cafetería.

A Tracey pareció gustarle la idea.

—¿Y puedo llevarles las galletas, Lisa, como una camarera de verdad?

—Claro que sí, pero tiene que ser nuestro secreto. No queremos que tu papá nos trinque por incumplir las leyes del trabajo infantil.

—¿Qué significa que nos «trinque», Lisa? ¿Y por qué iba a hacerlo mi padre?

Hannah sonrió mientras se ponía la chaqueta y escuchaba la explicación de Lisa. Tracey lo preguntaba todo, lo que distraía a Andrea. Hannah había intentado explicarle a su hermana que una mente curiosa era un signo de inteligencia, pero Andrea simplemente carecía de la paciencia necesaria para tratar con su inteligente hija de cuatro años.

Cuando Hannah abrió la puerta y salió a la calle, se vio recibida por una fuerte ráfaga de viento que casi le hizo perder el equilibrio. Cerró la puerta tras de sí, se protegió los ojos del viento que soplaba y fue caminando para asomarse al callejón. La furgoneta de reparto de Ron estaba aparcada de lado cerca de la entrada del callejón, bloqueando el acceso en ambas direcciones. La puerta del conductor estaba parcialmente abierta y las piernas de Ron colgaban por fuera.

Hannah se adelantó, suponiendo que Ron estaba estirado sobre el asiento, trabajando en el cableado que pasaba por debajo del salpicadero. No quería asustarle y hacer que, con el sobresalto, se diera un golpe en la cabeza, así que se detuvo a unos metros de la furgoneta y lo llamó:

—Hola, Ron. ¿Quieres que te pida una grúa?

Ron no respondió. El viento silbaba desde el callejón, baqueteando las tapas de los contenedores de basura metálicos, y por eso tal vez él no la había oído. Hannah se acercó, volvió a llamarlo y dio la vuelta a la puerta para mirar dentro de la furgoneta.

Lo que vio la hizo dar un salto atrás y tragar saliva. Ron LaSalle, héroe local de fútbol de Lake Eden, yacía boca arriba sobre el asiento de su furgoneta de reparto. Su sombrero blanco estaba caído sobre el suelo del vehículo, el viento agitaba los pedidos en su portapapeles y una de las bolsas de galletas de Hannah estaba abierta sobre el asiento. Había galletas crujientes con pepitas de chocolate esparcidas por todas partes, y los ojos de Hannah se abrieron de par en par cuando se dio cuenta de que él sostenía todavía una de sus galletas en la mano.

Entonces los ojos de Hannah se deslizaron hacia arriba y lo vio: el feo agujero, con un círculo de quemaduras de pólvora alrededor, en el centro mismo de la camisa de reparto de Cozy Cow que llevaba puesta. Ron LaSalle había muerto de un disparo.

CAPÍTULO DOS

No era la forma en que Hannah hubiera preferido atraer nueva clientela, pero tenía que admitir que encontrar el cadáver de Ron le había ido bien al negocio. The Cookie Jar estaba atestado de clientes. Algunos de ellos incluso estaban de pie mientras masticaban sus galletas, y todos querían saber su opinión sobre lo que le había pasado a Ron LaSalle.

Hannah levantó la mirada cuando tintineó la campana y entró Andrea. Parecía lo bastante desquiciada como para matar a alguien y Hannah suspiró.

—¡Tenemos que hablar! —Andrea pasó al otro lado del mostrador y la agarró del brazo—. ¡Ahora mismo!

—No puedo hablar contigo, Andrea. Tengo clientes.

—¡Yo más bien los llamaría «morbosos»! —Andrea hablaba en voz baja, revisando a la gente que las miraba con curiosidad. Esbozó una pequeña sonrisa tensa, un simple alzamiento de los labios que no habría engañado a nadie, y apretó con más fuerza el brazo de Hannah—. Avisa a Lisa para que se encargue del mostrador y haz una pausa. ¡Es importante, Hannah!

Hannah asintió. Andrea parecía tremendamente alterada.

—Muy bien. Ve a decirle a Lisa que venga y yo te veo en la trastienda de la repostería.

El cambio se hizo rápido y, una vez en la trastienda, Hannah encontró a su hermana sentada en un taburete en la mesa de trabajo central. Andrea miraba fijamente los hornos como si acabara de encontrar un oso pardo hibernando y Hannah se alarmó.

—¿Les pasa algo a los hornos?

—No exactamente. Lisa dijo que el temporizador está a punto de llegar al final y hay que sacar las galletas. Ya sabes que no tengo ni idea de cómo se hornea.

—Ya lo hago yo. —Hannah sonrió maliciosamente mientras daba a su hermana un tetrabrik individual de zumo de naranja. Su hermana se sentiría más en casa en un país extranjero que en una cocina. Los esfuerzos culinarios de Andrea acababan siempre en desastres. Hasta que volvió a trabajar y contrató a alguien para que fuera a su casa a preparar las comidas, la familia Todd no había comido más que alimentos precocinados calentados en el microondas.

Hannah agarró un par de manoplas de horno y sacó las bandejas. Las sustituyó por otras con las galletas crujientes de avena y pasas que Lisa había preparado y luego se acercó un segundo taburete y se sentó junto a su hermana en la mesa de trabajo.

—¿Qué pasa, Andrea?

—Es Tracey. Janice Cox acaba de llamarme de Kiddie Korner. Me ha dicho que Tracey les está contando a todos sus compañeros de clase que vio el cadáver de Ron.

—Es verdad, lo vio.

—¿Cómo se te ocurre, Hannah? —Andrea parecía sentirse verdaderamente traicionada—. Tracey es muy impresionable, como yo. ¡Es posible que deje huella en su psique de por vida!

Hannah extendió la mano, abrió el tetrabrik de zumo de naranja e introdujo la pajita.

—Da un sorbo, Andrea. Parece que fueras a desmayarte. Y procura relajarte.

—¿Cómo voy a relajarme cuando has expuesto a mi hija a una víctima de asesinato?

—Yo no la expuse a nada. Fue Bill. Y lo único que vio Tracey fue la bolsa del cadáver. La estaban metiendo en la furgoneta del forense justo cuando Bill salía para llevarla a la escuela infantil.

—Entonces no llegó a ver físicamente a Ron.

—No, a no ser que tenga visión de rayos X. Puedes preguntárselo a Bill. Todavía está en el callejón, controlando el escenario del crimen.

—Ya hablaré con él más tarde. —Andrea dio un sorbo al zumo de naranja y sus mejillas recuperaron un poco de color—. Lo siento, Hannah. Tendría que saber que no habrías dejado que pasara nada que hiciera daño a Tracey. A veces creo que eres mejor madre que yo.

Hannah se mordió la lengua. No era el momento de dar una lección a Andrea sobre cómo criar a su hija.

—Tracey te quiere, Andrea.

—Lo sé, pero la maternidad no es algo natural en mí. Por eso contraté a las mejores canguros que pude encontrar y volví a trabajar. Me pareció que si tenía una carrera de verdad, haría que Bill y Tracey se sintieran orgullosos de mí, pero las cosas no están saliendo como yo pensaba.

Hannah asintió, reconociendo la verdadera razón que había detrás de la insólita franqueza de su hermana.

—¿No conseguiste vender la casa?

—No. El comprador decidió que la finca no le convenía. Y cuando me ofrecí a enseñarle algunas otras de las que llevo, ni siquiera quiso verlas. No te imaginas cómo quería esa alfombra, de verdad, Hannah. Era espléndida y habría dado un aspecto completamente distinto a mi dormitorio.

—La próxima vez, Andrea. —Hannah le sonrió para animarla—. Eres una buena vendedora.

—No lo bastante buena para convencer al señor Harris. Por lo general atisbo a un falso comprador a un kilómetro, pero empiezo a pensar que nunca pretendió comprar la finca del viejo Peterson.

Hannah se levantó para darle una galleta crujiente con pepitas de chocolate que todavía conservaba la tibieza del horno. A Andrea siempre le habían encantado esas galletas de chocolate y Hannah había tomado nota mental para recordarle a Bill que no mencionara que Ron había estado comiéndolas justo antes de morir.

—Cómete una. Te sentirás mejor con un poco de chocolate en el organismo.

—Tal vez. —Andrea le dio un mordisco a la galleta y esbozó un pequeña sonrisa—. Me encantan estas galletas, Hannah. ¿Te acuerdas de la primera vez que me las hiciste?

—Me acuerdo —respondió Hannah con una sonrisa. Había sido un día lluvioso de septiembre y Andrea se había quedado en la escuela después de las clases para las pruebas de selección de animadoras. Dado que nunca había habido una animadora del primer curso en el equipo del instituto, Hannah no tenía muchas esperanzas de que Andrea fuera a conseguirlo. Así que Hannah había vuelto corriendo del instituto para preparar unas galletas de avena con pepitas de chocolate para su hermana, con la esperanza de arrancar la punzada de la decepción que sentiría Andrea, pero no había comprobado que tuviera todos los ingredientes antes de empezar a mezclar la masa. La lata de avena estaba vacía y Hannah había picado unos Corn Flakes como sustituto. Las galletas resultantes habían salido magníficas, Andrea había entrado finalmente en el equipo de animadoras y, desde entonces, había hablado maravillas de las galletas crujientes con pepitas de chocolate de Hannah.

—Supongo que era imposible saber con certeza que solo quería mirar y no tenía intención de comprar. —Andrea le dio otro mordisco a la galleta y suspiró—. Desde luego, parecía un cliente auténtico. Incluso Al Percy lo creía. Me refiero a que ni siquiera tuvimos que ofrecérsela. ¡Fue él quien vino a buscarnos!

Hannah se dio cuenta de que a Andrea le sentaría bien hablar de su decepción.

—¿Cuánto tiempo hace de eso?

—El martes hará tres semanas. Dijo que la casa le gustaba de verdad, que la edificación destilaba historia. Le enseñé el interior y le impresionó más si cabe.

—Pero ¿no conseguiste que llegara a hacer una oferta?

—No, dijo que necesitaba aclarar algunos detalles antes. Supuse que se trataba de una excusa y lo di por perdido. A veces a la gente no le gusta decir no y te dan alguna excusa barata. No pensaba que volvería a tener noticias suyas, pero me llamó la semana pasada y dijo que seguía interesado.

Hannah concluyó que era oportuno cierto consuelo fraternal.

—A lo mejor sí quería comprar, pero no podía permitírselo.

—No lo creo. Me dijo que el dinero no era el problema, que simplemente había llegado a la conclusión de que no le convenía. Entonces se subió a su coche de alquiler y se fue.

—¿Iba en un coche de alquiler?

—Sí, dijo que no quería dañar su Jaguar conduciendo por caminos de grava. Por lo que sé, ni siquiera tiene un Jaguar. Si vuelvo a ver a un hombre con peluquín, ¡no voy a creerme ni palabra de lo que diga! Un hombre que miente sobre su pelo mentirá sobre cualquier cosa.

Hannah se rio y fue a sacar los bocaditos de avena con pasas de los hornos. Cuando se volvió, su hermana se levantaba ya para irse.

—Tengo que apresurarme —anunció Andrea—. Mamá me dijo que la señora Robbins está pensando en mudarse a los apartamentos para mayores Lakeview. Creo que voy a pasarme a hacerle una visita y ver si puedo convencerla de que ponga su casa en venta conmigo.

Hannah se sintió mejor al instante. Andrea parecía haber recuperado la confianza en sí misma.

—Me pasaré a saludar a Bill y ver si puede recoger a Tracey al salir de la guardería. Y supongo que más vale que encuentre algo que llevarle a la señora Robbins. No es de buenas vecinas presentarse con las manos vacías.

—Llévale estas. Son sus favoritas. —Hannah llenó una de sus bolsas especiales para galletas con media docena de crujientes de melaza. Las bolsas se parecían a las de la compra, pero en miniatura, y tenían unas asas rojas con «The Cookie Jar» estampado en letras doradas por delante.

—Es todo un detalle por tu parte. —Andrea sonó sinceramente agradecida—. No lo repito todo lo que debería, pero eres una hermana maravillosa. No sé qué habría hecho si no hubieras vuelto cuando murió papá. Mamá era un caso perdido y Michelle no sabía qué hacer con ella. Yo intentaba estar en todas partes, pero Tracey era poco más que un bebé y yo no podía con todo. Lo único que se me ocurrió fue llamarte y suplicarte que vinieras a casa para rescatarnos.

Hannah dio un breve abrazo a Andrea.

—Hiciste lo correcto. Soy la hermana mayor y tú eras casi una recién casada. Era responsabilidad mía ayudaros.

—Pero a veces me siento muy culpable por haberte llamado. Tú tenías tu propia vida y lo dejaste todo por nosotras.

Hannah se dio la vuelta para ocultar la repentina humedad que había asomado en sus ojos. Tal vez perder una venta le sentaba bien a Andrea. Nunca se había mostrado tan comprensiva antes.

—No tienes por qué sentirte culpable, Andrea. Volver a casa no fue ningún sacrificio por mi parte. Yo ya tenía mis dudas sobre la enseñanza y quería hacer algo distinto.

—Pero estabas tan cerca de sacarte tu doctorado... A estas alturas podrías haber sido profesora en una universidad de primera.

—Es posible. —Hannah se encogió de hombros, concediendo que su hermana tenía razón—. Pero hornear galletas es mucho más divertido que dar una clase sobre el pentámetro yámbico o quedarse atrapada en una reunión de profesores letalmente aburrida. Y ya sabes lo mucho que me gusta The Cookie Jar.

—Entonces... ¿eres feliz aquí en Lake Eden?

—Mi tienda es genial. Soy dueña de mi propia casa y no tengo que vivir con mamá. ¿Qué podría ser mejor?

Andrea empezó a sonreír.

—En algo tienes razón, sobre todo en la parte de no vivir con mamá. Pero ¿qué me dices con el amor?

—No sigas por ahí, Andrea. —Hannah le clavó una mirada de advertencia—. Si aparece el hombre correcto, genial. Y, si no, pues muy bien también. Me doy por satisfecha viviendo por mi cuenta.

—Si lo tienes tan claro, vale. —Andrea pareció muy aliviada al encaminarse hacia la puerta.

—Sí, lo tengo claro. Buena suerte con la señora Robbins.

—Falta me hará. —Andrea se dio la vuelta esbozando una sonrisa maliciosa—. Como empiece a alardear de su hijo, el médico, creo que acabaré vomitando.

Hannah sabía exactamente qué quería decir su hermana. La señora Robbins había ido a su tienda de galletas la semana anterior y no había parado de elogiar a su hijo, el médico. Según la madre, el doctor Jerry Robbins estaba a punto de descubrir la cura para la esclerosis múltiple, el cáncer y el resfriado común, y todo de un plumazo.

—Tengo que hacerte algunas preguntas, Hannah. —Bill asomó la cabeza en la cafetería y se acercó a ella.

—Claro, Bill. —Hannah le dio el delantal a Lisa, sirvió un par de tazas de café fuerte y le siguió a la trastienda. De camino, admiró la forma en que la camisa marrón de su uniforme se ajustaba perfectamente a sus anchos hombros. Bill había sido jugador de fútbol en el instituto y, aunque no había llegado a ser tan famoso como Ron LaSalle, había ayudado a ganar un buen número de partidos. Ahora no tenía la cintura tan marcada, consecuencia de demasiados dónuts de chocolate de Quick Stop cuando iba de camino a comisaría, pero todavía era un hombre apuesto.

—Gracias por el café, Hannah. —Se dejó caer en un taburete y ahuecó ambas manos para sostener su taza de café—. Empieza a hacer frío, ¿eh?

—Te lo noto. Tienes mala cara. ¿Has descubierto algo?

—Poca cosa. La ventanilla del conductor estaba bajada. Ron debió de detener la furgoneta y bajar la ventanilla para hablar con su asesino.

Hannah se lo pensó un momento.

—No habría bajado la ventanilla si pensaba que corría algún peligro.

—Seguramente no —convino Bill—. Fuera quien fuese lo pilló desprevenido.

—¿Tienes algún sospechoso?

—Todavía no. Y a no ser que demos con un testigo, la única pista que tendremos es la bala. La mandaremos a balística justo después de la autopsia.

Hannah se estremeció ante la mención de la autopsia. Para quitarse de la cabeza el hecho de que Doc Knight tendría que abrir en canal a Ron, planteó otra pregunta.

—No hace falta que le digas a nadie que estaba comiendo una de mis galletas cuando murió, ¿verdad que no? Ya sabes, podría ahuyentarme a la clientela...

—No te preocupes. —Bill pareció divertido por primera vez esa mañana—. Tus galletas no tuvieron nada que ver. A Ron le dispararon.

—Ojalá lo hubiera encontrado antes, Bill. Podría haber llamado a una ambulancia.

—No habría servido de nada. Parece que la bala le alcanzó el corazón. No lo sabré con seguridad hasta que el doctor acabe con él, pero creo que sufrió una muerte instantánea.

—Eso es una suerte. —Hannah asintió y entonces se dio cuenta de lo que acababa de decir—. Bueno, no quiero decir que sea ninguna suerte, pero me alegro de que acabara rápido.

Bill abrió su cuaderno.

—Quiero que me cuentes todo lo que ha pasado esta mañana, Hannah, aunque no te parezca importante.

—Vale. —Hannah esperó hasta que Bill tuviera el bolígrafo en la mano y entonces le contó todo, desde el momento en que había visto a Ron por primera vez en la lechería hasta el instante en que descubrió su cuerpo. Le dio a Bill la hora exacta en que había salido por la puerta trasera de la repostería y la hora en que volvió para llamar a la oficina del *sheriff*.

—Eres una testigo estupenda —la elogió Bill—. ¿Es eso todo?

—Me parece que Tracey pudo haber sido la última persona en ver a Ron con vida. La niña me dijo que estaba esperando a que Andrea recogiera unos documentos en la inmobiliaria cuando Ron pasó por delante en su furgoneta. Ella le saludó con la mano, él le devolvió el saludo, y entonces ella lo vio girar en mi esquina. Eso debían de ser casi las ocho porque Andrea y Tracey entraron en la cafetería justo después de que yo abriera y... —Hannah se interrumpió y empezó a fruncir el ceño.

—¿Qué pasa, Hannah? —Bill volvió a tomar el bolígrafo—. Acabas de acordarte de algo, ¿no?

—Sí. Si Tracey vio a Ron a las ocho, ya iba con veinticinco minutos de retraso.

—¿Cómo lo sabes?

—Se suponía que Ron debía pasarse por aquí a las ocho menos veinticinco. Hace el reparto en la escuela y luego viene directo para aquí. Estoy en su ruta desde que abrí este local y nunca se ha presentado con más de un minuto de retraso.

—¿Y por eso fuiste al callejón a ver si estaba su furgoneta?

—No exactamente. Pensamos que habría sufrido una avería. Tracey dijo que había oído petardear la furgoneta justo al girar para entrar en... —Hannah se interrumpió a mitad de la frase, abriendo los ojos de par en par, por la sorpresa—. Tracey lo oyó, Bill. Creyó que era un petardeo de la furgoneta, pero ¡pudo haber oído el disparo que mató a Ron!

Bill apretó los labios y Hannah supo qué estaba pensando. Aterraba imaginar que Tracey había estado tan cerca de la escena de un crimen.

—Más vale que me pase por la lechería y le cuente lo que ha pasado a Max Turner —dijo Bill.

—Max no está ahí. Ron me dijo que esta mañana se iba a la Convención Triestatal de Fabricantes de Mantequilla. Se celebra en Wisconsin y creo que dura una semana. Si yo fuera tú, hablaría con Betty Jackson. Es la secretaria de Max y sabrá cómo ponerse en contacto con él.

—Buena idea. —Bill vació la taza de café y la dejó en la mesa—. Este caso es muy importante para mí, Hannah. La semana pasada aprobé el examen para ser inspector y el *sheriff* Grant me ha puesto al cargo.

—¿Quiere eso decir que te han ascendido? —Hannah empezó a esbozar una sonrisa.

—Todavía no. El *sheriff* Grant tiene que dar el visto bueno definitivo, pero estoy casi convencido de que, si me ve hacer un buen trabajo, lo dará. Este ascenso nos vendrá bien. Ganaré más dinero y Andrea no tendrá que trabajar.

—Eso es magnífico, Bill. —Hannah se alegraba sinceramente por él.

—¿No crees que está mal utilizar el asesinato de Ron como trampolín para mi ascenso?

—En absoluto. —Hannah negó con la cabeza—. Alguien tiene que atrapar al asesino de Ron. Si lo haces tú y te ascienden, es solo porque te lo mereces.

—¿Me dices eso para que me sienta mejor?

—¿Yo? Nunca digo lo que no pienso, no cuando se trata de algo importante. ¡A estas alturas ya deberías saberlo!

Bill sonrió, relajándose un poco.

—Tienes razón. Ya lo dice Andrea: el tacto no es uno de tus puntos fuertes.

—Cierto —concedió Hannah con una sonrisa, aunque le escoció un poco. Le parecía que había tenido mucho tacto con Andrea a lo largo de los años. Había habido incontables ocasiones en que habría estrangulado con gusto a su hermana, y no lo había hecho.

—Hay otra cosa, Hannah. —Bill se aclaró la garganta—. No me gusta tener que pedírtelo, pero la gente suele hablar contigo y conoces a casi todo el mundo en el pueblo. ¿Me llamarás si te enteras de algo que creas que debería saber?

—Cuenta con ello, te llamaré.

—Gracias. Me basta con que mantengas los ojos y los oídos bien abiertos. Si el asesino de Ron es un vecino, seguramente acabará diciendo o haciendo algo que lo delate. Solo tenemos que ser lo bastante listos para detectarlo.

Hannah asintió. Entonces se percató de que Bill estaba mirando las bandejas de crujientes de avena y pasas con cara de hambre y se levantó para llenarle una bolsa.

—No te las comas todas de una sentada, Bill. Te está saliendo una lorza en la cintura.

Después de que Bill se marchara, Hannah pensó en lo que había dicho. Andrea tenía razón. Carecía de tacto. Una persona con tacto no habría mencionado la lorza de la cintura de Bill. No era ella quién para criticar al marido de Andrea.

Mientras volvía a través de la puerta batiente y ocupaba su sitio detrás del mostrador, Hannah se dio cuenta de que había cometido una infracción fraternal todavía más grave: acababa de prometer ayudar a Bill a resolver un caso de asesinato, lo que podría dejar a Andrea sin trabajo.

Galletas crujientes con pepitas de chocolate

225 g de mantequilla
200 g de azúcar blanco
200 g de azúcar moreno
2 cucharaditas de bicarbonato de soda
1 cucharadita de sal
2 cucharaditas de vainilla
2 huevos batidos (*sirve con un tenedor*)
325 g de harina (*sin tamizar*)
50 g de Corn Flakes picados (*puede
  chafarlos con las manos*)
Entre 170 y 340 g de pepitas de chocolate

Funda la mantequilla, añada los azúcares y remueva. Agregue el bicarbonato, la sal, la vainilla y los huevos batidos. Mezcle bien. Seguidamente añada la harina e incorpórela. Añada los Corn Flakes picados y las pepitas de chocolate y mézclelo todo bien.

Con los dedos, forme bolas del tamaño de una nuez y colóquelas sobre bandejas para galletas engrasadas (en una de tamaño estándar caben 12). Aplástelas ligeramente con una espátula enharinada o engrasada.

Hornee a 190 °C entre 8 y 10 minutos. Déjelas enfriar en las bandejas durante 2 minutos y luego pase las galletas a una rejilla hasta que se enfríen del todo. (*La rejilla es importante: es lo que hace que queden crujientes.*)

Cantidad: de 60 a 90 galletas, dependiendo del tamaño de cada galleta.

(*Estas galletas han sido las favoritas de Andrea desde el instituto.*)

Nota de Hannah: si las galletas se extienden demasiado en el horno, reduzca la temperatura a 175 °C y no las aplaste antes de hornearlas.

CAPÍTULO TRES

—Ya está, Lisa. Preparada. —Hannah cerró la puerta de atrás de su coche y dio la vuelta para ponerse al volante—. Debería estar de vuelta a las cuatro como muy tarde.

Lisa asintió y pasó a Hannah un recipiente con limones que había lavado hasta que cualquier germen con valor para aterrizar en su superficie hubiera huido aterrorizado.

—¿Quieres llevar algo más de azúcar por si te piden mucha limonada?

—Si lo necesito, tomaré lo que me haga falta de la cocina de la escuela. Edna no se va hasta las tres y media.

Cuando Lisa volvió dentro, Hannah dio marcha atrás por el callejón y salió de él para encaminarse al Instituto Jordan. Le habían puesto el nombre del primer alcalde de Lake Eden, Ezekiel Jordan, pero ella sospechaba que la mayoría de los estudiantes creía que el nombre de su instituto tenía algo que ver con el baloncesto profesional.

El Instituto Jordan y la Escuela Elemental Washington eran dos edificios separados que estaban conectados por un pasillo alfombrado con ventanas de cristales dobles que daban al recinto escolar. Ambos centros compartían un auditorio y un cafetería para ahorrar gastos, y tenían un único director. El equipo de mantenimiento lo formaban cuatro empleados; dos se encargaban del trabajo de conserjería y los otros dos eran responsables del patio así, como de los terrenos de deportes del instituto.

El complejo escolar de Lake Eden funcionaba bien. Dado que la escuela primaria y el instituto estaban conectados, los hermanos y hermanas mayores siempre estaban disponibles para llevar a un hermano pequeño de vuelta a casa si se ponía enfermo o para calmar a un pequeño de la guardería asustado que echaba en falta a mamá y papá. Esta disposición también proporcionaba un extra a los estudiantes del Instituto Jordan. Los mayores que pensaban hacerse profesores eran animados a ejercer de voluntarios como asistentes de aula durante su tiempo libre. Las tempranas prácticas laborales habían propiciado que varios titulados en el centro hubieran regresado a Lake Eden para aceptar puestos de profesores en la escuela.

Al girar por la calle Tercera y conducir por delante de la manzana pública que había sido consagrada al recreo familiar, Hannah se percató de que no había alumnos de preescolar jugando en el parque Lake Eden. Las cadenas de los columpios permanecían completamente inmóviles, el tiovivo seguía cubierto de las coloridas hojas que habían caído a lo largo de la mañana, y aunque la temperatura había alcanzado el máximo de nueve grados pronosticado, ningún niño pedaleaba en triciclo por el paseo circular que rodeaba el patio.

Por un momento, a Hannah le pareció raro. Era el tipo de tiempo por el que suplicaba una madre de un niño de preescolar. Pero entonces se acordó de lo que había pasado esa mañana y comprendió por qué el parque estaba vacío. Había un asesino suelto en Lake Eden. Los padres preocupados tenían a los niños en casa, alejados del peligro.

En Gull Avenue había una larga hilera de coches parados junto al bordillo. Se alargaba durante tres manzanas que conducían, en ambos sentidos, al complejo escolar, bloqueando la entrada a los accesos de vehículos y a las bocas de incendio en flagrante infracción de las normas de aparcamiento de la ciudad. Hannah avanzó con lentitud por delante de los padres con aspecto preocupado que esperaban que sonara el timbrazo de salida, y al acercarse a la escuela, vio que Herb Beeseman, con su coche patrulla recién lavado y encerado, había aparcado en diagonal delante de la entrada. No estaba repartiendo multas por las infracciones que se producían ante sus mismas narices, y Hannah supuso que había considerado la seguridad de los niños de Lake Eden una prioridad mayor que el llenar las arcas del ayuntamiento.

Hannah echó la mano hacia atrás, entre los asientos, y agarró una bolsa de crujientes de melaza. Siempre llevaba varias bolsas de galletas consigo para momentos como esos. Entonces se detuvo al lado del coche patrulla y bajó la ventanilla.

—Hola, Herb. Me encargo del *catering* para el banquete de los Premios de los Boy Scouts. ¿Puedo entrar en el aparcamiento?

—Claro, Hannah —respondió Herb, con los ojos clavados en la bolsa de galletas que Hannah sostenía en la mano—. Pero trata de aparcar legalmente. ¿Son para mí?

Hannah le dio la bolsa.

—Estás haciendo un gran trabajo protegiendo a los niños. Estoy segura de que los padres sabrán valorarlo.

—Gracias. —Herb pareció complacido por el elogio—. ¿Tu madre todavía me detesta por aquella multa que le puse?

—Yo no diría exactamente que te «detesta», Herb. —Hannah concluyó que no era el momento oportuno para decirle a Herb cómo le había llamado exactamente su madre—. Pero sí sigue un poco irritada.

—Siento haber tenido que hacerlo, Hannah. Tu madre me cae bien, pero no puedo permitir que la gente vaya excediendo el límite de velocidad dentro del casco urbano.

—Lo entiendo y creo que mi madre también. Lo que pasa es que no está muy dispuesta a reconocerlo todavía. —Hannah empezó sonreír—. Al menos esa multa dio para algo bueno.

—¿El qué?

—Dejó de intentar liarme contigo.

Hannah se rio entre dientes mientras se alejaba. A juzgar por la expresión de sorpresa que apareció en la cara de Herb, él no tenía ni idea de que su madre lo había tenido en cuenta para ocupar el puesto de yerno.

La amplia puerta que separaba el aparcamiento de los profesores de las instalaciones de la escuela estaba abierta y Hannah entró por ella. Mientras recorría el carril entre las hileras de coches aparcados, se fijó en la llamativa ausencia de vehículos nuevos o caros. La enseñanza no pagaba lo bastante bien para lujos, lo que era una pena. Había algo que fallaba, y mucho, en el sistema cuando un profesor ganaba más dinero friendo hamburguesas en una cadena de comida rápida.

La franja de asfalto junto a la puerta de atrás de la cafetería estaba salpicada de rótulos de aviso. Hannah se detuvo junto a uno que rezaba: «APARCAMIENTO PROHIBIDO A TODAS HORAS POR ORDEN DE LA AUTORIDAD DE APARCAMIENTO DE LAKE EDEN». En letras más pequeñas, advertía que sobre los infractores caería todo el peso de la ley, pero Herb era el único empleado de la Autoridad de Aparcamiento de Lake End y estaba fuera, vigilando la entrada principal. Hannah no se sentía culpable por infringir una norma de aparcamiento de la ciudad.

Llegaba tarde y tenía que descargar sus suministros. Dentro de menos de diez minutos una horda de hambrientos Boy Scouts estaría pidiendo a gritos sus galletas y su limonada.

En cuanto Hannah se detuvo, Edna Ferguson abrió la puerta de la cocina. Era una mujer delgada como un junco que ya había entrado en la cincuentena y lucía una sonrisa cordial.

—Hola, Hannah. Me empezaba a preguntar cuándo llegarías. ¿Quieres que te ayude a descargar?

—Gracias, Edna. —Hannah le dio un caja de comida para que la llevara dentro—. Los Scouts todavía no están aquí, ¿no?

Edna negó con un gesto de la cabeza, protegida con una redecilla.

—El señor Purvis ha convocado una asamblea general del centro y todavía siguen todos en el auditorio. Si sus padres no han venido a recogerlos, quiere que vuelvan a sus casas en grupos.

Hannah asintió y levantó la caja grande de galletas que había preparado Lisa y siguió a Edna a la cocina de la escuela. Al entrar en el amplio espacio con sus mostradores a lo largo de las paredes y sus enormes electrodomésticos, Hannah se preguntó cómo se sentiría el último chico de cada grupo. Empezaría saliendo junto con los demás, sintiéndose protegido por la fuerza numérica del grupo, pero, uno por uno, sus amigos se irían para encaminarse a sus casas. Cuando el último se hubiera marchado, tendría que recorrer el resto del camino solo, esperando y rogando que el asesino no estuviera acechando entre los arbustos.

—No sufrió, ¿verdad que no, Hannah?

Hannah dejó la caja y se volvió hacia Edna.

—¿Qué?

—Ron. Me he pasado el día pensando en eso. Era un chico muy agradable. Si le había llegado la hora, espero que fuera rápido e indoloro.

Hannah no creía que nadie tuviera una hora predestinada para morir. Pensar eso se parecía a comprar un número de lotería y creer que había llegado el momento de ganar el gordo.

—Bill me dijo que creía que había sido instantáneo.

—Supongo que deberíamos dar las gracias. ¡Y pensar que estuvo aquí mismo solo unos minutos antes de que lo asesinaran! ¡Entran escalofríos!

Hannah colocó los limones encima de una de las tablas de picar de Edna y empezó a cortarlos en rodajas finas como el papel.

—¿Así que Ron hizo el reparto esta mañana?

—Claro. Ese chico no fallaba nunca. Era muy meticuloso y se enorgullecía de su trabajo.

Hannah añadió ese detalle al pequeño conjunto de hechos que había reunido. Ron había repuesto la cámara frigorífica del Instituto Jordan esta mañana, si es que servía de algo saberlo.

—¿Lo has visto esta mañana?

—No. Nunca nos cruzamos. Yo no entro hasta las ocho y a esa hora él hace mucho que se ha ido. Pero hoy había rellenado la cámara.

Hannah desenvolvió su resistente ponchera de plástico y se la pasó a Edna. Solo utilizaba la de cristal para actos formales como bodas y bailes de fin de curso. Entonces tomó el enorme termo de limonada y el cuenco con rodajas de limón que había cortado y se dirigió a la parte central de la cafetería. Ya habían dispuesto una mesa para los refrigerios, cubriéndola con un mantel de papel azul, y había un archivador de cartón en la cabecera de otra mesa con un mantel similar.

—Gil se pasó en su hora libre para preparar las mesas —le explicó Edna—. Me pidió que te dijera que va a traer un centro de mesa con forma de globo.

—Muy bien, le haré sitio. —Hannah le hizo un gesto a Edna para que dejase la ponchera en la mesa. Entonces abrió el termo y empezó a verter la limonada en el recipiente.

—¿Notaste algo raro en la forma en que Ron dejó la cocina?

—No podría decirlo. ¿Qué tienen esos cubitos de hielo, Hannah? Parecen turbios.

—Están hechos con limonada para que no quede aguada cuando se fundan. Hago lo mismo en todos los ponches que preparo. —Hannah acabó de verter la limonada y depositó las rodajas de limón por encima. Al retroceder para admirar el efecto, se percató de que Edna fruncía el ceño—. ¿Crees que le hacen falta más rodajas de limón?

—No. Tiene una pinta verdaderamente profesional. Estaba pensando en Ron.

—Tú y todos los demás. Vamos, Edna. Tengo que desenvolver las galletas.

Edna la siguió de vuelta a la cocina y ahogó una exclamación cuando Hannah levantó la tapa de la caja.

—¡Qué maravilla! Son preciosas, Hannah.

—Eso me parece a mí también. —Hannah sonrió mientras disponía las galletas en una bandeja. Con una manga de cocina, Lisa había esparcido un glaseado amarillo y azul con la forma del logo de los Boy Scouts—. Lisa Herman hizo la decoración. Está convirtiéndose en una experta con la manga pastelera.

—Lisa tiene mucho talento. Estoy segura de que esa chica podría hacer cualquier cosa que se le metiera en la cabeza. Es una pena que tuviera que dejar la universidad para cuidar de su padre.

—Pues sí. Sus hermanos y hermanas mayores querían meterlo en una residencia de ancianos, pero a Lisa no le pareció lo correcto. —Hannah le pasó a Edna una caja con pequeños platos de papel azules, servilletas doradas y vasos de plástico azules—. Lleva esto; yo acercaré las galletas.

No tardaron mucho en colocar los platos, los vasos y las servilletas en la mesa. Una vez hubieron acabado, volvieron a la cocina a tomarse una taza de café. Estaban sentadas a la mesa de madera cuadrada que había en el rincón de la cocina, esperando que llegaran los Scouts, cuando a Edna se le escapó otro largo suspiro.

—Es una verdadera pena, la verdad.

—¿Te refieres a lo de Ron?

—Sí. El pobre chico se estaba reventando a trabajar con esas rutas que hacía. Trabajaba sesenta horas a la semana y Max no paga horas extra. Estaba acabando con él.

—¿Te lo contó Ron?

Edna negó con la cabeza.

—Me lo dijo Betty Jackson. Estaba presente cuando Ron le pidió un ayudante a Max. Eso fue hará más de seis meses, pero Max era demasiado tacaño para incluir a nadie más en nómina.

Hannah lo sabía. Max Turner se había ganado la reputación de ser un avaro que aprovechaba hasta el último céntimo. Para ser alguien a quien el dinero le salía por las orejas, desde luego no lo parecía. Max conducía un coche nuevo, pero ese era su único lujo. Seguía viviendo en la vieja casa de sus padres en la parte de atrás de la lechería Cozy Cow. La había arreglado un poco, pero porque había sido necesario. Se le habría caído encima de no hacerlo.

—Pensaba que era una pena que Ron tuviera que morir el día que finalmente iba a tener un ayudante.

—¿Tenía Ron un ayudante? —Hannah se dio la vuelta para mirar sorprendida a Edna—. ¿Cómo lo sabes?

—Suelo preparar una jarra de café instantáneo para Ron. Siempre le ha gustado tomar algo para entrar en calor al salir de la cámara frigorífica. Cuando llegué esta mañana había dos tazas de café sobre el mostrador, así que supuse que por fin había conseguido a su ayudante. ¡Aunque nunca imaginé que Max fuera a contratar a una mujer!

Hannah sintió que empezaba a bombear adrenalina. La nueva ayudante de Ron podría haber presenciado su asesinato.

—¿Estás segura de que la ayudante de Ron era una mujer?

—Había restos de lápiz de labios en la taza. Debía de ser joven porque era de un color rosa brillante y ese color sienta fatal a las de nuestra edad.

Hannah se molestó al verse asociada en la misma categoría que una mujer que era, al menos, veinte años mayor que ella. Estuvo a punto de recordárselo a Edna, pero podría ser contraproducente.

—¿Lavaste las tazas, Edna?

—No. Las tiré a la basura.

—¿Que las tiraste a la basura?

Edna se rio ante la expresión de asombro de Hannah.

—Eran de las desechables.

—Podrían ser pruebas —le explicó Hannah, y la risa de Edna se apagó al instante—. Bill está a cargo de la investigación y necesitará verlas.

Hannah se dio la vuelta y se dirigió al cubo de basura que había junto al fregadero, pero antes de que empezara a rebuscar dentro Edna la detuvo.

—El señor Hodges vació la basura justo después de comer. Lo siento mucho, Hannah. Nunca habría tirado los vasos si hubiera sabido que eran importantes.

Hannah se dio cuenta de que había sido brusca.

—No pasa nada. Pero dime qué hace el señor Hodges con la basura.

—La tira toda en el gran contenedor naranja del aparcamiento. Alguien tendrá que escarbar allí antes de que se la lleven.

—¿A qué hora?

—A eso de las cinco.

Hannah maldijo por lo bajini. No podía quedarse con los brazos cruzados y dejar que el camión de la basura se llevara pruebas importantes. Intentaría ponerse en contacto con Bill, pero si no estaba aquí a la hora que terminara el banquete de los premios, ella tendría que revisar en persona las bolsas de basura.

—¡Un trabajo estupendo, Hannah! —Gil Surma, el jefe de escultistas de Lake Eden, además de orientador del Instituto Jordan, le dio una palmada amistosa en el hombro—. Menos mal que habías traído galletas de más. Nunca se me hubiera ocurrido que dieciocho chicos pudieran zamparse siete docenas.

—Eso supone menos de cinco por cabeza y son chicos que están creciendo. Pensé que, dado que estaba sirviendo un banquete para Boy Scouts, más me valía estar a la altura del lema de la organización.

Gil tardó un momento en pillarlo. Mientras Hannah observaba, los rabillos de sus ojos empezaron a arrugarse y empezó a reírse entre dientes.

—¿Te refieres a «Siempre listos»? ¡Muy ingeniosa...!

Hannah sonrió y llevó la ponchera a la cocina. Cuando volvió, Gil seguía allí.

—No tienes por qué quedarte, Gil. Ya limpiaré yo.

—No, te ayudaré. —Gil empezó a recoger los vasos y platos de plástico y a tirarlos a la basura—. ¿Hannah?

—Dime, Gil —Hannah se detuvo para mirarlo. Gil parecía muy serio.

—Tú encontraste a Ron, ¿verdad?

Hannah suspiró. Toda la gente con la que se cruzaba quería saber algo sobre Ron. Se estaba convirtiendo en una celebridad local, pero verse catapultada a la fama inmediata debido al asesinato de Ron hacía que se sintiera mal.

—Sí, Gil. Yo le encontré.

—Debe de haberte afectado mucho.

—No ha sido muy divertido que digamos.

—Estaba pensando... que es algo espantoso y que a lo mejor querías hablar con alguien sobre lo que ha pasado. La puerta de mi despacho siempre está abierta, Hannah. Y haré cuanto esté en mi mano para ayudarte a sobrellevarlo.

Hannah quería decirle que no necesitaba ningún psiquiatra. O que, aun en el caso de que lo necesitara, el orientador escolar del Instituto Jordan, que trataba los sufrimientos que provocan el acné y las noches de sábado sin cita, no sería el psiquiatra que escogería. Pero entonces se recordó a sí misma que se había jurado tener tacto, así que respiró hondo, preparándose a soltar una trola maliciosa.

—Gracias por el ofrecimiento, Gil. Si necesito hablar con alguien sobre esto, tú serás el primero.

Para cuando Hannah hubo recogido sus cosas y las había llevado en un carrito hasta su Suburban, Edna ya se había ido. Había llamado a Bill varias veces, pero le habían contestado que estaba fuera y no se podía contactar con él. Hannah miró su reloj. Le había prometido a Lisa que estaría de vuelta antes de las cuatro y le quedaban solo cinco minutos de margen. Pero encontrar el vaso con lápiz de labios era más importante que volver a The Cookie Jar a tiempo.

Hannah bajó la vista para mirar su ropa. Llevaba puesto su mejor conjunto, unos pantalones y un suéter que pensaba usar aquella misma noche, pues el alcalde daba una fiesta y ella era la encargada del *catering*.

El conjunto de punto era de un color beige claro, pero lavable. Emitiendo un pequeño gruñido por la lavadora que tendría que poner en cuanto llegara a casa, Hannah se arremangó el suéter y fue al contenedor, preparándose para presentar batalla a los restos de basura de la cafetería.

El contenedor era enorme. Hannah arrugó la nariz ante el hedor que salía del receptáculo metálico y por lo bajini soltó un taco. El borde del contenedor quedaba por encima de sus axilas y no había forma de que pudiera sacar todas las bolsas para examinarlas. Soltando otro taco, uno más elocuente esta vez, Hannah volvió a su Suburban y lo colocó delante del basurero. Entonces se subió al capó de color rojo manzana y metió el brazo en el contenedor para sacar la primera bolsa de basura.

Lo que encontró fueron servilletas arrugadas, restos apelmazados de natillas sabor caramelo y algo marronáceo que parecía guisado de ternera. Al menos ya sabía qué habían comido los estudiantes ese día. Hannah estaba a punto de levantar la segunda bolsa cuando se acordó de un detalle: las bolsas del cubo de basura de la cocina eran de color verde y más pequeñas que las demás. Se estiró sobre el capó y levantó las bolsas negras una por una, arrastrándolas hacia un lado. Cerca del fondo —tendría que haber supuesto que estaría en el fondo— vio una solitaria bolsa verde.

Aunque se estiró hacia delante hasta que toda la parte superior de su cuerpo quedó colgada sobre el borde del contenedor, las puntas de los dedos quedaban todavía a casi diez centímetros del extremo de la bolsa verde. Hannah suspiró y entonces hizo lo que cualquier buena cuñada y dedicada detective aficionada habría hecho. Se dio la vuelta para que las piernas le quedaran oscilando por encima del borde del receptáculo metálico, aspiró hondo y se deslizó dentro de las entrañas del contenedor.

Ahora que estaba dentro, agarrar la bolsa verde de basura fue sencillo; pero salir del contenedor, no tanto. Hannah tuvo que formar una pila con las grandes bolsas de basura negras para poder trepar sobre ellas, utilizándolas como una escalera blanda y resbaladiza. Una bolsa se rompió bajo su peso y se le escapó un gruñido mientras sus zapatos se hundían en una ciénaga de guiso. Cuando por fin salió de las profundidades hediondas y volvió a subirse sobre el capó de su Suburban, Hannah sabía que olía tan mal como aparentaba.

—Bill va a deberme una buena por esto —refunfuñó Hannah mientras desataba el lazo de la bolsa verde de plástico y empezaba a rebuscar entre los contenidos. Tras varios envoltorios arrugados de pan y un montón de colillas, encontró unos vasos de poliestireno. —¡Os tengo! —se jactó Hannah. Estaba a punto de agarrar los vasos cuando recordó que las películas y los inspectores de policía de la televisión siempre usaban guantes protectores y bolsas para las pruebas. Si había huellas dactilares en el vaso con el lápiz de labios, no tenía la menor intención de emborronarlas. Dado que Hannah no llevaba encima ni guantes ni bolsas para pruebas entre sus utensilios de *catering,* optó por ponerse un envoltorio de pan limpio en la mano, sacar los dos vasos, uno por uno, y depositarlos dentro de un segundo envoltorio de pan.

Con las pruebas a buen recaudo, Hannah se bajó del capó de su Suburban y se puso al volante. Encendió el motor y salió del aparcamiento de la escuela, sintiéndose un poco idiota por las complejas precauciones que había tomado. ¿De verdad valía la pena ser tan precavida o aquello era tan absurdo como pretender imitar a los detectives de la tele?

CAPÍTULO CUATRO

Lisa estaba llenando una bolsa con galletas blandas de mantequilla de cacahuete y se le pusieron los ojos como platos cuando Hannah irrumpió por la puerta trasera.

—¡Hannah! ¿Qué...?

—No preguntes. Voy a ir a darme una ducha rápida.

—Pero Bill está aquí y tiene que hablar contigo.

Hannah se metió en el lavabo y asomó la cabeza por la puerta.

—¿Dónde está?

—En la parte de delante. Está ocupándose del mostrador mientras empaqueto este pedido para la señora Jessup.

—Dale una taza de café y mándalo para aquí. Saldré en cuanto esté presentable.

En cuanto cerró la puerta del lavabo tras de sí, Hannah se quitó la ropa mugrienta y la metió en un bolsa para la colada. Luego se introdujo en el minúsculo espacio cuadrado y cerrado de metal que Al Percy había llamado «un plus» cuando le había enseñado el edificio y abrió el grifo. Había utilizado esa ducha solo una vez antes, cuando un saco de harina de más de veinte kilos había reventado al levantarlo a pulso hasta la superficie de la mesa de trabajo. Puede que la ducha fuera diminuta y estrecha, pero le hizo el servicio. Una vez estuvo todo lo limpia que pudo dentro de aquellos limitados confines, cerró el agua, salió y se secó en un tiempo récord.

Se puso el conjunto de reserva que guardaba para las emergencias: un par de tejanos gastados con el trasero deshilachado y una vieja sudadera de los Minnesota Vikings que se había descolorido, pasando del original violeta brillante a un apagado tono gris. Las letras mayúsculas doradas se habían emborronado hasta ser poco más que una mancha desgastada, pero al menos Hannah ya no olía a comida podrida. Tras pasarse un peine de púas anchas por el encrespado pelo rojizo, se calzó un par de zapatillas de *cross* que no se había puesto desde que dejó de creer en las bondades de hacer deporte y abrió la puerta.

Bill estaba sentado en un taburete en la mesa de trabajo. Había migas de galletas en la por lo demás inmaculada superficie, y Hannah supuso que Lisa debía de haberle atiborrado de galletas para evitar que se impacientara demasiado.

—Ya era hora —dijo Bill—. Lisa ha dicho que olías peor que el pordiosero que ronda el Red Owl. ¿Qué ha pasado?

—He estado ayudándote. Edna Ferguson me dijo que Max ha contratado a una ayudante para Ron. Estuve buscando y recogiendo los vasos de café que utilizaron esta mañana.

Bill pareció confuso.

—Pero si Ron no tenía ningún ayudante. Se lo pregunté a Betty. Si había una mujer con Ron esta mañana no la había contratado la lechería. ¿No la reconoció Edna?

—Edna no la vio. Ron y esa mujer se fueron antes de que ella llegara a trabajar.

—Espera un momento —Bill levantó las manos—: si Edna no vio a esa mujer, ¿cómo supo de ella?

—Por los vasos. Edna deja siempre una jarra de café instantáneo para Ron y esta mañana había dos vasos sobre el mostrador. Uno de ellos tenía una mancha de lápiz de labios y por eso ella supo que Ron había estado con una mujer. Yo recuperé los vasos, que están ahí, encima del lavaplatos en ese papel de envolver pan.

—¿Por qué los conservó Edna? —Bill parecía desconcertado cuando se levantó a recoger los vasos.

—No lo hizo. Los he sacado del contenedor de la cafetería. Estaban al fondo del todo y he tenido que meterme dentro para llegar a ellos.

—¿Por eso olías como un pordiosero?

—Ahora lo entiendes. —Hannah se quedó sin aliento cuando Bill empezó a introducir la mano entre el papel de envolver pan—. ¡No los toques, Bill! Me he tomado muchas molestias para conservar cualquier huella dactilar.

Las cejas de Bill se dispararon hacia arriba y se quedó paralizado por un instante. Miró la cara seria de su cuñada y entonces empezó a reírse.

—El laboratorio no puede extraer huellas de este tipo de vasos. La superficie es demasiado rugosa.

—¡Ya sabía yo que no debía meterme en ese contenedor! —gruñó Hannah—. ¿Y qué me dices del lápiz de labios? ¿Te sirve para algo?

—Es posible, a no ser que se trate de un color tan popular que lo usen la mitad de las mujeres de Lake Eden.

—Pues no lo es. —Hannah respondió convencida—. La mayoría de las mujeres tienen un aspecto espantoso con un rosa brillante.

—¿Cómo lo sabes? Nunca te he visto con los labios pintados.

—Eso es verdad, pero Andrea se compró un color como ese una vez y le quedaba horroroso. Tiene todos los colores que existen sobre la faz de la tierra, así que imagino que este no puede ser muy popular.

—Tienes razón —Bill empezó a sonreír—. Buen trabajo, Hannah.

A Hannah le complació el cumplido, pero entonces empezó a pensar en la logística que requeriría encontrar a la mujer de Lake Eden que llevaba ese color de pintalabios.

—¿Qué vas a hacer, Bill? ¿Inspeccionar todos los tocadores de señoras de la ciudad?

—Espero que no sea necesario llegar hasta ahí. Empezaré con las tiendas de cosmética y veré si tienen este color. Quienquiera que sea la mujer, tiene que comprarlo en alguna parte. Eso se llama patearse las calles, Hannah, y necesitaré tu ayuda. Es posible que no sepas gran cosa sobre lápices de labios, pero desde luego sí más que yo.

Hannah suspiró. Mirar la hierba crecer le resultaba más interesante que visitar las tiendas de cosmética, y patearse las calles tampoco sonaba muy divertido.

—Porque vas a ayudarme, ¿verdad?

—Claro que sí. Lamento no saltar de alegría, pero rebuscar en toda esa basura me ha desanimado.

—La próxima vez, llámame y ya me encargaré yo. Llevo monos de protección en el coche patrulla y estoy acostumbrado a cosas así.

—Ya te llamé. Incluso dejé un mensaje, pero no me contestaste a tiempo. Y como Edna me dijo que la empresa de basuras vaciaba el contenedor a las cinco, me pareció que más valía que lo hiciera yo misma.

Bill estiró la mano para darle una palmadita en la espalda.

—Serías una buena detective, Hannah. Tu búsqueda en el contenedor nos ha dado la única pista genuina de la que disponemos.

Rhonda Scharf, cuyo cuerpo rechoncho de mediana edad iba embutido en un suéter de angora azul celeste que podría haberle quedado bien con trece kilos menos, se inclinó sobre el cristal del expositor de cosméticos de la farmacia para mirar fijamente la mancha de pintalabios rosa en el vaso blanco de poliestireno. Rhonda mostraba una expresión irritada que le hacía bajar las comisuras de sus labios carmín, y sus exageradas pestañas artificiales aletearon en gesto de desagrado.

—Ese pintalabios no ha salido de mi expositor. ¡Ni muerta exhibiría un producto como ese!

Bill empujó la bolsa para acercársela un poco más.

—Échale otro vistazo, Rhonda. Tenemos que asegurarnos.

—Ya he mirado. —Rhonda empujó la bolsa hacia él—. Yo me encargo de realizar todos los pedidos y nunca he tenido ni esa marca ni ese color.

—¿No te cabe la menor duda, Rhonda?

Rhonda negó con la cabeza y su pelo negro azabache osciló de un lado a otro. Los mechones se movían juntos, como si estuvieran pegados unos a otros, y Hannah pensó que Rhonda debía de conseguir un descomunal descuento para empleados en laca.

—¿Ves cómo se ha manchado con el roce? —Rhonda tocó la bolsa hincándole la punta afilada de una larga uña perfectamente arreglada—. No vendo ningún lápiz de labios que no sea a prueba de manchas, y el estilo que compro no deja tonos chillones como ese.

Hannah levantó la mirada de los muestrarios de colores que le había pasado Rhonda. Su abuela siempre decía que se atrapan más moscas con miel que con vinagre, y estaba a punto de poner a prueba esa vieja máxima.

—Necesitamos desesperadamente tu ayuda, Rhonda. Tú eres la única experta en cosmética de Lake Eden.

—Entonces, ¿por qué habéis ido a CostMart? No lo niegues, Hannah. Cheryl Coombs me llamó para decírmelo.

—Claro que fuimos —reconoció Hannah—. Revisamos todos los expositores de cosméticos de la ciudad. Pero te hemos dejado para el final porque le dije a Bill que tú eras la que más sabías aquí sobre lápices de labios. Siempre vas maquillada a la perfección.

Rhonda se retocó levemente, echando una mirada de soslayo a Bill, en lo que fue a todas luces una coquetería. Dado que Rhonda debía rondar los cincuenta y Bill todavía no había cumplido los treinta, Hannah pensó que el cotilleo que le había contado su madre sobre Rhonda y el conductor de UPS tal vez no fuera tan absurdo como le había parecido.

—Ayudaré en todo lo que pueda —Rhonda sonrió un poco, mientras sus lentes de contacto violetas repasaban a Bill—. ¿Qué queréis saber?

Hannah suspiró, recordándose de nuevo las moscas y la miel.

—Si quisieras comprar un lápiz de labios como el de la mancha que hay en el vaso…, que ya sé que es imposible, por tu buen gusto y todo lo demás…, pero, si quisieras, ¿dónde irías a comprarlo?

—Déjame pensarlo. —Rhonda frunció los labios perfilados a la perfección—. Ninguna tienda de la ciudad trae este pintalabios, así que tendría que buscarlo en otro sitio. Aunque yo no lo haría, claro.

Hannah mostró su acuerdo de inmediato.

—Por descontado que no. Solo son suposiciones. Estás ayudando a Bill en una investigación muy importante, Rhonda, y él te lo agradece sinceramente.

—Espera un momento. —Rhonda entornó los ojos—. ¿Tiene esto algo que ver con el asesinato de Ron LaSalle?

Hannah le dio una patada a Bill y este le siguió la corriente. Se acercó y bajó la voz.

—Se trata de algo confidencial, Rhonda. La única razón por la que te hemos preguntado es porque sabíamos que podíamos confiar en ti.

—Ya veo. —Rhonda alargó el brazo para dar unas palmaditas en la mano de Bill—. Si quisiera comprar este color concreto de pintalabios absolutamente horroroso, tendría que pedírselo a Luanne Hanks.

—¿Luanne Hanks? —Hannah reaccionó con sorpresa. Luanne había ido a la misma clase que Michelle en el instituto, pero tuvo que dejar de estudiar cuando se quedó embarazada—. Tenía entendido que Luanne trabajaba en el Hal and Rose's Cafe.

—Y ahí trabaja.

—¿Venden pintalabios en la cafetería? —preguntó Bill.

—No, tonto. —Rhonda aleteó sus pestañas artificiales—. Luanne trabaja en la cafetería durante la semana laboral y vende cosméticos Pretty Girl los fines de semana. La he visto cargando con su maletín de muestras por la ciudad.

Bill dio un paso atrás, disponiéndose a marcharse.

—Gracias, Rhonda. Has sido de mucha ayuda.

—Una cosa más, Rhonda. —Hannah adoptó la expresión más seria que pudo—. Bill todavía no te ha avisado.

Bill se volvió a mirar con un rostro completamente inexpresivo, y Hannah supo que tendría que encargarse ella misma. Se volvió de nuevo hacia Rhonda y se lanzó a hablar.

—Se trata de lo siguiente, Rhonda. Bill no quiere que cuentes nada sobre las preguntas que te ha hecho. Si el asesino de Ron se entera de que le has ayudado, podrías correr verdadero peligro. ¿No es así, Bill?

—Eh, esto... ¡Sí, claro! —Bill fue un poco lento para pillarlo, pero Hannah supuso que todavía estaba un poco desconcertado por la tentativa de Rhonda de coquetear con él—. Guardar silencio, eso es lo que hay que hacer, Rhonda. Ten presente que el asesino de Ron ya ha cometido el peor de los crímenes. No pierde nada si vuelve a asesinar.

Rhonda empalideció hasta tal punto que Hannah vio la línea entre la base del maquillaje y la piel del cuello. Rhonda se merecía un buen escarmiento por coquetear con Bill, pero Hannah no quería sentirse responsable de los daños si Rhonda se desmayaba y se daba un golpe contra el expositor de cristal de los cosméticos.

—No te pongas nerviosa, Rhonda. —Hannah alargó la mano para palmearle el brazo y tranquilizarla a la vez—. Nadie ha oído nuestra conversación y hemos visitado a todos los vendedores de cosméticos de la ciudad. Por lo que sabe la gente, tú solo nos has dicho que no vendes este tipo de lápiz de labios.

—Hannah tiene razón —dijo Bill—. No hay motivos para alarmarse, Rhonda. Y, para estar más seguros y proteger tu identidad, no mencionaré tu nombre en mi informe.

—Gracias, Bill. —La cara de Rhonda empezó a recuperar un poco de color—. No contaré ni palabra de esta conversación a nadie. Lo juro.

Hannah se alegró de que Rhonda no fuera a irse de la lengua, pero seguía estando terriblemente pálida.

—Cuando el asesino esté en el cárcel, Bill te emitirá un certificado al mérito de ciudadana ejemplar. Le has ayudado mucho, Rhonda.

Bill secundó las palabras de Hannah y recogió la bolsa de plástico. Con las últimas despedidas y palabras de agradecimiento a Rhonda, salieron de la tienda y se subieron al coche patrulla de Bill. Ya iban de regreso a la tienda de Hannah cuando Bill empezó a reírse entre dientes.

—¿Qué pasa? —Hannah se volvió para mirarlo.

—Me preguntaba cómo le voy a emitir un certificado al mérito de ciudadana ejemplar a Rhonda si el departamento del *sheriff* no hace cosas así.

—No hay problema —le tranquilizó Hannah—. Gil Surma tiene un fajo de certificados de galardones en blanco para sus Boy Scouts. Le pediré uno y puedes rellenarlo con el nombre de Rhonda.

—Eso no servirá. El *sheriff* Grant nunca firmaría con su nombre un galardón falsificado.

—No tiene por qué hacerlo. —Hannah esbozó una amplia sonrisa—. Vamos a resolver este caso, Bill. Para cuando toque darle a Rhonda su certificado, ya serás inspector y podrás firmarlo tú mismo.

CAPÍTULO CINCO

Hannah colgó sus pantalones y el suéter en una percha y alargó la mano para atrapar a Moishe antes de que desapareciera en el interior de la secadora, que aún estaba caliente.

—Ni se te ocurra. Las secadoras se comen a los gatos y me parece que tú ya vas por tu séptima vida.

Con Moishe agarrado bajo el brazo, plegó una toalla con una mano y se la llevó al sofá. En cuanto la colocó encima, Moishe saltó sobre ella y empezó a ronronear.

—Los amigos lo comparten todo, hasta los pelos —dijo Hannah agachándose para rascarle debajo de la barbilla antes de ir a buscar el resto de la ropa. Cinco minutos después, estaba vestida y lista para acudir a la recaudación de fondos del alcalde en el centro comunitario.

—Tengo que irme, Moishe. —Hannah se detuvo en el sofá para despedirse de él—. Te encenderé la tele. ¿Qué prefieres, el telediario o el canal Animal Planet?

Moishe meneó la cola y Hannah comprendió.

—Muy bien, el telediario. En Animal Planet hoy emiten emergencias veterinarias, que no es precisamente tu programa favorito...

Acababa de encender la televisión cuando sonó el teléfono. Hannah intercambió una mirada con Moishe.

—Más vale que no conteste. Seguramente es mamá otra vez.

Hannah escuchó su mensaje saliente: «Hola. Soy Hannah. No puedo responder el teléfono en este momento, pero si dejas un mensaje, te llamo encantada. Déjalo después de la señal». Sonó la señal y al instante la voz de su madre se oyó por el altavoz: «¿Dónde estás, Hannah? Ya te he llamado seis veces y nunca estás en casa. Llámame en cuanto vuelvas, ¡es importante!».

—¿Tú dirías que mamá suena un poco mosqueada? —preguntó Hannah sonriendo maliciosamente a Moishe. El gato tenía las orejas echadas hacia atrás y pegadas a la cabeza y se erizó irritado al oír el sonido de la voz de su madre. Hannah le alisó el pelaje encrespado y le rascó de nuevo—. No te preocupes, Moishe. No va a venir. Acaba de renovar el último par de medias que le hiciste jirones.

Un gruñido surgió de la garganta de Moishe, un ronroneo ufano y profundo. Estaba claramente satisfecho de sí mismo por echar a la mujer a la que había etiquetado como «mal bicho». Hannah se rio, fue a buscarle un par de golosinas para gatos con sabor a salmón y luego salió corriendo por la puerta. Tenía que hacer una parada antes de ir al acto de recaudación de fondos del alcalde y ya llegaba tarde.

Hannah agradeció de nuevo contar con alguien como Lisa mientras ponía en marcha su Suburban, daba marcha atrás y salía retrocediendo de su aparcamiento. Un vecino se quedaba con su padre esa noche y Lisa se había ofrecido para llevarle las galletas y las cafeteras al centro comunitario. Cuando Hannah llegara, la mesa de los refrigerios estaría puesta y lo único que tendría que hacer sería sonreír y servir.

Había anochecido y Hannah encendió los faros. En cuanto salió de la urbanización, giró hacia el sur en Old Lake Road y tomó la carretera rural que llevaba a casa de la familia Hanks. Le había prometido a Bill que hablaría con Luanne esa noche para comprobar si el lápiz de labios era uno de los que ella vendía. Luanne había acabado su turno en el café a las seis y a esas alturas estaría en casa.

La County Road 12 estaba flanqueada por hileras de abedules, cuya corteza blanca reflejaba los haces de luz de los faros de Hannah a medida que avanzaba. Los *sioux* habían usado la corteza de abedul para hacer canoas. Cuando Hannah asistía todavía a la escuela primaria, su clase había hecho una excursión al museo para ver una. La pequeña Hannah había llegado a la conclusión de que si los indios habían construido canoas tantos años atrás, resultaría incluso más sencillo ahora, utilizando herramientas modernas. Por desgracia, su madre había visto que los abedules del patio trasero se estaban quedando sin corteza y su canoa no pasó de la fase de proyecto. Recibió una fuerte reprimenda de Delores por intentar matar sus abedules, además de unos azotes de su padre por robarle su mejor navaja.

Las luces de los faros de Hannah dieron en el triángulo reflector metálico que estaba clavado al tronco de un árbol en el desvío de Bailey Road y redujo la velocidad para tomar la curva. Bailey Road era de grava porque solo daba acceso a tres casas. Freddy Sawyer todavía vivía en la casita de campo de su madre a orillas del charco que llamaban lago Bailey. Era ligeramente retrasado, pero Freddy se defendía bien viviendo solo y haciendo chapuzas ocasionales para la gente de la ciudad. La segunda casa de Bailey Road había acabado de construirse el año anterior. Otis Cox y su esposa habían levantado el hogar en el que pasarían su jubilación sobre el solar de la antigua casita de campo de sus padres. Le habían contado a todo el mundo en la ciudad que les gustaban la tranquilidad y la soledad, pero Hannah creía que tenía más que ver con la norma vigente en Lake Eden que limitaba el número de perros que podían tener los vecinos a tres canes por residencia. Otis y Eleanor amaban los perros con locura y, ahora que vivían fuera de la ciudad, podían acoger tantos perros callejeros como quisieran.

Hannah sonrió al pasar por delante de la acogedora casa de tres dormitorios. Los Ford Explorer iguales de Otis y Eleanor estaban aparcados en el camino de entrada, y cada uno de ellos lucía una nueva pegatina en el parachoques. Eran copias que imitaban la vieja pegatina «I ♥ New York». Las suyas rezaban «I ♠ My Dog», cambiando el amor neoyorquino por el ambivalente símbolo de la castración perruna.

La otra residencia de Bailey Road, al final de todo, donde los quitanieves no tenían espacio para dar la vuelta, era la vieja casa de los Hanks. Ned Hanks, el padre de Luanne, había muerto hacía poco de una enfermedad hepática, consecuencia de sus años de abuso del alcohol. Ahora que Ned se había ido para siempre, las únicas ocupantes de la casa eran Luanne, su madre y la bebé de Luanne, Suzie.

Al detenerse delante de la cabaña de cuatro habitaciones, Hannah pensó en la extraña reacción de Luanne ante Bill. Este le había contado a Hannah que había parado a la chica en una ocasión, por llevar una luz trasera rota en el viejo coche que conducía, y ella se había mostrado visiblemente aterrorizada de Bill. Hannah no lo entendía. Bill era como un peluche gigante, con una sonrisa agradable y un aire nada amenazador. No tenía una pizca de maldad en su cuerpo y todo el mundo en Lake Eden lo sabía.

En realidad, Hannah no conocía mucho a Luanne. La había visto un par de veces cuando Michelle la había traído a casa de la escuela, y también la había visto en el café, pero no habían intercambiado más que unas palabras de cortesía. Pese a todo, Hannah la admiraba. Aunque Luanne había dejado el instituto durante el último curso, había seguido estudiando durante su embarazo y había aprobado el examen de equivalencia para su diploma. Luanne trabajaba mucho en el café, siempre agradable y bien arreglada, y ahora que había muerto su padre era el único sustento de su madre y Suzie. Aunque corrían rumores, nadie sabía a ciencia cierta quién era el padre de la hija de Luanne. Cuantos habían tenido el descaro de preguntárselo directamente habían recibido una respuesta muy educada: «Prefiero no decirlo».

Naturalmente, Hannah llevaba consigo galletas. Había hecho una bolsa con una docena de sus galletas dulces a la antigua y la cogió al apearse de su Suburban. En el aire fresco de la noche flotaba un aroma que hacía la boca agua y Hannah lo olisqueó con gusto. Alguien estaba preparando la cena y olía a jamón frito y panecillos.

Luanne se sorprendió visiblemente al encontrarse con Hannah cuando respondió a la llamada a la puerta.

—¡Hannah! ¿Qué haces aquí, tan lejos?

—Tengo que hablar contigo, Luanne. —Hannah le tendió la bolsa de galletas—. He traído unas galletas dulces a la antigua para Suzie.

Luanne la miró con desconfianza, y Hannah no la culpó. Apenas se conocían y, después de todo lo que había pasado Luanne, era natural no fiarse de la gente.

—Qué amable. A Suzie le encantan las galletas dulces. Pero ¿por qué tienes que hablar conmigo?

—Es sobre lápices de labios. ¿Dispones de un par de minutos?

Luanne vaciló un momento, y luego dijo:

—Entra. Deja que sirva la cena y luego soy toda tuya. Yo ya he cenado en la cafetería.

Hannah atravesó el umbral y entró en una amplia habitación rectangular. La cocina estaba al fondo, había una mesa para comer en el centro y un sofá, dos sillas y un televisor en el otro extremo. Aunque estaba destartalada, se veía muy limpia y dos terceras partes del suelo estaban cubiertas con muestras de alfombras que habían sido cosidas unas a otras formando un bonito dibujo en mosaico.

La señora Hanks estaba sentada a la mesa, sosteniendo al bebé de Luanne, y Hannah se acercó a ella.

—Hola, señora Hanks. Soy Hannah Swensen. Luanne fue al instituto con mi hermana pequeña, Michelle.

—Siéntate, Hannah —la invitó la señora Hanks, dando unas palmadas en la silla que tenía al lado—. Es un detalle que te hayas pasado por aquí. ¿Necesitas alguno de los pintalabios de Luanne?

Por un momento, Hannah se quedó pasmada, pero entonces recordó lo que había dicho en la puerta. La señora Hanks tenía buen oído.

—Eso es.

—¿Por qué no le sirves una taza de café a Hannah, cariño? —La señora le hizo un gesto a Luanne—. Esta noche hace bastante fresco.

Luanne se acercó para servir una bandeja de jamón, un cuenco de judías verdes y un plato de panecillos en la mesa.

—¿Qué me dices, Hannah? ¿Te apetece un café?

—Sí, si está hecho.

—Está hecho. —Luanne volvió a la vieja cocina de madera y sirvió una taza de la jarra de esmalte azul que estaba en la parte de atrás. Lo dejó delante de Hannah y preguntó:

—Todavía lo tomas solo, ¿no?

—Sí. ¿Cómo lo sabías?

—De la cafetería. Las propinas son mayores si recuerdo detalles como ese. Espera un momento mientras acomodo a Suzie en su trona. Luego podemos hablar de ese pintalabios.

Luanne colocó a su hija en la trona y levantó la bandeja. Le dio un panecillo a Suzie y se rio cuando la pequeña intentó metérselo entero en la boca.

—Todavía no tiene claro el concepto de bocadito.

—Normal, a esta edad... —confirmó Hannah con una sonrisa.

Luanne recuperó el panecillo y lo partió en trocitos que la pequeña podía comer. Entonces se volvió hacia su madre.

—¿Le das de comer a Suzie, mamá?

—Claro. Anda a lo tuyo, cariño. Lleva a Hannah a la parte de atrás y enséñale tu muestrario.

Hannah siguió a Luanne a uno de los dormitorios. Estaba pintado de un amarillo dorado y en la ventana había cortinas con volantes. La cuna de Suzie estaba apoyada en la pared del fondo, y en la de enfrente había una cama individual que Hannah supuso que era la de Luanne. En un rincón, dos cestos de plástico para la colada contenían unos cuantos juguetes cada uno. Había tres libros infantiles encima de una mesa infantil, y Hannah se fijó en un puñado de ceras en una vieja botella de lejía que había sido cortada para convertirla en un portalápices.

—Ese es el rincón de Suzie —explicó Luanne, señalando la mesa—. Este fin de semana voy a pintarle con plantillas conejitos azules y blancos en la pared; la mesa también quedará azul.

Hannah reparó en que la mesa era más larga que la mayoría de las mesas infantiles. Tenía la altura apropiada para una criatura de menos de dos años como Suzie y mucho sitio para trabajar.

—Qué mesa tan práctica. La de Tracey era pequeña y cuadrada; muy bonita, pero apenas cabía un libro de colorear.

—La de Suzie era una vieja mesita de centro. Le serré las patas y listo. Ahora solo me falta encontrar algo que pueda utilizar como silla.

Hannah recordó las cosas que había en el garaje de su hermana, toda la ropa, los juguetes y el mobiliario de tamaño infantil que Tracey ya no podía utilizar.

—Es posible que Andrea tenga una silla para Suzie. Se lo preguntaré.

—No. —Luanne negó con la cabeza—. Sé que lo dices con buena intención, Hannah, pero no necesitamos caridad. Vamos saliendo adelante.

Hannah tendría que haberse imaginado que Luanne sería demasiado orgullosa para aceptar un regalo por las buenas. Pero había formas de eludir el orgullo y, al mirar la mesa, a Hannah se le ocurrió una idea.

—Créeme, no se trata de caridad. —Hannah dejó escapar lo que esperaba que pasara por un suspiro de exasperación—. Prometí ayudar a Andrea a limpiar su garaje este fin de semana y llevar todo lo que había utilizado Tracey de peque al vertedero.

Luanne pareció asombrada.

—¿Al... vertedero? Tendrías que llevarlo a la tienda de caridad de artículos usados, Hannah. Estoy segura de que alguien se alegraría de comprarlos de segunda mano.

—Lo sé, pero todo eso ha estado almacenado durante un par de años y Andrea está demasiado ocupada para revisarlo. Para ella es más sencillo tirarlo todo.

Luanne pareció pensárselo.

—Es una pena pensar que todas esas cosas van a acabar en la basura. No me importaría echarle una mano a Andrea y revisarlas. Helping Hands siempre necesita contribuciones.

—¿De verdad no te importaría? Podríamos traerlo todo hasta aquí, así tendrías tiempo de ir seleccionando caja por caja. Pero tienes que prometerme que te quedarás cualquier cosa que puedas utilizar para Suzie. Es lo menos que puedes hacer si vas a asumir todo ese trabajo.

—Estaré encantada. —Luanne pareció complacida ante la perspectiva—. Siéntate en el tocador, Hannah.

Luanne hizo un gesto hacia un anticuado tocador pintado en un bonito tono azul. Su espejo estaba salpicado con oscuros signos de la edad, y encima había unas muestras de cosméticos Pretty Girl. Una vieja y destartalada silla plegable con una capa de pintura a juego estaba delante del tocador, y Luanne apartó un conejo de peluche del asiento. Una vez sentada Hannah, Luanne sonrió:

—¿Has dicho que necesitas un pintalabios?

—Así es. —Hannah se dijo a sí misma que en realidad no estaba mintiendo. Ya había decidido comprarle algunos cosméticos a Luanne. Cualquiera que trabajara tanto para mantener a su madre y su hija merecía su ayuda.

—¿En qué color has pensado? —preguntó Luanne.

—En este. —Hannah buscó en su bolso y extrajo la bolsa que contenía el vaso—. ¿Tienes algo que se parezca a esto?

Luanne miró el vaso por un instante y entonces suspiró.

—No puedes ponerte ese color, Hannah. No pega en absoluto con tu pelo.

—Oh, no es para mí. —Hannah se dispuso a soltar la historia que se había preparado. Bill le había advertido que no mencionara la investigación, pero a Hannah se le había ocurrido una forma de saltarse esa restricción—. A mi madre le encanta este color. El otro día me estaba ayudando a tirar la basura y vio este vaso con la mancha del pintalabios.

Luanne pareció aliviada.

—Entonces, ¿es para tu madre?

—Eso es. Me contó que de joven acostumbraba a llevar un pintalabios como este y que ya no lo encuentra en ningún sitio de la ciudad. Me gustaría sorprenderla regalándoselo, iré a verla el martes de los carbohidratos.

—¿El martes de los carbohidratos?

—Así lo llamo yo. Ceno con mi madre todos los martes y está loca por los dulces. Anoche cenamos estofado hawaiano con trozos de piña y boniatos caramelizados.

Luanne empezó a sonreír.

—Ya veo de dónde le viene el nombre.

—Pues eso no es todo. La guarnición eran plátanos fritos y, de postre, pastel de nueces con escarchado de chocolate. Y mi madre le añadía helado al suyo.

—Casi parece adicta al azúcar. ¿No se lo comerá también del paquete a cucharadas?

—No me extrañaría —se rio Hannah—. Sé que guarda una reserva de *brownies* de chocolate en el congelador y tiene un cajón entero lleno de tabletas de chocolate de casi medio kilo. Supongo que debo agradecer que invitara a Carrie Rhodes y a su hijo a cenar con nosotras. Norman es dentista.

Luanne le lanzó una mirada astuta.

—Tengo entendido que Norman se mudó al pueblo cuando murió su padre. ¿Es que tu madre quiere emparejarte con él?

—Claro que quiere. Ya conoces a Delores. Está desesperada por casarme y cualquier opción es buena para ella: soltero, divorciado, viudo...

—¿Y tú no quieres casarte?

—Así estoy estupendamente. Haría falta el esfuerzo conjunto de Harrison Ford y Sean Connery para que cambiara de opinión.

—A mí me pasa lo mismo —dijo Luanne—. Me alegro mucho de que el pintalabios no sea para ti, Hannah. Detestaría perder una venta, pero no pensaba dejarte salir de aquí con un color que te sentara tan mal. Con ese precioso pelo rojizo tuyo, tienes que elegir un tono de una paleta más color tierra.

—Pero sí tienes un pintalabios de este color, ¿no?

—Claro. Y tu madre tiene razón. Soy la única que lo vende en Lake Eden. Se llama «Rosa Pasión» y lo adquiero para una señora de la ciudad.

—Genial, Luanne. Esto me va a dar puntos con mi madre. —Hannah se sentía orgullosa de sí misma. Sabía de dónde procedía el pintalabios. Ahora lo único que le faltaba era conseguir que Luanne le dijera el nombre de la mujer que se lo ponía—. Y esta otra clienta que lo usa... Mi madre se molesta si alguien que conoce lleva el mismo sombrero o el mismo vestido. Seguramente se sentirá igual con el pintalabios.

—Oh, por ahí no hay ningún problema. No creo que tu madre y Danielle se muevan en los mismos círculos.

Hannah se concentró en el nombre. La única Danielle que conocía estaba casada con Boyd Watson, el entrenador que más triunfos había conseguido con el Instituto Jordan.

—¿Te refieres a la esposa del entrenador Watson?

—La misma. Casi me muero la primera vez que lo encargó, pero la verdad es que a ella le queda bien. Tienes que ser rubia clara natural para lucirlo. Y el pelo de Danielle es muy rubio, casi blanco.

—¿Estás segura de que Danielle Watson es la única mujer en la ciudad que usa Rosa Pasión?

—Completamente. Nadie más me lo compra y soy la única distribuidora de Pretty Girl de la zona.

—Gracias, Luanne. —Luanne ignoraba hasta qué punto se lo agradecía Hannah—. Si tienes una barrita de Rosa Pasión, me la llevaré.

—La tengo. Espera mientras la saco de mi reserva. Y, ya que estamos, te haré un cambio de imagen. Verás qué atractiva estarás con la base correcta, un tono bonito de sombra de ojos y el color perfecto de pintalabios.

—Muy bien —convino Hannah. Sería maleducado rechazar la oferta y, de paso, aprovecharía para hacer más preguntas acerca de Danielle mientras Luanne jugaba a esteticistas—. ¿Te compra mucho maquillaje Danielle?

Luanne sacó una enorme caja de muestras y la colocó sobre una mesa junto al tocador. Era mucho más grande que un maletín y se abría a ambos lados para exhibir varias hileras de productos. La hilera superior contenía muestras de lápices de labios en miniatura; la segunda tenía pequeños frascos de base y colorete, y la tercera estaba llena de variados colores de sombra de ojos, delineadores y rímel. En el fondo se alineaban frascos de esmalte de uñas y había una bandeja extraíble con pinceles, hisopos de algodón y esponjas.

—Danielle es una de mis mejores clientas —contestó Luanne mientras sacaba del muestrario un frasco de base—. Compra de nuestra línea para teatro.

—¿Pertenece al grupo de actores de Lake Eden? —Hannah se refería al grupo de teatro de la comunidad que había abierto un café teatro en la antigua zapatería de Main Street.

—Yo diría que no. —Luanne sacó varias horquillas anticuadas, las que Bertie había dejado de usar en Cut 'n Curl hacía años, y recogió el pelo de Hannah para apartárselo de la cara—. Primero quitemos el pelo de en medio.

—¿Y por qué Danielle usa maquillaje de teatro?

—Tiene problemas en la piel. —Luanne empezó a aplicar la base—. Cierra los ojos, Hannah. También tengo que ponerte en los párpados.

Hannah cerró obedientemente los ojos, pero siguió haciendo preguntas.

—¿Qué clase de problemas?

—Manchas y granos. Esto que quede entre nosotras, ¿eh? Danielle tiene bastante complejo. Me dijo que todavía le salen granos como a una adolescente y no solo en la cara. También tiene brotes terribles en la parte de arriba de los brazos y el cuello.

—¿Y el maquillaje de teatro lo oculta?

—Completamente. El maquillaje teatral de Pretty Girl lo oculta casi todo. ¿Te acuerdas de cuando le pusieron un ojo a la funerala a Tricia Barthel?

—Ummm. —Hannah hizo cuanto pudo para responder afirmativamente sin abrir la boca. Luanne estaba aplicándole la base sobre el labio superior. Se acordaba del ojo amoratado de Tricia. Tricia le había contado a todo el mundo que se había tropezado con una puerta, pero Hannah se había enterado de la historia verdadera por boca de Loretta Richardson. Loretta le había dicho que su hija, Carly, le había arrojado un libro de álgebra a Tricia cuando esta le había tirado los tejos al novio de Carly.

—La madre de Tricia estaba muy preocupada porque al día siguiente tomaban las fotografías para la graduación. Me llamó para que fuera a visitarlas y le apliqué a Tricia la base teatral de Pretty Girl. Ocultó sus moretones a la perfección y desde entonces siempre me compra el maquillaje.

—Es asombroso —se arriesgó a comentar Hannah. Luanne trabajaba ahora en su barbilla—. Miré la fotografía de Tricia cuando publicaron todas las fotos de la graduación en el periódico y no vi ningún moratón.

—La base teatral Pretty Girl lo oculta todo, tanto si es un simple grano como un moratón. —Luanne parecía orgullosa de sus productos—. Pero tú no la necesitas, Hannah. Tienes una piel perfecta. Debes de usar la combinación justa de crema hidratante y crema nocturna. Yo no cambiaría nada.

Hannah contuvo una sonrisa. No tenía la menor intención de cambiar nada, sobre todo porque en su vida había utilizado crema hidratante ni nocturna. Se lavaba la cara con el jabón que hubiera en venta en el Red Owl y no le daba más vueltas.

—Échate hacia atrás y relájate, Hannah —dijo Luanne con tono profesional—. Cuando haya acabado contigo, estarás más guapa que nunca.

CAPÍTULO SEIS

Cuando Hannah entró en el centro comunitario, la primera persona a la que vio fue a su madre. Delores Swensen era el centro de atención al fondo del salón, rodeada por sus amigas. Mientras Hannah observaba, su madre estiró la mano para atusarse el pelo liso y oscuro, un gesto que hizo centellear sus elegantes pendientes de diamantes bajo las lámparas del techo. Llevaba puesto el vestido azul claro que había estado en el escaparate de Beau Monde Fashions, y su bolso y zapatos iban a juego. La madre de Hannah era todavía una mujer hermosa, y lo sabía. A los cincuenta y tres años, Delores estaba ganando la batalla contra el tiempo y solo Hannah, que había ayudado a su madre con sus finanzas durante varios meses tras la muerte de su padre, sabía con exactitud lo cara que había resultado esa batalla. Por suerte, Delores tenía dinero en abundancia. El padre de Hannah había dejado a Delores en una situación financiera muy saneada y, además, había heredado de sus propios padres. Por mucho que gastara en liposucciones y *liftings,* Delores no iba a arruinarse.

Hannah suspiró mientras avanzaba entre los reunidos. Con la excepción de su color de pelo, Andrea se parecía a Delores. Y Michelle, la pequeña, también era preciosa. Sus dos hermanas menores habían heredado los genes de la belleza de su madre. Hannah era la única de la familia que se parecía a su padre. Tenía su mismo pelo rojizo, rizo e inmanejable y era, como poco, diez centímetros más alta que sus hermanas. Cuando los desconocidos veían a Delores con sus hijas, daban por supuesto que Hannah era adoptada.

Delores se estaba riendo de algo que una de sus amigas había dicho. Hannah esperó hasta que el grupo de señoras se hubo dispersado y entonces se acercó para darle a Delores un toquecito en el hombro.

—Hola, mamá.

—¿Hannah? —Delores se dio la vuelta hacia ella. Con los ojos como platos y la boca abierta de par en par, dejó caer el bolso para agarrar la mano de Hannah.

—¿Qué pasa? —Hannah empezó a fruncir el ceño.

—No doy crédito, Hannah. ¡Te has puesto maquillaje!

Hannah se quedó perpleja ante la reacción de su madre. Había decidido mostrar los resultados del cambio de imagen de Luanne en el acto de recaudación de fondos, pero si hubiera sabido que Delores iba a reaccionar con tal pasmo descontrolado, se habría pasado antes por The Cookie Jar y se habría lavado la cara.

—¿No te gusta?

—Es todo un cambio. No sé qué decir.

—Eso ya lo veo. —Hannah se agachó para recoger el bolso de su madre—. Supongo que tendría que habérmelo quitado antes de venir.

—¡No! En realidad, te queda bien. Me sorprendes, Hannah. No tenía ni idea de que supieras siquiera lo que es un lápiz de ojos.

—Soy un pozo de sorpresas. —Hannah sonrió a su madre—. Dime la verdad, mamá: ¿crees sinceramente que mejora mi aspecto?

—¡Sin la menor duda! Y si pudiera convencerte de que vistieses mejor, de verdad que... —Delores se interrumpió y entornó los ojos—. Sé que detestas el maquillaje y solo se me ocurre una razón por la que te molestarías en ponértelo. Dime, cariño, ¿lo haces por Norman Rhodes?

—Norman no ha tenido nada que ver con esto. Fui a ver a Luanne Hanks y, mientras estaba en su casa, me propuso un cambio de imagen.

—Oh. —Delores pareció desilusionada—. En cualquier caso, creo que te queda bien. Si te pusieras maquillaje y te vistieses como es debido con más frecuencia, supondría un verdadero cambio en tu vida.

Hannah se encogió de hombros y decidió cambiar de tema antes de que su madre empezara a soltarle uno de sus sermones.

—¿Has visto a Andrea? Tengo que hablar con ella.

—Anda por aquí. La vi en la mesa de refrigerios hace unos minutos.

—Más vale que vaya a buscarla. —Hannah se preparó para la huida—. Nos vemos luego, mamá.

Hannah rebuscó entre los congregados, pero no vio a Andrea. Decidió que buscaría a su hermana más tarde y se encaminó a la mesa de los refrigerios, que estaba colocada a un lado del salón. Estaba incumpliendo sus deberes y Lisa seguramente querría volver a casa junto a su padre.

—Hola, Hannah. —Lisa sonrió cuando Hannah se acercó a la mesa—. A todo el mundo le encantan tus galletas. La señora Beeseman ha vuelto cuatro veces.

—No me sorprende. Le encanta cualquier cosa que lleve chocolate. Has hecho un trabajo espléndido, Lisa. Si quieres marcharte ya, yo puedo ocuparme de todo.

—No tengo que irme, Hannah. Mi vecino ha dicho que se quedará con mi padre hasta que yo vuelva a casa. Además, me lo estoy pasando muy bien.

A Hannah le costó creerse lo que Lisa acababa de decirle.

—¿Te parece divertido servir café y galletas en un acto político de recaudación de fondos?

—Es genial. Todo el mundo viene a hablar conmigo y son muy cordiales. Ve a darte una vuelta, Hannah. Seguro que puedes conseguir algún cliente nuevo.

—Muy bien, pero esto lo anotamos como horas extra, ¿eh? —Hannah le lanzó una larga y penetrante mirada. Si aquello le parecía divertido a Lisa, estaba claro que debía salir más—. Tengo que hablar con Bill, ¿lo has visto?

—Todavía no. Tu hermana dijo que vendría más tarde. Imagino que tendrá un montón de papeleo por hacer. ¿Quieres que le diga que lo estás buscando cuando venga por aquí?

—Sí, gracias. —Hannah tenía que contarle a Bill lo de Danielle Watson, pero, mientras tanto, tal vez pudiera averiguar por qué Danielle estaba con Ron cuando este estaba reponiendo la cámara frigorífica del instituto—. ¿Y qué me dices de la esposa del entrenador Watson? ¿Ha venido?

—Los he visto a los dos hará un par de minutos. El entrenador Watson dijo que acababa de volver de un curso de entrenadores de baloncesto. Ha estado tres días fuera.

La mente le iba a Hannah a mil por hora mientras buscaba a Andrea. El entrenador Watson había salido de la ciudad y Danielle había estado con Ron a primera hora de esta mañana. Hannah no quería pensar que Ron era de los que tienen una aventura con la esposa de otro hombre, pero esa parecía la conclusión más obvia.

Andrea estaba hablando con la señora Rhodes, pero se excusó cuando vio a Hannah.

—¿Qué te ha pasado? ¡Estás fabulosa!

—Gracias, Andrea. ¿Tienes un momento?

—Claro. —Andrea la condujo a un rincón menos atestado del salón—. ¿Por qué te has puesto maquillaje?

—Luanne Hanks me propuso un cambio de imagen y no he tenido tiempo de quitarme el maquillaje. Por eso tenía que hablar contigo. Cuando estaba en casa de Luanne, me fijé en que su hija no tiene muchas cosas. Me preguntaba si conservas algunos de los viejos muebles y juguetes usados de Tracey que pudieras darle.

—Claro que sí. Conservo todo lo que le va quedando pequeño. Se lo daría todo a Luanne encantada, pero no sé si se toma muy bien lo de aceptar caridad.

—Ya lo había pensado, así que le he contado que pensabas deshacerte de algunas cosas y le he preguntado si le importaría que se las dejaras en su casa en lugar de tirarlas al vertedero.

—¿Y ha aceptado?

—Solo después de que yo le dijera que tú no tenías tiempo para revisar las cajas y que era una verdadera pena que todas esas cosas bonitas acabaran pudriéndose en el vertedero. Ella seleccionará lo que pueda utilizar y llevará lo demás a la tienda de segunda mano.

—¡Buen trabajo, Hannah! —Andrea estiró el brazo y le dio unas palmadas en la espalda—. No creía que tuvieras ni una pizca de maldad en el cuerpo, pero supongo que alguna cosa estarás aprendiendo de mamá.

Hannah atisbó a Danielle Watson al otro lado del salón. Formaba parte de un grupo en el que también estaban su marido, Marge Beeseman, el padre Coultas, Bonnie Surma y Al Percy. Danielle lucía un vestido azul cielo, y su cabello rubio claro estaba peinado con un moño a la moda recogido en la nuca. Varios mechones rizados y ligeros colgaban cerca de sus mejillas para que su peinado pareciera menos severo y llevaba los labios pintados con el color que Hannah reconocía ahora como el Rosa Pasión de Pretty Girl.

Hannah se acercó discretamente al grupo. El tema de conversación era Ron LaSalle, lo que no la sorprendió. El asesinato de Ron era la noticia más importante en Lake Eden desde que el pequeño Tommy Bensen había quitado el freno de mano del Ford Escort de su madre, estampándose contra el escaparate de cristal del First Mercantile Bank.

—Mi Herbie dice que le dispararon al corazón —cotilleaba la señora Beeseman—. Ahora Max va a tener que volver a tapizar la furgoneta porque había sangre por todas partes.

El entrenador Watson parecía triste.

—Es una pérdida terrible para los Gulls. Ron venía a todos los entrenamientos e infundía ánimo a todo el mundo.

—¿Crees que ha sido una especie de venganza deportiva? —preguntó Al Percy, cuyas pobladas cejas casi se juntaron al fruncir el ceño—. Después de todo, Ron fue el jugador estrella de los Gulls durante tres años seguidos.

El padre Coultas negó con la cabeza.

—Eso no tiene sentido, Al. Ron caía bien a todos, incluso a los chicos de los equipos rivales.

—Tiene razón, padre —se apresuró a convenir el entrenador Watson—. Ron era popular porque jugaba limpio.

Al siguió frunciendo el ceño y Hannah vio que todavía no estaba dispuesto a renunciar a su teoría de la venganza deportiva.

—Tal vez no tenía nada que ver con los deportes del instituto. Por lo que he oído, el asesinato parecía una ejecución y me da que eso apunta sin duda a los tipos de nariz torcida.

—¿Nariz torcida? —Bonnie Surma se irritó y Hannah se acordó de que su apellido de soltera era Pennelli—. ¿Te refieres a la mafia?

Al asintió.

—No es descabellado, Bonnie. Todo el mundo sabe que controlan las apuestas deportivas y podían haber contratado a Ron para recoger el dinero de las apuestas mientras despachaba los pedidos de leche. Si Ron no entregó la cantidad convenida, pueden haber mandado un asesino a sueldo a por él.

—Estás loco, Al. —Estaba claro que Marge Beeseman no tenía pelos en la lengua—. Ron era uno de los nuestros y nunca habría hecho nada por el estilo. Además, mi Herbie dice que los sicarios de la mafia siempre disparan a sus víctimas en la nuca. O utilizan un trozo de alambre para asfixiarlas como hacían en *El padrino*.

Mientras Hannah observaba, la cara pálida natural de Danielle adquirió un matiz de gris enfermizo. Su sonrisa educada se desvaneció y pareció que tenía que esforzarse para no echarse a llorar. Se volvió hacia su marido, le susurró unas palabras y abandonó el grupo. Hannah la miró mientras ella se abría paso por el salón atestado y se dirigía al pasillo que conducía al aseo de señoras.

Esa era su oportunidad y Hannah no iba a desperdiciarla. Siguió a Danielle todo lo rápido que pudo. Una vez en el pasillo, Hannah fue directamente a los aseos de señoras con un único propósito: averiguar exactamente qué sabía Danielle sobre el asesinato de Ron.

CAPÍTULO SIETE

Cuando Hannah se acercó a la puerta del servicio de señoras oyó unos sollozos ahogados. Tal vez no era justo por su parte aprovecharse del dolor de Danielle, pero si tenía que elegir entre sus escrúpulos y ayudar a Bill a resolver el asesinato de Ron, la respuesta estaba clara.

Hannah abrió la puerta y encontró a Danielle delante del gran espejo que se extendía sobre los lavamanos. Se toqueteaba los ojos con un pañuelo de papel empapado y parecía desamparada y asustada. Cuando Hannah entró en el recinto de baldosas rosas, se sintió como el brutal Simon Legree enfrentándose a Little Eliza en *La cabaña del tío Tom*.

—¿Danielle? —Hannah recordó el viejo refrán sobre las moscas y la miel y puso cuanta empatía pudo reunir en su voz—. ¿Qué pasa?

Danielle se dio la vuelta precipitadamente, con una expresión culpable.

—Nada. Yo solo..., eh... Creo que se me ha metido algo en el ojo, nada más.

—¿En los dos ojos? —Hannah habló sin pensar y al instante se arrepintió. Si se enajenaba a Danielle antes de formularle siquiera la primera pregunta, no llegaría a nada—. Seguramente es polvo. Ha hecho mucho viento todo el día. ¿Quieres que te lo mire?

—¡No! Eh..., pero gracias de todos modos, Hannah. Creo que ya se me ha pasado.

—Muy bien. —Hannah le ofreció la mejor de sus sonrisas. Sabía que la excusa que le había dado Danielle era una mentira descarada, pero estaba dispuesta a pasarla por alto, siempre que Danielle le contara lo que quería saber—. ¿No te parece espantosa la forma en que todo el mundo está hablando de Ron?

La cara de Danielle volvió a empalidecer.

—Sí, la verdad.

—¿Habías visto a Ron últimamente? —Hannah contuvo el aliento. Si Danielle reconocía que había acompañado a Ron a la escuela, Hannah estaría un paso más cerca de reunir los hechos que Bill necesitaba.

—No. No hemos contratado el reparto casero y no suelo tropezarme con él. Ahora tengo que irme, Hannah.

—Si acabas de entrar... —Hannah se movió hacia un lado para impedirle el paso a Danielle—. Quédate un momento, Danielle. Si yo fuera tú, me arreglaría el maquillaje. Se te empieza a correr el rímel.

—No. Acabo de comprobarlo. De verdad, tengo que irme. Boyd me está esperando y no le gusta perderme de vista durante mucho tiempo.

—¿Por qué no? —Hannah percibió el pánico de Danielle y no le pareció justificado.

—Él..., eh..., se preocupa por mí cuando no estoy con él.

Danielle estaba justo debajo de la lámpara del techo y Hannah se fijó en que el maquillaje de un lado de su cara era mucho más denso que el del otro. ¿Era para ocultar los problemas de cutis de los que le había hablado Luanne?

—Podemos hablar más tarde, Hannah. A Boyd no le hará gracia si no vuelvo inmediatamente.

—Será solo un momento. —Hannah estiró la mano para agarrar el brazo de Danielle cuando esta intentó pasar a su lado. La táctica de las moscas y la miel no había funcionado, así que era el momento de dejar la diplomacia a un lado—. Sé que estuviste con Ron esta mañana y tengo que averiguar por qué.

Los ojos de Danielle se abrieron como platos, en un intento de parecer inocente, pero un rubor elocuente apareció en sus mejillas.

—¿Con Ron? Te equivocas, Hannah. Ya te he dicho que hacía semanas que no lo veía.

—Eso es mentira, y tú lo sabes. ¿Por qué estabas en la escuela con Ron cuando él reponía la cámara frigorífica?

—¿Y eso quién lo dice? —Danielle se dio la vuelta para encararla y había asomado con claridad una expresión de desafío en sus ojos. Era obvio que no estaba dispuesta a dar información sin resistirse.

—No lo dice nadie, pero yo sé que estabas allí. Tu vaso de café se quedó sobre el mármol y dejaste una mancha de pintalabios en él. Tú eres la única mujer de Lake Eden que utiliza ese color, Danielle. ¿Tenías una aventura con Ron?

—¿Una aventura? —Danielle pareció sinceramente sorprendida—. ¡Eso es ridículo, Hannah! Es cierto que estuve con Ron, pero no éramos más que amigos. Él..., eh..., a veces me ayudaba a superar baches.

La cara de Danielle exhibía la misma expresión angustiada que Hannah había visto una vez en un conejo atrapado. Ella había liberado al conejo, pero ahora no pensaba dejar escapar a Danielle antes de que le hubiera dado algunas respuestas sinceras.

—A ver si lo entiendo, Danielle. Tu marido estaba fuera de la ciudad, tú pasaste la noche con un hombre atractivo que es solo un amigo, ¿y tu amigo acaba asesinado esta mañana solo unos minutos después de que hayáis tomado un café juntos?

—Sé que suena mal. —Danielle suspiró y con el aire pareció perder toda la bravuconería—. Tienes que creerme, Hannah. Eso fue exactamente lo que pasó.

—¿Sabe Boyd que pasaste la noche con Ron?

—¡No! —Danielle pareció ponerse mala—. ¡Por favor, no se lo digas! ¡Boyd nunca lo entendería!

—No tendré que decirle nada si eres sincera conmigo. Si Ron y tú no teníais una aventura, ¿por qué estabas con él?

Danielle miró a la puerta y luego bajó la mirada a su brazo, al punto en el que los dedos de Hannah la aferraban. Se estremeció y luego asintió.

—Muy bien; te lo contaré, Hannah, pero tienes que respetar mi intimidad. Yo... yo no puedo permitir que Boyd se entere de dónde estuve anoche.

—De acuerdo —convino Hannah—. Pero si sabes algo sobre el asesinato de Ron, tendré que darle esa información a Bill.

—¡No tiene nada que ver con el asesinato de Ron! Al menos, no lo creo. Te he mentido, Hannah... Ron y yo éramos algo más que amigos. Él era mi padrino en JJ. AA.

—¿JJ. AA.?

—Jugadores Anónimos. Nos reunimos todos los martes por la noche en el colegio universitario.

Esa confesión desconcertó a Hannah.

—¿Eras adicta al juego?

—Sí, pero Boyd no lo sabe. —Danielle estiró la mano y buscó el equilibrio apoyándose en la pared—. ¿Podemos sentarnos, Hannah? No me encuentro muy bien.

Hannah la llevó hasta el sofá y las sillas que había en un rincón del aseo de señoras. Cuando Danielle se sentó en el sofá, Hannah acercó una de las sillas.

—¿Has dicho que Boyd no sabe nada de tu adicción?

—No. No es un hombre fácil, Hannah. Espera que su esposa sea perfecta. Creo que se divorciaría si llegara a descubrir la verdad.

Hannah sospechaba que Danielle estaba en lo cierto. El entrenador Watson exigía la perfección a cuantos le rodeaban. Era duro con su equipo cuando los chicos cometían errores en el terreno de juego o en la cancha, y había sido incluso más duro con Danielle. Es posible que ella exagerara cuando dijo que su marido se divorciaría, pero Hannah apostaba a que sin duda se irritaría mucho.

—Has dicho que vas a las reuniones de JJ. AA. todos los martes por la noche. ¿No te pregunta Boyd dónde vas?

—Le dije que asistía a una clase de arte en el colegio universitario. Tuve que mentirle, Hannah.

Era hora de dar un poco de margen a Danielle y Hannah lo sabía.

—Puedo entenderlo. Seguramente yo haría lo mismo si fuera tú. ¿Asististe a la reunión de JJ. AA. anoche?

—Sí, allí estuve.

—¿Y Ron?

—Ron también. No se perdía ninguna reunión.

Hannah fue directa al quid de la cuestión.

—¿Volviste a casa con él tras la reunión?

—Claro que no. Creía que Boyd estaría de regreso a esas alturas y que iríamos en coche a cenar al Hub. A Boyd le encantan los bistecs que sirven allí. Dice que un atleta no consigue las proteínas suficientes con pollo y pescado, y siempre hace que sus chicos coman mucha carne roja cuando están en fase de entrenamiento.

Hannah había visto a los chicos de los equipos del entrenador Watson zampándose hamburguesas en el Hal and Rose's Cafe y pensaba que de proteínas andaban servidos. Pero Danielle estaba dispersándose y Hannah tuvo que traerla de vuelta al tema.

—Tu marido no volvió a casa anoche, ¿no?

—No, cuando entré en casa, había un mensaje de Boyd en el contestador automático. Decía que había decidido quedarse en casa de su madre y que estaría de vuelta hoy a mediodía. No la ve muy a menudo y tendría que habérmelo tomado con calma, pero había esperado que estuviera aquí cuando yo llegara y... y me descolocó.

Hannah le sonrió para animarla.

—Claro, es normal. ¿Qué pasó entonces?

—Abrí el correo y encontré un cheque de mi madre. Habíamos comprado unas acciones juntas y sacamos beneficios cuando las vendimos. Si no hubiera llegado ese cheque, creo que yo habría estado bien. Pero nada más ver el dinero me entraron ganas de jugar.

—Es comprensible. ¿Qué hiciste?

—Llamé a Ron. Se supone que debemos llamar a nuestro padrino inmediatamente ante los primeros signos de recaída. Pero Ron no estaba en casa y... —Danielle tragó con fuerza—. Me da vergüenza confesar lo que hice a continuación, Hannah.

Hannah supuso que sabía lo que había hecho Danielle, pero de todos modos preguntó:

—¿Fuiste a jugar?

—Sí. —Una lágrima cayó por la mejilla de Danielle, que se la enjugó con su pañuelo de papel empapado—. Utilicé el cajero automático para depositar el cheque y saqué algo de efectivo. Luego fui en coche hasta el casino indio. Fue ahí donde me topé con Ron.

—¿Ron estaba jugando en Twin Pines?

—No. —Danielle negó con la cabeza rápidamente—. Ron era fuerte como una roca, Hannah. Había superado por completo su adicción. Una vez me contó que ya ni siquiera sentía la necesidad de jugar.

—Entonces, ¿qué estaba haciendo allí?

—Repartía folletos en el aparcamiento. En cuanto me echó una mirada entendió el problema, así que se metió en su coche y me siguió de vuelta a casa. La verdad es que me quedé mucho más tranquila. El Grand Cherokee de Boyd no funcionaba muy bien y yo temía que se averiara en el camino de vuelta.

—¿Sabes qué hora era?

—Las once en punto —respondió Danielle al instante—. El reloj del abuelo en el vestíbulo dio la hora cuando entré por la puerta.

—¿Y Ron se quedó en casa contigo?

—No, se quedó esperando en la esquina. Yo no me encontraba nada bien, Hannah. Casi arañé el costado de mi Lincoln cuando entré en el garaje.

Hannah asintió y esperó a que siguiera. Aunque entendía a Danielle, ese no era el momento de mostrarse comprensiva: todavía necesitaba sonsacarle más información.

—Entré en casa para comprobar de nuevo el contestador automático y luego volví caminando al callejón para reunirme con Ron. Me llevó en coche a su apartamento y nos pasamos la noche despiertos, bebiendo café. Eso es exactamente lo que pasó, Hannah. ¡Lo juro!

—¿Por qué le acompañaste al trabajo?

—Ron llegaba tarde y no tenía tiempo para llevarme a casa hasta después, así que le acompañé en su ruta de reparto entre los vecinos. Luego volvimos a la lechería y él cargó la furgoneta para su siguiente ronda, la de comercios y empresas. Solo fui a un cliente de estos con él. En cuanto hubo aprovisionado la cámara frigorífica de la escuela, me acercó a casa.

—¿A qué hora te llevó a casa?

—Eran las siete y veinte. Miré mi reloj antes de bajarme de su furgoneta. Pensé que mis vecinos a lo mejor ya se habían levantado, así que me metí por el callejón y entré por el garaje.

—¿Reparaste en si alguien seguía la furgoneta de Ron?

—No lo sé. —Danielle parecía asustada—. He estado pensando en eso todo el día, pero no recuerdo ver a nadie siguiéndonos.

Hannah se inclinó hacia delante. Si Danielle sabía dónde tenía pensado ir Ron cuando la dejó, podría serle de ayuda.

—Piénsalo bien, Danielle. ¿Dijo algo Ron sobre dónde iba a ir después de dejarte?

—No dijo nada, aparte de despedirse. —La voz de Danielle tembló mientras volvía a secarse los ojos—. Intenté convencerle de que fuera al dentista para que le mirase un diente, pero no creo que lo hiciera. Ron tenía la manía de querer ser digno de confianza y hacer sus entregas a tiempo.

Las cejas de Hannah se alzaron.

—¿Un diente? ¿Qué le pasaba?

—Creo que se le había roto. Se enzarzó en una pelea con uno de los porteros del casino cuando intentó repartir unos folletos dentro. Se le hinchó la mandíbula y le dolía mucho. Insistí para que se pusiera hielo. Va bien para la hinchazón.

Hannah recordó la última vez que había visto a Ron con vida. Estaba junto a su furgoneta, apoyando un lado de la cara en la mano ahuecada. A ella le había dado la impresión de que estaba sumido en sus pensamientos, pero también era un gesto habitual cuando a uno le duele un diente.

—¿El diente roto de Ron estaba en el lado izquierdo, Danielle?

—¡Sí! —Danielle se quedó boquiabierta y miró fijamente a Hannah, como si esta hubiera sacado un conejo de un sombrero—. ¿Cómo lo sabías?

—Lo vi cargando su furgoneta cuando yo iba a trabajar esta mañana y se tocaba la mandíbula izquierda con la mano. Pero no te vi a ti.

—Eso es porque yo estaba encogida en el asiento. No quería que nadie me viera con Ron y se hiciera una idea equivocada.

Eso tenía sentido. Hannah sabía que los cotillas locales se lo habrían pasado en grande si hubieran visto a Danielle con Ron.

—¿Puedes describirme al portero que le pegó a Ron?

—No estaba delante. Eso pasó una hora antes de que yo llegara al casino. Pero supongo que podrás encontrarlo. Ron me dijo que consiguió darle un buen par de puñetazos y estaba convencido de que le había puesto un ojo a la funerala.

—¿Hay algo más que me puedas contar?

—Eso es todo, Hannah. —Danielle suspiró profundamente—. No hace falta que se lo cuentes a Bill, ¿verdad que no? Boyd cree que pasé la noche entera en casa y no quiero que se entere de nada.

Hannah tomó una de sus decisiones sobre la marcha, esperando no tener que lamentarlo más adelante.

—Le contaré a Bill lo que sucedió, pero no le mencionaré tu nombre, Danielle. No será necesario.

—Oh, ¡gracias, Hannah! No sabes cuánto te lo agradezco. Quería contarlo antes, pero...

—Lo entiendo —la interrumpió Hannah—. No podías contar nada sin que Boyd se enterara de que habías estado con Ron.

Danielle hundió la cabeza y asintió. Pese a que se le había corrido el maquillaje y sus pestañas se habían pegado por las lágrimas que había derramado, seguía estando preciosa. Hannah estaba asombrada por lo muy distintas que eran. Cada vez que ella misma lloraba, que no era a menudo, la nariz se le ponía roja como un pimiento y los párpados se le hinchaban. Estaba bastante claro que cuando se habían repartido los genes de la belleza, mujeres como Danielle y Andrea le habían robado su parte.

—Tómate un par de minutos para retocarte el maquillaje. —Hannah le sonrió para darle ánimos—. Ahora sí que se te está corriendo el rímel.

Danielle pareció asustada de nuevo.

—Pero Boyd vendrá a buscarme si no salgo pronto.

—Iré a verle y le diré que se te ha metido algo en el ojo. —Hannah la ayudó a levantarse y la llevó hacia el espejo—. No te preocupes, Danielle, tu secreto está a salvo conmigo.

—Ya lo sé, Moishe. He tardado mucho en volver. —Hannah levantó en brazos la bola de pelo naranja que se lanzó a sus tobillos en cuanto abrió la puerta de su apartamento. Este gesto pareció tranquilizar al necesitado felino porque empezó a ronronear desde las profundidades de su garganta. Le lamió la mano y Hannah se rio—. Pero no te preocupes, hoy ya no vuelvo a salir. Déjame hacer una llamada; luego cenamos algo y a dormir.

Moishe la siguió a la cocina y la vio servirse una copa de vino blanco, un Chablis que compraba en garrafas de cinco litros y guardaba en el estante bajo de la nevera. No era un gran vino precisamente y Hannah lo sabía, pero salía más barato que los somníferos como Sominex o Bayer P.M. Abrió la alacena para coger uno de los antiguos platos de postre que le había regalado su madre por Navidad y lo llenó con la marca favorita de yogur de vainilla de Moishe. Su madre se horrorizaría si se enterara de que el único que había utilizado los platos de postre de cristal tallado era el gato que le había hecho jirones las medias.

—Muy bien, ya estamos todos servidos. —Hannah apagó la luz de la cocina y dejó que Moishe la precediera al salón. El gato saltó a la mesita de centro y esperó a que Hannah pusiese encima el plato de postre—. Ya puedes empezar, Moishe. Me tomaré el vino mientras hablo con Bill.

Hannah vio que Moishe empezaba a dar lengüetadas al yogur. No sabía si era el comportamiento felino habitual dado que nunca había compartido su vivienda con un gato hasta entonces, pero Moishe había perfeccionado el acto de comer y ronronear a la vez.

Bill todavía no había llegado al acto de recaudación de fondos para cuando Hannah había recogido sus cosas, por lo que supuso que seguiría sentado a su mesa, peleándose con los formularios por cuadriplicado que se requerían según la última ley de ahorro de papel. Marcó el número de la comisaría y se vio recompensada cuando Bill respondió al primer timbrazo.

—¿Bill? —Hannah frunció el ceño. Su cuñado favorito, y único, sonaba cansado y decaído—. Soy Hannah. He conseguido identificar a la mujer del pintalabios rosa, pero no puedo decirte quién es.

Como cabía suponer, la reacción de Bill fue bastante brusca, así que Hannah dejó el auricular en la mesa y esperó. Sabía que debería haberse expresado con más tacto a la hora de soltarle esa información en concreto, pero había excedido su cupo de tacto por ese día.

Cuando Bill dejó de vociferar un poco, Hannah volvió a llevarse el teléfono a la oreja.

—Escúchame, Bill. Esta mujer no tiene nada que ver con el asesinato. Me apostaría la vida. Y Ron la dejó en su casa justo después de que llenaran la cámara frigorífica de la escuela. La única forma en que he podido convencerla para que me hablara fue prometerle que no revelaría su identidad.

Esta vez Bill vociferó un poco menos y Hannah se limitó a apartar el receptor de la oreja. Cuando por fin se calló, ella prosiguió:

—No puedo incumplir la promesa que le hice, Bill. Ya sabes cómo es la gente de Lake Eden. Si corre el rumor de que he revelado un secreto, nadie se fiará de mí ni para darme la hora.

—No me hace gracia, pero supongo que tampoco tengo elección. —Bill pareció ablandarse—. Puedes volver a hablar con esa mujer si la necesitamos, ¿no?

—Claro que sí. Se mostró colaboradora y está muy agradecida de que mantenga su identidad en secreto.

—Seguramente le sonsacarás más cosas si te ve como una amiga. Recuerda, Hannah, no quiero que le digas a nadie que participas en esta investigación. Puedes hablarlo con Andrea, pero con nadie más. No estoy haciendo constar tu nombre en mis informes. Me refiero a ti como mi soplón.

—¿Tu «soplón»? —Hannah dio un sorbo del vino peleón.

—Un soplón es una persona cuya identidad está protegida por el oficial encargado de la investigación. Deberías saberlo por todas esas series policiacas que siempre estás viendo.

Hannah miró a Moishe entornando los ojos.

—Ya sé qué es un soplón. Preferiría que lo llamaras «agente encubierto».

—¿Agente encubierto? —Bill se rio, pero al darse cuenta de que a Hannah no le hacía gracia se calló rápidamente—. Muy bien, considérate mi agente encubierta. ¿Qué más tienes?

—La mujer del pintalabios rosa me dijo que Ron se había enzarzado en una pelea anoche en Twin Pines. Ella cree que le rompieron un diente porque se le hinchó la mandíbula. ¿Te acuerdas de que te dije que lo había visto con la mano en la mandíbula esta mañana?

—Sí. Comentaste que te dio la impresión de que estaba pensando en algo importante. Tengo delante las notas de nuestra conversación.

—Bueno, me equivocaba. Le dolía un diente y por eso se había llevado la mano a un lado de la cara.

Siguió un momento de silencio y Hannah oyó escribir con un bolígrafo. Bill tomaba notas. Finalmente dijo:

—Tiene sentido. ¿Sabía esa mujer con quién se había peleado Ron en el casino?

—No, se habían enganchado antes de que llegara. Intentaré averiguártelo, Bill.

—Sé que te he pedido que fisgonees un poco, pero esto no es ningún juego, Hannah. —Bill pareció preocupado—. Ron fue asesinado a sangre fría y el asesino no vacilará en eliminarte si sospecha que estás acercándote a él.

Hannah tragó saliva con fuerza. La imagen del cuerpo sin vida de Ron acababa de aparecer en su cabeza.

—Me estás asustando, Bill. ¿De verdad crees que puede ser peligroso?

—Claro que sí. Prométeme que irás con cuidado, Hannah. Y llámame en cuanto te enteres de algo, aunque sea a las cuatro de la madrugada.

—Lo haré. Buenas noches, Bill. —Hannah se estremeció al colgar el teléfono. Había estado pensando en el asesinato de Ron como si fuera un enigma que había que resolver, pero Bill le había recordado que era peligroso intentar descubrir a un asesino. Al acabarse la copa de vino, Hannah concluyó que sería más cuidadosa en el futuro.

Oyó un aullido lastimero procedente de la mesita de centro y Hannah vio que Moishe estaba emitiendo uno de sus increíblemente largos bostezos gatunos. Estaba claro que era la hora de acostarse. Lo tomó en brazos, lo llevó al dormitorio y lo dejó sobre el colchón.

Cuando estuvo preparada para acostarse, Hannah se metió bajo la colcha y se acercó a su compañero de habitación para hacerle arrumacos. Pero Moishe había sido un animal solitario durante mucho tiempo. Que le dijeran unas palabras dulces, le rascaran las orejas o le regalaran golosinas nunca lo convertiría en un gato casero manso y obediente. Permitió unas pocas carantoñas, pero luego se acomodó en la otra almohada de Hannah y se quedó dormido, olvidándose de ella por entero.

CAPÍTULO OCHO

Hannah se despertó de un sobresalto. Había tenido una pesadilla en la que Norman Rhodes era un dentista desquiciado que intentaba destrozarle los dientes con un torno que sonaba como un camión de la basura dando marcha atrás. Como ella se resistía a abrir la boca, él había intentado terminar su pérfido ejercicio de odontología perforándole la mejilla. Cuando abrió los ojos, se sintió aliviada al descubrir que no era más que Moishe, que le lamía la cara con su lengua de papel de lija para despertarla.

El despertador emitía su irritante pitido electrónico y Hannah apartó a Moishe para apagarlo. Fuera todavía estaba a oscuras, pero la luz de seguridad a un lado del edificio se había encendido. Dado que detectaba todo tipo de movimiento, Hannah imaginó que la habría disparado algún pájaro invernal que se había lanzado en picado sobre la campanilla de alpiste que ella había colgado fuera de su ventana.

—Vale, ya me levanto. Sé que es la hora de alimentar al gato.
—Renunciando a la calidez de la almohada, Hannah se incorporó

para sentarse en la cama. Balanceó los pies a un lado del colchón y buscó con las puntas de los dedos el par de zapatillas que tenía en el suelo. Alcanzó una, luego la otra, y metió los pies en aquellas pantuflas grises que en el pasado habían sido de un celeste perlado.

Cuando entró en la cocina, el café estaba preparado y Hannah agradeció el temporizador con el que había equipado la cafetera. Algunas de las mujeres mayores de Lake Eden llamaban «plasma sueco» al café bien cargado y Hannah coincidía con esa definición. No podía pensar ni, menos aún, funcionar en ningún sentido hasta que se había inyectado una dosis de aquel plasma. Se sirvió una taza de café bien caliente, echó algunas galletas crujientes para gatos en el cuenco de Moishe y se sentó a la mesa.

Había algo muy importante en la lista de cosas pendientes para hoy, pero ¿qué era? Hannah dio un largo trago de café, con la esperanza de disipar las telarañas matutinas que se habían formado en su cabeza durante la noche. No se trataba de ningún nuevo trabajo de *catering*. Ya tenía la agenda cubierta para toda esta semana.

El ruido que hacía Moishe al mascar con fuerza despertó a Hannah de su estado de zombi y se dio la vuelta para mirar al felino. Sus galletas crujientes estaban haciendo honor a su nombre. Masticaba con tanta fuerza que sonaba como si fuera a romperse un diente y...

—¡El diente de Ron! ¡Eso es!

Moishe la miró sorprendido y luego hundió de nuevo la cabeza en el cuenco de comida. Hannah sonrió. El gato seguramente pensó que su dueña estaba loca por gritar tan alto, pero ella acababa de recordar lo que le había dicho Tracey, justo antes de que descubriera el cadáver de Ron. Tracey había dicho que ella había saludado con la mano a Ron y que este le había devuelto una sonrisa «rara». La gente que sale del dentista ponía sonrisas «raras», sobre todo si el dentista les había dado una inyección de novocaína. Y Danielle había dicho que había apremiado a Ron para que fuera al dentista.

Hannah alcanzó el cuaderno amarillo que tenía en la mesa de la cocina y anotó: «Llamar a todos los dentistas de la ciudad. ¿Alguno vio a Ron ayer por la mañana?». Entonces sonrió ante lo que había escrito. ¿A todos los dentistas? Solo había dos en Lake Eden: Doc Bennett y Norman Rhodes. Doc Bennett se había jubilado, pero todavía visitaba a algunos de sus antiguos pacientes, y Hannah esperaba que Ron fuera uno de ellos. Ciertamente no le apetecía la perspectiva de llamar a Norman. Él podría pensar que ella estaba obedeciendo a su madre, que pretendía emparejarlos, y nada más lejos de la verdad.

Requirió una segunda taza de café, pero por fin Hannah sintió que estaba lista para afrontar la mañana. Añadió una segunda nota a la primera —«Ir a Twin Pines para buscar al portero»— y entonces echó atrás la silla. Era hora de prepararse para trabajar.

Como nunca desayunaba nada sólido, Hannah solía estar lista en un tiempo récord. Se duchó rápidamente, se puso unos tejanos desteñidos y una sudadera estampada, y luego volvió a toda prisa a la cocina a escuchar los mensajes de su contestador automático. Todos eran de su madre. A Hannah le entró la risa mientras rebobinaba la cinta: a esa velocidad y hacia atrás, Delores sonaba como una ardilla de dibujos animados. Sabía que, tarde o temprano, tendría que devolverle las llamadas, pero eso podía esperar a que llegara a The Cookie Jar.

—Te veo esta noche, Moishe. —Hannah tomó las llaves del tablero de corcho que había al lado del teléfono y miró la violeta africana al pasar junto a la mesa. Sus hojas amarilleaban y parecía en peligro inminente de convertirse en abono. Tras ponerse la cazadora, cogió la planta y salió. A Lisa se le daban fenomenal. A lo mejor podía resucitarla.

No fue hasta que Hannah se acercaba a la lechería cuando se dio cuenta de dónde estaba e hizo una mueca al pasar por delante del edificio de hormigón con el inmenso rótulo de Cozy Cow en el tejado. Ron se había ido para siempre. No volvería a verlo nunca más cargando su furgoneta.

Sumida en esos pensamientos, Hannah estuvo a punto de saltarse el *stop* en la esquina de Main con la Tercera. Consiguió frenar justo a tiempo y sonrió culpable a Herb Beeseman, que estaba acechando en el callejón junto a Cut 'n Curl. Herb se limitó a negar con el dedo, como si estuviera regañando a un niño travieso, y Hannah dejó escapar un suspiro de alivio. Herb se estaba mostrando indulgente esa mañana. Podría haberle puesto una multa por conducción temeraria, pero parecía más divertido que enfadado. Las crujientes de melaza que le había dado la tarde anterior habían resultado ser una gran inversión.

Al doblar la esquina y entrar en el callejón que había detrás de su tienda, Hannah se preguntó quién se había llevado la furgoneta de Ron. Max Turner estaría furioso si se la hubieran incautado y ahora le faltara una furgoneta para sus rutas de reparto. Se desvió cuanto pudo para evitar el lugar donde habían disparado a Ron y le pasó fugazmente por la cabeza la diferencia entre las fachadas y las partes de atrás de las tiendas. Aquí no había macetas decorativas para arbustos o flores ni escaparates ni rótulos. Las partes de atrás de las tiendas tenían un aspecto institucional, con plazas de aparcamiento, contenedores y paredes desnudas con pequeñas puertas dispuestas a intervalos regulares. No eran un lugar agradable para morir, pero eso planteaba otra pregunta. ¿Había algún lugar agradable para morir? ¿Y de verdad le importaba al difunto?

Los pensamientos morbosos no la llevaban a ninguna parte y Hannah avanzó por el callejón. Si hubieran matado a Ron en plena calle podría haber testigos, pero aquel callejón solía estar vacío. Ni siquiera ella había visto nada fuera de lo habitual cuando había entrado la mañana del día anterior. Aunque no había prestado mucha atención, Hannah estaba segura de que se habría fijado si hubiera visto a alguien merodeando por los contenedores o esperando junto a alguna puerta. La única persona que había visto la mañana anterior había sido Claire Rodgers.

Al abrir la puerta de atrás, Hannah decidió que tendría una charla con Claire. Bill o alguno de sus ayudantes tal vez ya la hubieran interrogado, pero un par de preguntas más no harían daño a nadie. Además, Hannah tenía la excusa perfecta para hablar con ella. En cuanto hubiera preparado la masa de galletas, iría a echar un vistazo al vestido de noche que su vecina había parecido tan interesada en venderle.

Encendió las luces y los hornos y se dirigió al fregadero. Después de ponerse la gorra de papel y restregarse a fondo las manos, Hannah consultó el libro de recetas plastificadas que colgaba de un gancho junto al fregadero. Iba a encargarse del *catering* de la reunión del Club Romántico de la Regencia de Lake Eden a las cuatro de esa tarde y necesitaba preparar un lote de galletas de jengibre estilo Regencia.

Hannah se leyó entera la receta antes de empezar a trabajar. Luego, con un rotulador borrable, fue tachando los ingredientes que iba añadiendo al cuenco. Si se distraía podría olvidarse de añadir algún ingrediente crucial, y aquella mañana a Hannah le costaba concentrarse. No podía dejar de pensar en el asesinato de Ron y las pistas que había reunido en las últimas veinticuatro horas. Desde su punto de vista, había dos sospechosos: el entrenador Watson y el desconocido portero del Twin Pines. Ambos tenían móviles plausibles para asesinar a Ron.

El entrenador Watson podría haber sospechado que Danielle tenía una aventura con Ron, y los celos eran un móvil poderoso para el asesinato. En cuanto al portero, todo apuntaba más bien a la venganza: si Ron había conseguido darle «un par de buenos puñetazos», como le había dicho Danielle, el portero podría haber decidido seguir a Ron y saldar cuentas.

Mientras Hannah fundía, medía y mezclaba ingredientes, pensó en el primero de los sospechosos. Tenía que verificar la coartada del entrenador Watson, y el Club Romántico de la Regencia de Lake Eden era un buen sitio para empezar. La hermana del entrenador Watson, Maryann, asistiría a la reunión, y Hannah podría extraerle información.

Identificar al segundo sospechoso requeriría un poco más de trabajo. Hannah pensaba conducir hasta Twin Pines esa noche y fisgonear por allí. Descubriría qué portero se había peleado con Ron y si tenía una coartada para el momento del asesinato.

A las siete y veinticinco, Hannah había acabado su trabajo de primera hora de la mañana. Además de las galletas de jengibre estilo Regencia, también había elaborado la masa para un par de hornadas de crujientes con pepitas de chocolate, tres de bocados de nueces pacanas y una de supremas de chocolate blanco, una receta que Lisa había inventado.

Eran las siete y media en punto cuando esta irrumpió por la puerta de atrás.

—Hola, Hannah —saludó alegremente. Colgó su parka, se recogió el pelo dentro de una gorra de papel y se dirigió al fregadero para lavarse las manos—. ¿Por dónde quieres que empiece?

Hannah metió el último cuenco con masa en la cámara frigorífica y se acercó a Lisa en el fregadero.

—¿Te importaría preparar el café, Lisa? Tengo que hacer algunas llamadas. He elaborado una tanda de tus supremas de chocolate blanco y puedes hornearlas primero. Hoy las probaremos con los clientes. Y, como se te dan tan bien las plantas, a ver qué puedes hacer con esa violeta africana que he dejado en el mármol. No quiero que me metan en la cárcel por maltrato vegetal.

—No te preocupes. Prepararé las mesas y te llevaré una taza de café cuando esté listo.

Cuando Lisa salió, Hannah tomó el teléfono, marcó el número de Doc Bennett y escuchó cómo sonaba.

—¿Diga? Soy Doc Bennett.

Doc sonó brusco y Hannah miró el reloj. Tal vez las ocho menos cuarto era una hora excesivamente temprana para llamar a un dentista semijubilado.

—Hola, Doc. Soy Hannah Swensen, de The Cookie Jar.

—Hola, Hannah. ¿Todavía te cepillas los dientes como te enseñé?

—¡No te quepa duda! —Hannah se sintió aliviada. Doc le sonó mucho más amigable ahora.

—¿Tienes alguna urgencia dental?

—No, todo va bien. —A Hannah no se le había ocurrido ninguna forma indirecta de plantear la pregunta que le interesaba, así que la soltó de buenas a primeras—: Me preguntaba si habrías visto a Ron LaSalle ayer por la mañana, como paciente.

—No abrí la consulta, Hannah. Me tomé el día libre y me acerqué en coche a Little Falls para visitar a mi hermana. Más vale que le preguntes a Norman Rhodes. Tengo entendido que abre al amanecer casi todas la mañanas y que acepta pacientes sin cita previa.

—Gracias, Doc. Eso haré. Y ven a probar una galleta un día de estos.

Hannah colgó y suspiró. Las cosas nunca salían como esperaba. Ahora tendría que llamar a Norman.

El aroma del café que llegaba desde la tienda era tentador, y Hannah entró para servirse una taza. No había acabado de subir del todo, pero estaba caliente y le dio un sorbo encantada. No podría llamar al hombre que su madre había elegido para ella sin una buena dosis de cafeína que le diera ánimos.

—El café todavía no está preparado, Hannah. —Lisa se dio la vuelta para mirarla con curiosidad.

—Ya me va bien así. —Hannah dio otro sorbo de aquella agua con sabor a café. Entonces se acordó de Twin Pines y de lo poco que Lisa salía de casa—. ¿Puedes buscar a alguien que haga compañía a tu padre esta noche? Voy a ir a Twin Pines y te invito a cenar si vienes conmigo.

—Me encantaría. A los vecinos les gusta hacer compañía a papá, ahora que hemos comprado un televisor de pantalla grande. ¿Por qué quieres ir al casino indio?

Hannah recordó la advertencia de Bill acerca de no contarle a nadie que estaba trabajando para él.

—Nunca he estado allí y siempre he querido verlo.

—Yo también. Herb Beeseman dice que sirven unas costillas estupendas.

—En ese caso cenaremos costillas. Y nos llevaremos toda la calderilla de la caja registradora y la echaremos a las tragaperras.

Así que Lisa había estado hablando con Herb. Hannah tomó buena nota de aquel detalle por si le servía en un futuro y volvió al horno sintiéndose mucho mejor. Lisa era una compañía estupenda y cualquiera que las viera pensaría que simplemente habían ido al casino para cenar costillas y jugar.

Era hora de llamar a Norman. Hannah tomó el teléfono y marcó su número. Si Norman malinterpretaba la razón de su llamada, Bill estaría en deuda con ella. Se enredó el cable telefónico entre los dedos mientras este sonaba varias veces hasta que Norman contestó.

—Clínica dental Rhodes. Norman Rhodes al aparato.

—Hola, Norman. Soy Hannah Swensen.

—Hola, Hannah. —Norman pareció alegrarse de hablar con ella—. ¿Has llamado ya a tu madre?

—¿A mi madre?

—Me ha llamado esta mañana para preguntarme si te había visto. Ha dicho que te había dejado un montón de mensajes en el contestador automático pero que no le habías devuelto las llamadas.

—Culpa mía —reconoció Hannah—. No he escuchado el contestador hasta esta mañana y entonces tenía mucha prisa. Imagino que no sabrás qué quería.

—La verdad es que no. Pero sí me preguntó cuáles eran mis intenciones con respecto a ti.

—¿Cómo dices?

—Tranquila, Hannah. Mi madre es igual. Deben de llevarlo en los genes. Nunca dejan de querer controlar la vida de uno.

A Hannah no le apetecía preguntarle cuál había sido su respuesta. Prefería no saberlo.

—Tengo una pregunta para ti, Norman. ¿Fue a verte Ron LaSalle ayer por la mañana?

Siguió una larga pausa y entonces Norman suspiró.

—Lo siento, Hannah, pero no puedo decírtelo. Toda la información sobre la visita de un paciente es confidencial.

—Entonces... ¿Ron era tu paciente?

Hannah oyó con claridad que Norman tragaba saliva al otro lado de la línea.

—¡Yo no he dicho eso!

—Claro que no lo has dicho.

—Entonces, ¿por qué das por supuesto que lo era?

Hannah sonrió, complacida consigo misma. Por fin había podido poner en práctica aquel curso de lógica que había estudiado.

—Si Ron no era tu paciente, podrías decirme que no lo era sin temor a infringir ninguna norma ética. Pero has dicho que no podías decírmelo, lo que significa que sí lo era.

Siguió otro momento de silencio y entonces Norman se rio entre dientes.

—Eres ingeniosa, Hannah. Y tienes razón. Supongo que no puede hacer ningún daño a nadie que te lo diga ahora. Ron fue mi primera cita de ayer por la mañana. Se presentó con un dolor considerable de un molar con una fisura.

—¿Un diente roto?

—Sí, hablando en plata. Lo siento, Hannah. Tengo un paciente en la silla y ahora no puedo hablar. Espera un momento, que compruebe mi agenda.

Hannah esperó, cambiándose de pie de apoyo cada dos por tres. Esto era importante. Norman podría haber sido la última persona en hablar con Ron.

—¿Hannah? —Norman volvió a la línea—. Tengo la agenda llena esta mañana, pero ninguna cita para la una. Si vienes a esa hora, lo hablamos.

—¿Quieres que me pase por tu consulta?

—Creo que sería lo mejor, ¿no te parece? No deberíamos hablar de algo tan delicado por teléfono. Compraré unas ensaladas y unos sándwiches en la cafetería y comemos mientras hablamos. Tengo algo muy importante que preguntarte.

Hannah hizo una mueca. Lo último que le apetecía hacer era comer con Norman, pero si quería ayudar a Bill a resolver el asesinato de Ron, tenía que reunir todos los hechos. Y de las dos personas que habían acudido a la cita de Ron con el dentista, solo una seguía viva y podía contarle lo que había pasado: el propio dentista.

—Muy bien, Norman. —Hannah asumió lo inevitable con todo el buen ánimo que pudo—. Te veo a la una.

Galletas de jengibre estilo Regencia

No precaliente el horno todavía;
la masa debe enfriarse antes del horneado.

170 g de mantequilla
200 g de azúcar moreno
1 huevo grande batido (*o dos medianos; bátalos con un tenedor*)
2 cucharaditas de bicarbonato de soda
4 cucharadas de melaza
1/2 cucharadita de sal
2 cucharaditas de jengibre molido
300 g de harina (*sin tamizar*)
100 g de azúcar blanco en un pequeño cuenco (*para más tarde*)

Derrita la mantequilla e incorpore el azúcar. Deje enfriar la mezcla y entonces añada el huevo. Agregue el bicarbonato, la melaza, la sal y el jengibre. Mézclelo bien. Añada la harina e incorpórela. Deje enfriar la masa durante al menos 1 hora. (*Toda la noche es incluso mejor.*)

Precaliente el horno a 190 °C, con la rejilla en la posición intermedia.

Con las manos, amase bolas del tamaño de una nuez y páselas por azúcar blanco. (*Échelas al cuenco de azúcar y agítelo suavemente hasta cubrirlas.*) Colóquelas en bandejas para galletas engrasadas (en una de tamaño estándar caben 12). Aplástelas con una espátula.

Hornee a 190 °C entre 10 y 12 minutos o hasta que se doren. Deje enfriar las bandejas no más de 1 minuto y luego pase las galletas a una rejilla hasta que se enfríen del todo. (*Si las deja en las bandejas demasiado tiempo, se pegarán.*)

Estas galletas se sirvieron en el Club Romántico de la Regencia de mi madre. Me pidieron algún dulce del periodo de la Regencia. ¿Por qué no?

(A Tracey le encantan como bocadito antes de acostarse con un vaso de leche.)

Cantidad: de 70 a 80 galletas, dependiendo del tamaño de las galletas.

CAPÍTULO NUEVE

S u local estaba tan atestado como el día anterior, y Hannah se sintió aliviada cuando llegó el previsible respiro de las once. Era la hora del día que los vecinos de Lake Eden consideraban demasiado tarde para el desayuno con galletas y demasiado temprano para una comida con galletas. Ese momento de calma dio tiempo a Hannah para recuperar su agudeza mental y proseguir su investigación extraoficial pero con la aprobación del ayudante del *sheriff.* Preparó una nueva cafetera, limpió el mostrador hasta que quedó reluciente y pasó por la puerta batiente al horno para hablar con Lisa.

Lisa acababa de sacar la última fuente de galletas del horno y saludó a Hannah con una sonrisa.

—He terminado el horneado, Hannah. Y tu planta va a salir adelante. Lo único que necesitaba era que sus raíces estuvieran empapadas.

—Gracias, Lisa —dijo Hannah, acordándose, un poco tarde, de las instrucciones que le había dado su madre para cuidar la planta. En lugar de regarla por arriba, había que poner la violeta africana en un platito con agua. Se acercó a ver la planta y ya le pareció mucho más vigorosa—. Creo que le conviene una nueva cuidadora. Llévatela a casa, Lisa.

Lisa sonrió, encantada a todas luces del regalo.

—Es un híbrido llamado «Delicia de Verona» y se verá espléndida cuando florezca. ¿Estás segura de que no la quieres?

—Completamente. Estará mucho más contenta contigo. ¿Puedes defender el fuerte un rato mientras voy aquí al lado un momento a hablar con Claire?

—Claro. —Lisa se quitó rápidamente el delantal de hornear y se puso el más elegante que llevaba cuando estaba a cargo del mostrador—. Vete, Hannah.

Hannah salió por la puerta trasera y se estremeció. La temperatura había caído al menos diez grados y las nubes eran grises, con un aspecto amenazante. El hombre del tiempo de la radio había prometido cielos despejados, pero ella había estado oyendo una emisora de Minneapolis y la urbe estaba a ochenta kilómetros.

El Toyota de Claire ocupaba su plaza de *parking* habitual y Hannah se acercó para llamar a la puerta trasera de Beau Monde Fashions. Los martes Claire no abría hasta el mediodía, pero obviamente ya estaba en la tienda.

—Hola, Hannah —la saludó Claire con una sonrisa—. Pasa y te enseñaré esa monada de vestido. Tuve que quitarlo del expositor ayer. Lydia Gradin me pidió probárselo, pero no le habría quedado bien. Y Kate Maschler también le echó el ojo.

Inmediatamente, Hannah se sintió culpable. Por su culpa, Claire había perdido una venta potencial.

—Tendrías que haber dejado que alguna de ellas lo comprara, Claire. Yo ni siquiera me lo he probado.

—Pero lo harás. Y te quedará perfecto. Pasa, Hannah, te lo enseñaré.

Hannah suspiró y entró en la diminuta trastienda de Claire. Había una tabla de planchar colocada en un rincón junto a una pila de cajas de vestidos pendiente de ordenar. En el aire se olía el calor. A todas luces, Claire había estado eliminando las arrugas de su nuevo pedido, y Hannah la siguió por delante de estantes de ropa recién llegada y rodearon la máquina de coser que estaba preparada para hacer los cambios necesarios. Frunció el ceño cuando se coló entre las cortinas que separaban la trastienda de la tienda. A pesar de sus reticencias, no quiso ser descortés negándose a probarse el vestido que Claire había escogido para ella.

—¡Aquí está! —Claire abrió el armario que contenía sus vestidos más caros y extrajo una percha de la que colgaba un vestido de cóctel de seda negra—. ¿No es una monada?

Hannah asintió. ¿Qué otra cosa podía hacer? A ella le parecía un vestido normal y corriente, pero no sabía casi nada de moda y Claire era una experta.

—Pues pruébatelo. —Claire la condujo a uno de sus pequeños probadores—. ¿Quieres que te ayude?

—No, gracias, puedo sola. —Hannah entró en el pequeño y elegante probador de Claire y cerró la puerta—. ¿Estás ahí, Claire?

—Aquí estoy. —La voz de Claire entró a través del montante abierto de la puerta—. ¿Quieres que te suba la cremallera?

—No, está bien. Solo me preguntaba si viste a alguien en el callejón ayer por la mañana.

—Solo a ti, Hannah. Bill ya me lo ha preguntado y le he respondido lo mismo.

—¿Y más tarde? —Hannah se bajó la cremallera de los vaqueros y se los deslizó hasta los tobillos.

—No volví a salir hasta que oí todo el lío.

De una patada, Hannah se quitó los vaqueros, que cayeron cerca del espejo, y se sacó también la sudadera.

—¿Estás segura? Dijiste que estuviste descargando un nuevo pedido. ¿No saliste a tirar ningún cartón al contenedor?

—No creo... Uy, ¡sí que salí! —Claire pareció sorprendida—. Tienes razón, Hannah. Rompí algunos cartones y los saqué fuera. Y sí había alguien en el callejón. Vi a un sin techo acurrucado en el umbral de la tienda de segunda mano, esperando a que abriera.

—¿Tienes idea de qué hora era? —preguntó Hannah mientras descolgaba el vestido negro de la percha.

—Me parece que en torno a las ocho menos cuarto. Cuando volví dentro, planché un vestido y entonces llamó Becky Summers para preguntar si había acabado los retoques para su nuevo traje pantalón. Miré mi reloj y recuerdo que pensé que solo Becky tendría el atrevimiento de llamarme dos horas antes de abrir, así que debían de ser las ocho.

—¿Y qué aspecto tenía el sin techo?

—Estoy segura de que lo habrás visto por la ciudad, Hannah. Es alto y lleva el pelo de punta. Es de un rojizo espantoso... —Claire se calló un instante y pareció avergonzada cuando volvió a hablar—. No como tu pelo, Hannah. El tuyo es de un precioso matiz caoba. El de ese hombre es tan rojo que casi parece naranja, como el de un payaso.

Hannah añadió ese detalle a la memoria mientras levantaba el vestido por encima de su cabeza, metía los brazos por las mangas y se contoneaba un poco. La seda se deslizó fácilmente. Hannah echó las manos a la espalda, encontró el tirador de la cremallera y la subió. El vestido se le ajustó a la perfección. Claire tenía buen ojo para las tallas.

—¿Te queda bien, Hannah? —La voz de Claire llegó desde arriba de nuevo.

—Como un guante. —Hannah respiró hondo y se miró en el espejo. La extraña que le devolvió la mirada parecía desconcertada.

El vestido no solo le quedaba bien, sino que estaba impresionante. Y Hannah nunca se había sentido así en toda su vida.

—¿Te gusta?

Hannah tardó un momento en recuperar la voz.

—Es..., esto..., es genial.

—Sal y déjame ver si necesita algún retoque.

—No hace falta. —Hannah se quitó sus viejas Nike, sus deportivas favoritas. No encajaban precisamente con su nueva imagen. Y entonces abrió la puerta y salió.

Al verla, Claire se quedó boquiabierta.

—Ya sabía que era perfecto para ti, pero no tenía ni idea de que te transformaría en una *femme fatale*. Tienes que quedártelo, Hannah. Te haré un gran descuento. Ese vestido está hecho para ti.

—Creo que tienes razón. —En la voz de Hannah había un matiz de asombro cuando Claire la llevó hasta el espejo triple y estudió su reflejo. Tenía un aspecto sofisticado, espléndido y absolutamente femenino.

—Te lo quedas, ¿verdad?

Hannah se volvió de nuevo hacia el espejo. Si entrecerraba los ojos, la mujer que le devolvía la mirada se parecía un poco a Katharine Hepburn. Su primera reacción fue pedirle a Claire que le envolviera el vestido, que el precio no era problema, pero la realidad hizo acto de presencia. El precio sí suponía un problema y ella lo sabía.

—Claro que lo quiero, pero no sé si puedo permitírmelo. ¿Cuánto vale?

—Olvida lo que te he dicho sobre el descuento. Te lo vendo a precio de coste. Pero prométeme que no le dirás a nadie cuánto has pagado.

—Muy bien —prometió Hannah—. ¿Cuánto es?

—Se vende por ciento ochenta, pero puedes quedártelo por noventa.

Hannah no vaciló. Un vestido como ese solo aparecía una vez en la vida.

—Hecho. Nunca tendré ocasión de ponérmelo y seguramente se quedará colgado en el armario durante el resto de mi vida, pero tienes razón. Tengo que comprarlo.

—¡Buena chica! —Claire parecía muy complacida—. Pero ¿qué quieres decir con eso de que no tendrás ocasión de ponértelo? La fiesta anual de los Woodley es mañana por la noche.

Hannah parpadeó. Había metido la invitación en un cajón y se había olvidado por completo.

—¿Crees que debería llevar este vestido?

—Si no te lo pones le diré a todo el mundo que tus galletas son malísimas —la amenazó Claire—. Mañana por la noche vas a dejar a todo el mundo de piedra, Hannah. Y el sábado por la mañana, tu teléfono sonará hasta reventar.

Hannah se rio. Tal vez Claire era vidente y su teléfono sonaría hasta reventar. Pero el noventa y nueve por ciento de esas llamadas serían de Delores, intentando averiguar a qué hombre había querido impresionar.

Hannah guardó la caja con el vestido en su Suburban y volvió a la pastelería con una expresión divertida en la cara. Desde luego se había gastado un montón de dinero ayudando a Bill a investigar el asesinato de Ron. Había invertido cincuenta dólares con Luanne por los cosméticos y otros noventa con Claire por el vestido.

Al pasar por la mesa de trabajo, el teléfono de la pared empezó a sonar. Hannah gritó para decirle a Lisa que ya respondía ella y tomó el auricular.

—The Cookie Jar. Soy Hannah.

—Hola, Hannah. —Era Bill y sonaba desanimado—. Solo quería ver cómo te iba. Estoy en la lechería interrogando a la gente.

—¿Has descubierto algo nuevo?

—Nada de nada. Todo el mundo llegó a las siete y media y para entonces Ron ya había cargado y se había ido.

—¿Y qué me dices de Max Turner?, ¿has hablado ya con él?

—No. Espera un momento, Hannah. —Siguió una larga pausa y luego Bill volvió al aparato—. Betty todavía espera que aparezca hoy. Le he pedido que me dé un número y le llamaré para contarle lo de Ron. ¿Y tú qué? ¿Has conseguido algo?

—Sí, y podría ser importante. He hablado con Claire Rodgers y se acordó de que había visto a un sin techo en el callejón a eso de las ocho menos cuarto. Estaba acurrucado en el umbral de la tienda de segunda mano y me dio una descripción.

—Espera, voy a por mi cuaderno de notas. —Siguió otra pausa y al cabo Bill volvió a hablar—. Muy bien. Dime.

—Llevaba ropa holgada y tenía un pelo de un rojo intenso que se levantaba en pinchos. Claire dijo que lo había visto antes por la ciudad.

—Buen trabajo, Hannah. —Bill pareció complacido—. Me acercaré al comedor social de la Iglesia bíblica y veré si saben quién es. Y también comprobaré qué saben en la tienda de segunda mano. A lo mejor le dejaron pasar. ¿Algo más?

—Es posible, no estoy segura. Ron fue al dentista para que le mirara el diente roto del que te había hablado, y por eso se había retrasado en su ruta. Me pondré en contacto contigo en cuanto averigüe algo más.

Hannah colgó el teléfono e inmediatamente volvió a descolgarlo para marcar el número de su madre. No podía seguir postergando esa llamada. Mientras escuchaba un tono tras otro, empezó a sonreír. Su madre había salido y ella le dejó un breve mensaje:

—Hola, soy Hannah. Solo quería devolverte la llamada. Supongo que debes de haber salido. Nos vemos más tarde en la reunión del Club Romántico de la Regencia.

Hannah acababa de colgar cuando Lisa asomó la cabeza por un lado de la puerta batiente.

—Ha venido tu hermana, Hannah.

—Dile que pase y que traiga un par de tazas de café —le dijo Hannah acercándose al mostrador, donde colocó media docena de supremas de chocolate blanco en una bandeja. No quedaban muchas, señal de que la nueva receta de Lisa había sido un éxito. Luego se sentó en un taburete y se preguntó cuál sería la nueva crisis que había traído a Andrea a The Cookie Jar por segundo día consecutivo.

—Hola, Hannah —la saludó Andrea—. Ten tu café. —Dejó las dos tazas de café sobre el mostrador, vio las galletas y tomó una incluso antes de sentarse—. Estas nuevas galletas están riquísimas. Todo el mundo las pone por las nubes y se han vendido enseguida. Lisa me ha dado la última mientras te esperaba.

Hannah sonrió.

—Me alegro mucho de que se hayan vendido tan bien: Lisa ha trabajado mucho en la receta.

—¿Es de Lisa? —Andrea pareció sorprendida—. Es curioso. No me ha dicho nada.

—Ni lo hará. Lisa aún no confía mucho en sus habilidades como repostera.

—Bueno, pues debería. Porque son unas galletas de primera. —Andrea echó mano a otra galleta.

—¿Qué te trae por aquí, Andrea? —Hannah se preparó mentalmente para otra crisis fraternal—. Acabo de hablar por teléfono con Bill y me ha parecido que estaba bien. Y Tracey qué tal, ¿bien también?

—Tracey está estupendamente. Todo va bien. No tengo que enseñar otra vivienda hasta las tres y solo me he pasado para saludar.

Hannah alzó las cejas. Andrea nunca se pasaba por ningún sitio solo para saludar.

—Esta noche estoy ocupada, pero puedo estar en casa a las ocho y media. ¿Es demasiado tarde para traerme a Tracey?

—¿Y por qué iba a querer llevártela? —Andrea pareció confusa—. ¿De qué estás hablando, Hannah?

—¿No necesitas una canguro esta noche?

—No. —Un rubor apagado apareció en las mejillas de Andrea—. Me he estado aprovechando de ti, ¿no?

—Claro que no. —Hannah negó con la cabeza—. Me encanta pasar el rato con Tracey. Es un encanto de niña.

—Lo sé, pero cuando he entrado, tú has dado por supuesto que necesitaba algo. No soy una buena hermana, Hannah. Tomo y tomo, pero nunca devuelvo.

Hannah se sentía incómoda. No le gustaba el giro que estaba dando la conversación.

—¿Ah, sí? Tú me animaste a abrir The Cookie Jar. Yo a eso lo llamaría devolver un favor con creces.

—Tienes razón. Fui yo la que lo sugirió. —Andrea pareció complacida por un instante—. Pero, de verdad, tendría que hacer más por ti, Hannah. Tú me ayudas siempre y yo nunca sé cómo devolverte los favores. Si me pidieras algo, lo haría.

De repente a Hannah se le ocurrió una idea brillante.

—Pues eso está a punto de cambiar. Si de verdad quieres hacer algo por mí, acompáñame al dentista. Tengo cita a la una.

—Claro que iré, pero no sabía que te diera miedo ir al dentista.

—Pues, créeme, me asusta —dijo Hannah con una sonrisa—, sobre todo cuando el dentista en cuestión es Norman Rhodes.

Andrea se quedó boquiabierta.

—Pero mamá dijo que intentó liarte con él. ¿Por qué vas a dejarle que te hurgue los dientes?

—No pienso hacerlo. Justo antes de que Ron fuera asesinado, tuvo una cita con Norman. Le he llamado esta mañana y me ha confirmado que vio a Ron, pero se ha negado a tratar el tema por teléfono. Me ha dicho que me lo contaría todo si quedaba con él para comer en su oficina.

Andrea levantó las cejas.

—Muy astuto. ¿Y temes que aproveche esa oportunidad para echarte los tejos?

—No, no se trata de eso. Me ha parecido sinceramente amable por teléfono, pero no me apetece estar a solas con él.

—¿Por qué no? A no ser que... —Andrea se interrumpió y abrió los ojos de par en par—. ¿Crees que Norman es sospechoso?

Hannah se encogió de hombros.

—No. Pero no puedo descartarlo del todo. Norman fue una de las últimas personas que vio a Ron con vida, y no sabré si tiene una coartada hasta que le pregunte.

—Iré contigo —convino Andrea rápidamente—. Él no puede intentar nada si estamos las dos allí. Y mientras tú comes con él y le sonsacas sobre Ron, yo husmearé por allí para ver si encuentro alguna prueba.

—Eh..., tal vez no sea tan buena idea, Andrea.

—¿Por qué? Soy una fisgona de primera, Hannah. Solía husmear entre las cosas de mamá a todas horas y ella nunca lo descubrió. Además, así ayudo a Bill; se supone que una esposa debe ayudar a su marido.

—Podría ser arriesgado, Andrea.

—No si preparamos un horario y lo cumplimos. ¿Cuánto tiempo crees que puedes mantenerlo ocupado?

Hannah se lo pensó en serio.

—No más de veinte minutos.

—Tengo que disponer de más tiempo. ¿Qué te parece media hora?

—Veinticinco minutos, ni un segundo más —dijo Hannah con firmeza—. Le diré que quiero comer en su oficina y tu tiempo empieza a contar desde el instante en que yo cierre la puerta.

—Muy bien. Sincronizaremos nuestros relojes antes de entrar y te prometo que no me pillará.

—Espero que no. Creo que es ilegal. —Hannah empezaba a lamentar haberle pedido a Andrea que la acompañara.

—¿Cómo va a ser ilegal mirar las cosas de alguien? No es que vaya a robar nada, Hannah. Si encuentro alguna prueba, la dejaré donde esté y podemos contárselo a Bill.

—Sigo sin estar convencida de que sea una buena idea.

—Tal vez no lo sea, pero tenemos que hacer algo para ayudar a Bill a resolver el asesinato de Ron. A él no le importará, y después se lo explicaré todo. ¿Lo probamos?

Hannah aceptó a desgana. Si Bill llegaba a descubrir que ella iba a dejar que Andrea husmeara en la oficina de Norman, sí que iba a importarle. Es más, primero la mataría y luego haría las preguntas.

CAPÍTULO DIEZ

Hannah pinchó un trozo de lechuga romana con el tenedor y miró la hora en su reloj. Solo habían transcurrido cinco minutos desde que cerró la puerta de la oficina privada de Norman y él ya le había contado todo sobre su cita con Ron.

El relato de Norman no había contenido ninguna sorpresa. Ron se había presentado quejándose de dolor y Norman le había puesto una inyección de lidocaína. Ron no había querido esperar a arreglarse el diente en ese momento, pero se había comprometido a volver a la consulta de Norman en cuanto acabara el reparto. Por descontado, no había vuelto. A Ron lo habían asesinado antes incluso de que se le hubiesen pasado los efectos de la inyección.

—¿Ron parecía nervioso por algo? —Hannah planteó otra pregunta de la lista mental que se había preparado.

Norman masticó y tragó.

—La verdad es que no. Estaba ansioso por volver al trabajo, pero eso era todo.

—¿Te explicó cómo se rompió el diente?

—Dijo que se había peleado, pero no le presioné para sonsacarle más detalles. Ojalá lo hubiera hecho.

—No pasa nada, Norman. —Hannah le dedicó la más amigable de sus sonrisas—. No tenías forma de saber que cuando saliera de aquí le iban a disparar.

—Supongo que no. Pero ojalá hubiera prestado más atención. Le podría haber hecho más preguntas sobre la pelea cuando le examiné. Estuvo en la silla durante veinte minutos, al menos.

—No creo que hubiera servido de mucho. Con la boca abierta con el aparato dental y esa pequeña lámina de goma cubriéndole la lengua, no podría haberte contado gran cosa.

—Se llama dique de goma —la corrigió Norman, y hubo un destello de humor en sus ojos—. Tienes razón, Hannah. Nos enseñan a conversar con los pacientes en la asignatura de Intervenciones Dentales 101. Nunca preguntes nada que no pueda responderse con un «ggghh» o «gghhh-gghhh».

Hannah se rio. El sentido del humor de Norman fue una agradable sorpresa. Tal vez, después de todo, no era un pelmazo. Y sin duda le había dado un nuevo aire a la clínica de su padre. Las paredes verdes institucionales de la sala de espera habían sido repintadas con una capa de amarillo luminoso; las polvorientas y descoloridas cortinas americanas habían sido sustituidas por cortinas recogidas, con un estampado de flores, y el viejo sofá gris y las sillas de respaldo rígido habían dado paso a un nuevo mobiliario a juego que habría quedado bien en cualquier salón de Lake Eden. Lo único que no había cambiado eran los ejemplares de viejas revistas que se apilaban en el nuevo revistero de madera colgado de la pared.

—Has cambiado mucho este despacho, Norman. —Hannah miró con admiración la consulta. Había conservado la vieja mesa de su padre, pero la había restaurado con un poco de barniz de roble claro y había una capa reciente de pintura azul pálido en las paredes. Bajó la mirada al enmoquetado azul más oscuro que se extendía de pared a pared e hizo una pregunta que no tenía nada que ver con el asesinato de Ron.

—¿Has puesto la misma moqueta en las salas de consulta?

Norman negó con la cabeza.

—No podía. Allí los suelos tienen que poder lavarse. Sustituí el linóleo y pinté las paredes, pero nada más.

—¿Y qué hiciste con las ventanas?

—He pedido unas persianas verticales de tela, pero todavía no me las han traído. Y estoy buscando unos cuadros nuevos para las paredes.

—Eso está bien. De niña, cuando veía la vieja copia del cuadro de Rockwell del chico en la consulta del dentista, me moría de miedo.

—A mí también me asustaba —reconoció Norman sonriendo—. Parecía tan desdichado con aquella gran servilleta blanca anudada en torno al cuello. Le dije a mi padre que no me parecía una buena publicidad para una práctica odontológica indolora, pero él lo encontraba divertido. Humor de dentista, supongo.

—Sí, como aquello de: ¿Qué premio recibe el dentista del año? Una placa.

—Ese era uno de los chistes favoritos de mi padre. —Norman se rio y cogió otra galleta de nuez pacana de la bolsa que Hannah había traído—. Estas galletas están muy buenas, Hannah.

—Gracias. La próxima vez dejaré las nueces con las cáscaras y tendrás un montón de pacientes nuevos.

—Eso ya lo tengo solucionado. Para las fiestas, voy a mandar latas de caramelos masticables con el número de mi consulta impreso en las tapas.

Hannah se rio, pero se recordó que no debía desviarse de sus preguntas. Norman parecía muy distinto en su oficina, y de hecho ella se lo estaba pasando bien en la visita.

—¿Notaste algo raro en Ron cuando entró? ¿Cualquier cosa que te llamara la atención?

—No. Te he contado todo lo que se me ha ocurrido. Ojalá pudiera ayudarte más, pero Ron me pareció una urgencia dental ordinaria.

—¿Me llamarás inmediatamente si te acuerdas de algo más?

—Claro —convino Norman—. Sé que estás ayudando a tu cuñado a resolver el caso, pero no tengo más información que darte.

—Un momento, Norman. No le he contado a nadie que estoy ayudando a Bill. ¿Cómo lo has sabido?

—Era un poco raro que estuvieras tan interesada en una cita de veinte minutos en el dentista —señaló Norman—. Y cuando tu madre me dijo que el marido de tu hermana estaba trabajando en el caso de Ron, no tuve más que sumar dos y dos.

—Por favor, no se lo digas a nadie, Norman.

—Tranquila, Hannah. No te delataré. ¿Tienes más preguntas? ¿O puedo hacerte yo la mía?

—Me queda una. —Hannah respiró hondo. Debía averiguar si Norman tenía una coartada para el momento de la muerte de Ron—. ¿Vino algún otro paciente justo después de que trataras a Ron?

—Una mujer. Tenía otra fisura dental, pero fue fácil de arreglar. Entró y salió en menos de treinta minutos.

Hannah se sintió extrañamente aliviada de que Norman tuviera una coartada. Empezaba a caerle bien. Lo único que tenía que hacer era comprobar el dato con el segundo paciente de Norman de la mañana y este quedaría libre de sospechas.

—Tengo que saber cómo se llama, Norman.

—¿No lo sabes?

—¿Y cómo iba a saberlo? Mira, Norman, sé que tu lista de pacientes es confidencial, pero lo único que necesito es su nombre. Tengo que preguntarle si vio a Ron cuando entró.

Norman empezó a sonreír.

—Veo que todavía no le has devuelto la llamada a tu madre.

—La he llamado. No estaba en casa y le dejé un mensaje en el contestador. ¿Qué tiene que ver mi madre con esto?

La sonrisa de Norman se amplió.

—Creía que te lo habría dicho a estas alturas. Tu madre fue mi segunda cita.

—¡Eso es genial! —A Hannah se le escapó un gran suspiro—. Mi madre me dejó una docena de mensajes diciendo que tenía algo importante que contarme, pero ella siempre tiene algo importante que contarme. ¿Te comentó algo sobre si había visto a Ron?

—Sí. Aunque de hecho no llegó a verlo. Y no se dio cuenta de que era importante hasta que volvió a casa del acto de recaudación de fondos del alcalde. Lo que vio fue la furgoneta de Ron alejándose cuando ella aparcaba delante de la consulta.

Hannah concluyó que lo corroboraría con su madre en la reunión del Club Romántico de la Regencia, pero parecía que Norman tenía una coartada sólida. Si Delores había estado con él, no podía haber seguido a Ron y matarlo. Eso hizo que Hannah deseara que hubiera alguna forma de detener el fisgoneo de Andrea.

—¿Y bien, Hannah?

—Y bien, ¿qué? —Hannah le miró, sobresaltada.

—¿Puedo hacerte ya mi pregunta?

—Claro. ¿De qué se trata?

—Estaba en la facultad de odontología cuando mis padres se instalaron aquí y solo vine a visitarles un par de veces. No conozco gran cosa de Lake Eden.

—No hay mucho que conocer —dijo Hannah sonriendo.

—Pero me han invitado a la fiesta de los Woodley y mi madre dice que es el evento social del año. Ella nunca tuvo la ocasión de ir. Mi madre y mi padre siempre se iban de vacaciones la última semana de octubre, así que les pillaba fuera de la ciudad. Ella dice que debería ir, que será bueno para la clínica.

—Tu madre tiene razón. Toda la gente importante de Lake Eden está invitada y es una gran fiesta. Yo creo que deberías ir, Norman. Conocerás a muchas familias del pueblo y eso es clave para conseguir más clientela.

—En ese caso, iré. Háblame de los Woodley. No los he visto nunca.

Hannah lanzó una mirada furtiva a su reloj de nuevo y le sorprendió descubrir que ya habían pasado veinte minutos.

—Delano Raymond Woodley es uno de los hombres más ricos de Lake Eden. Es el dueño de DelRay Manufacturing y la empresa emplea a más de doscientos trabajadores locales.

—¿Delano? —Norman se quedó con el nombre—. ¿Es que la familia Woodley está emparentada con los Roosevelt?

—No, pero les gustaría. Por lo que he oído, la madre y el padre de Del eran de clase media, no más. Su madre solo quiso ponerle un nombre famoso. Y debió de funcionar porque Del se casó con una mujer de la clase alta de Boston. Se llama Judith y su familia aparece en el directorio de los más acaudalados del país.

—¿Judith, no Judy?

Hannah se rio.

—Yo la llamé Judy una vez y casi me arranca la cabeza. Su familia es de dinero de toda la vida, pero una de las amigas de mi madre investigó un poco y descubrió que el padre de Judith lo despilfarró todo. Lo único que le queda a Judith es su estatus social y eso, para ella, es más importante que cualquier otra cosa.

—Así que él es un trepa social venido a más y ella una aristócrata de sangre azul pero sin recursos que se casó con él por su dinero.

—Lo has pillado. Yo no lo habría expresado mejor.

—Tú vas a ir a la fiesta, ¿no?

Hannah pensó en el vestido nuevo y sonrió.

—Por descontado que iré. Me van bien las cosas, pero el presupuesto solo me da para vino de mesa y tarrinas de mermelada. No voy a desperdiciar la ocasión de probar Dom Pérignon en cristalería fina.

—¿Tienes acompañante?

—¿Estás de broma? —Hannah sonó divertida—. Piénsalo, Norman. Ya viste a mi madre en acción la noche del martes pasado. ¿Intentaría ella liarme con todos los hombres de la ciudad si ya tuviera acompañante para la fiesta más importante del año?

Norman se encogió de hombros, pero sonreía.

—Supongo que no. ¿Quieres venir conmigo a la fiesta, Hannah? Así te librarás de los comentarios insistentes de tu madre.

Hannah deseó no haber hablado sin pensar. Su bocaza había vuelto a meterla en problemas. Ahora Norman sabía que no tenía acompañante y le pedía serlo. Y ella no sabía qué decirle.

Norman estiró el brazo y le palmeó la mano.

—Vamos. Nos beneficiará mutuamente. Yo te llevo en coche y así podrás beber todo el Dom que quieras, y tú puedes presentarme a toda la gente que creas que debería conocer.

Hannah pensó rápido. No parecía haber forma de librarse con elegancia de esa encerrona y, además, asistir a la fiesta de los

Woodley con Norman podría no ser tan terrible. Era un hombre divertido, parecía que ella le gustaba y haría que su madre la dejara un poco tranquila.

—Muy bien, trato hecho.

Hannah respiró hondo aliviada cuando Norman la acompañó de vuelta a la sala de espera y vio a Andrea allí. Su hermana estaba sentada en el nuevo sofá, hojeando distraídamente las páginas de un *National Geographic*.

—Hola. —Andrea los saludó esbozando la más inocente de las sonrisas—. ¿Habéis comido bien?

—Muy bien —dijo Norman sonriendo, y se volvió hacia Hannah—. La fiesta de los Woodley empieza a las ocho. ¿Te paso a recoger a las siete y media?

—Perfecto. —Por el rabillo del ojo, Hannah vio la expresión de asombro de la cara de Andrea, y supo que tendría que dar explicaciones—. ¿Necesitas mi dirección?

—Ya la tengo. Me alegro de haberte conocido, Andrea. ¿Nos veremos en la fiesta?

Andrea le sonrió.

—Claro. Bill y yo no nos la perderíamos por nada del mundo. Adiós, Norman. Me alegro de haberte conocido yo también.

Fueron caminando a la camioneta de Hannah sumidas en un silencio total, y Andrea se acomodó en el asiento del pasajero. Pero en cuanto Hannah se hubo deslizado detrás del volante y cerrado la puerta, Andrea estiró la mano para agarrarle el brazo.

—Estabas bromeando, ¿no? Me refiero a que en realidad no vas a ir a la fiesta con él.

—Sí, sí que voy a ir —le confirmó Hannah.

—Pero ¡no puedes!

Hannah puso el motor en marcha, miró a sus espaldas para asegurarse de que no se acercaba ningún coche y salió hasta la calle.

—¿Por qué no?

—¡Porque podría ser el asesino de Ron!

—No lo es. —Hannah puso la segunda—. Norman tiene una coartada. Estaba tratando a otra paciente cuando Ron fue asesinado.

Eso pareció cortar las alas de Andrea, que frunció el ceño.

—Muy bien. Puede que no sea el asesino de Ron, pero ¡de ningún modo deberías ir con él a la fiesta!

—Tranquilízate, Andrea. No se trata de una cita de verdad ni nada por el estilo. Él solo viene a recogerme y vamos juntos a la fiesta. Norman es muy agradable.

—No, no lo es. No es que suelas equivocarte con las personas, pero esta vez la has pifiado. Mientras tú estabas comiendo y aceptando citas con este... este individuo que te parece tan agradable, he encontrado un verdadero filón en su almacén. Y ya te digo que es algo gordo.

—¿Un filón de qué? —Hannah apartó la vista de la carretera durante un instante para mirar a su hermana. Andrea parecía muy orgullosa de sí misma.

—Te lo enseñaré en cuanto lleguemos a The Cookie Jar.

Hannah alzó las cejas y tuvo que concentrarse para tomar la curva de la Tercera con Main.

—¿Que me lo enseñarás? No habrás robado nada de la consulta de Norman, ¿verdad que no, Andrea?

—No ha sido robar exactamente. Sé que prometí no llevarme nada, pero esto era demasiado bueno para dejarlo ahí. —Andrea se recostó en el asiento y esbozó una sonrisa arrogante—. Te diré una cosa, Hannah. Nuestra madre no te ha hecho ningún favor al presentarte a Norman. ¡Y él sin duda no es el hombre que ella cree!

Hannah no hizo más preguntas. Estaba claro que su hermana no le contaría nada más hasta que llegaran a la tienda. Giró para entrar en el callejón, desvió la mirada al pasar por delante del lugar donde Ron había exhalado su último aliento y se detuvo en su aparcamiento.

Cuando pasaron por la puerta de atrás, Andrea sonreía como el gato de Cheshire, y Hannah empezaba a sentirse muy incómoda. Esperaba que Andrea hubiera encontrado algo trivial, como la queja de un paciente al que Norman le hubiera cobrado de más o un fajo de facturas sin pagar.

—Dile a Lisa que ya has vuelto y que tenemos que estar a solas —le dijo Andrea mientras colgaba su abrigo—. Date prisa. Esto es importante.

Hannah no quería discutir. Entró a toda prisa en la tienda, le pidió por favor a Lisa que se ocupase del mostrador un par de minutos más y llenó dos tazas de café. Andrea no necesitaba la cafeína porque ya estaba bastante alterada, pero Hannah creyó que a ella no le vendría mal un estímulo antes de que todo esto hubiera acabado. Atravesó apresurada la puerta batiente de la trastienda, dejó las tazas de café en la zona de trabajo y se subió a un taburete al lado del de su hermana.

—Muy bien, Andrea. Esto ya se alarga demasiado. Cuéntamelo.

A todas luces, Andrea estaba disfrutando del momento. Abrió su bolso con una floritura, extrajo un sobre de papel manila grande y lo empujó hacia Hannah.

—¿Qué es esto?

—Ábrelo —le dijo Andrea—. Y luego vuelve a decirme lo agradable que es Norman.

Bocados de nueces pecanas

Precaliente el horno a 175 °C,
con la rejilla en la posición intermedia.

225 g de mantequilla
600 g de azúcar moreno*
4 huevos, batidos (*sirve con un tenedor*)
1 cucharadita de sal
1 cucharadita de bicarbonato de soda
3 cucharaditas de vainilla
250 g de nueces pecanas picadas finas
520 g de harina

Funda la mantequilla y añada el azúcar moreno. Mezcle bien y déjelo enfriar. Añada los huevos batidos y mezcle. Agregue la sal, el bicarbonato, la vainilla y las nueces. Remueva bien. Añada la harina y mezcle hasta que esta quede bien incorporada.

Con los dedos, forme bolas de masa. *(Hágalas del tamaño de una nuez con cáscara.)* Colóquelas en bandejas para galletas engrasadas (en una de tamaño estándar caben 12). Aplástelas con una espátula. *(Primero engrásela.)*

 Hornéelo a 175 °C entre 10 y 12 minutos. Deje que las galletas se asienten sobre las bandejas durante 1 minuto y luego páselas a una rejilla para que acaben de enfriarse.

 * Si no tiene azúcar moreno, puede confeccionarlo fácilmente con azúcar blanco y melaza: 35 g de melaza por cada 600 g de azúcar blanco. *(En realidad es así como lo elaboran. Y le ahorrará tener que deshacerse de todos los grumos del azúcar moreno.)* Solo hay que añadir la melaza al azúcar blanco y mezclar hasta que quede bien incorporada.

(Si la receta requiere un azúcar moreno más oscuro o más claro, basta con mezclar melaza hasta que adquiera el color deseado.)

(A Norman Rhodes le encantan, y también a Bill.)

Cantidad: de 90 a 120 galletas, dependiendo del tamaño de las galletas.

CAPÍTULO ONCE

Hannah no podía articular palabra. La lengua parecía habérsele pegado al paladar. Bajó la mirada al fajo de Polaroids y parpadeó con fuerza. No, no se estaba imaginando nada. Las imágenes seguían allí. No había caras, solo fotografías de torsos femeninos, todos desnudos hasta la cintura.

—¿Hannah? —Andrea estiró la mano para agarrarla del brazo—. ¿Estás bien?

Hannah respiró hondo y asintió.

—¿Quiénes son?

—Pacientes dentales. Puedes saber dónde se tomaron por el fondo. —Andrea clavó el dedo en la imagen superior—. ¿Ves ese cuadro de la pared? Está en la sala que Norman utiliza para limpiar dientes. Lo he comprobado.

—¿Esta mujer posó para Norman en su silla de dentista?

—Di más bien estas mujeres, en plural. —Andrea diseminó las fotografías para que Hannah las viera—. Y no creo que posaran precisamente. ¿Ves las dos bombonas que hay junto a la silla? Una es de oxígeno y la otra de óxido nitroso.

—¿El gas de la risa?

—Lo estudié en clase de química. Si los mezclas correctamente, es un anestésico. Muchos dentistas lo usan. Pero si cortas el oxígeno, puede hacerte perder la conciencia. Un par de bocanadas y estas mujeres se habrían desvanecido.

—¿Las durmió y tomó fotos de ellas desnudas?

—Eso es lo que me parece a mí. Cuando volvieran en sí, no se acordarían de nada.

Hannah negó con la cabeza.

—No puedo creer que Norman hiciera algo como esto. Parece tan... tan normal.

—Eso es lo que dicen siempre de los pervertidos. Ya has oído esas entrevistas en las noticias. Todos los vecinos afirman que no dan crédito, que les parecía un tipo absolutamente normal.

Hannah parpadeó y volvió a mirar fijamente las fotografías. Todavía no podía creerse que Norman las hubiera tomado.

Agarró el fajo de Polaroids y rebuscó de nuevo entre ellas.

—Me pregunto si...

—¿Si qué? —Andrea se volvió para mirar a su hermana cuando esta se calló de repente.

—Es esta. —Hannah señaló la fotografía—. Tiene una cadena de oro en el cuello y un colgante... Sé que lo he visto antes.

Andrea se hizo con la foto para echarle un segundo vistazo.

—Tienes razón. Yo también la he visto. Es una cruz céltica, ¿no?

—¡Eso es! —Hannah abrió los ojos como platos al reconocer a la persona de la fotografía—. Norman no hizo estas fotografías, Andrea.

—¿Ah, no?

—No pudo tomarlas. Esta es la señorita McNally, nuestra profesora de mates de primer curso de secundaria. Y se fue de Lake Eden para casarse hace tres años.

Andrea, desconcertada, bajó la mirada a la foto.

—La señorita McNally es la única que ha llevado una cruz como esa. Entonces es el padre de Norman quien debió de tomar esas fotografías. ¿Qué vamos a hacer?

Hannah pensaba a toda velocidad.

—Primero, no vamos a hablarle de ellas a nadie. El padre de Norman murió. Es demasiado tarde para castigarlo ahora. Si esto se hace público simplemente mortificaría a su madre y avergonzaría a las mujeres.

—Eso tiene sentido —convino rápidamente Andrea—. ¿Crees que Norman sabe lo que hacía su padre?

—No lo sé. ¿Dónde encontraste las fotografías?

—Estaban en el almacén. Las encontré en una pequeña caja bajo una pila de rayos X antiguos. Estaba todo muy sucio, Hannah. Debía de haber dos dedos de polvo sobre esas radiografías y... —Andrea se interrumpió al darse cuenta de lo que acababa de decir—. Norman no sabe nada de las fotos, Hannah. Allí había demasiado polvo. Estoy casi segura de que la pila de rayos X no se había tocado desde hacía un año, como mínimo.

Hannah dejó escapar un suspiro de alivio.

—Bien. ¿Crees que te hiciste con todas las fotos?

—Yo diría que sí. Metí lo que había en la caja dentro de ese sobre y me pasé al menos cinco minutos buscando más. —Andrea estiró la mano para recoger las fotos y las puso boca abajo—. ¿Qué vamos a hacer con ellas, Hannah?

—Las destruiremos. Esta noche las quemaré en mi chimenea.

—No puedes hacer eso —se opuso Andrea—. Tienes una chimenea de gas. No puedes quemar nada en ella. Tal vez deberíamos hacerlas añicos. Lo haría en el trabajo, pero Al me preguntaría qué estoy haciendo trizas.

—Probemos con un quitamanchas industrial —sugirió Hannah mientras se bajaba del taburete—. Lo utilicé para limpiar las manchas de óxido del lavamanos de mi aseo y me queda un poco en la botella. Se supone que acaba con todo.

Andrea siguió a Hannah al lavamanos y observó cómo vertía varios centímetros de quitamanchas en el fondo de su lavamanos de acero inoxidable. El quitamanchas cayó sobre una de las fotografías y Hannah la removió con el mango de una de sus largas cucharas de mezcla. Tardó aproximadamente un minuto, pero al final la foto se borró y se quedó en blanco.

—¡Funciona! —Andrea pareció sorprendida—. ¿Cómo sabías hacer eso?

—Vi algo parecido en una película. Vamos, Andrea, tú vas metiendo las fotos y yo las voy removiendo.

En menos de cinco minutos, las fotos de desnudos habían desaparecido, dejando tan solo un papel absolutamente blanco. Hannah quitó el tapón, dejó correr un poco de agua limpia sobre el papel y tiró aquellos residuos en el cubo de la basura.

—Supongo que más vale que vuelva a la oficina. —Andrea levantó la mirada al reloj—. Tengo que recoger las llaves y unos folletos antes de enseñar la vivienda.

Hannah le dio un breve abrazo.

—Gracias por tu ayuda, Andrea. Eres una fisgona de primera y me alegro de que encontraras esas fotografías antes de que Norman o su madre se toparan con ellas.

—Yo también me alegro. —Andrea le devolvió una sonrisa luminosa y se encaminó hacia la puerta batiente. Se detuvo, extendió la mano para abrirla y entonces se dio la vuelta—. ¿Hannah?

—¿Sí?

—Creo que deberías ir a la fiesta de los Woodley con Norman. Me equivocaba. Es aburrido, vale, pero también es buena persona.

Hannah se esforzó por mantener su sonrisa educada mientras la oradora invitada ensalzaba las virtudes de la Inglaterra de la Regencia, en la que los hombres eran «caballeros» y las señoras eran «damas en el sentido genuino de la palabra». La regordeta dama de pelo cano con su vestido amarillo con volantes, una profesora inglesa jubilada de Grey Eagle que había escrito tres novelas románticas del periodo de la Regencia, afirmó que estaba consternada y entristecida por la «lamentable carencia de fibra moral» en la juventud de hoy en día. Acabó su discurso sugiriendo que los padres se guiaran por las estrictas normas de la sociedad educada que habían existido «en las costas de Albión» a principios del siglo XIX y que se esforzaran por inculcar «los valores de la Regencia» en sus descendientes.

Hubo una desganada ovación superficial cuando la oradora invitada abandonó el estrado, y seguidamente empezó la reunión. Mientras preparaba la mesa de refrigerios, Hannah se preguntó qué harían los adolescentes de Lake Eden si sus madres intentaran llevarlos de vuelta a una época sin coches ni videojuegos, por no mencionar la ausencia de métodos de control de la natalidad. El matricidio se dispararía y Bill sin duda no daría abasto con el trabajo.

Hannah preparó el café y dispuso fuentes bien cargadas de galletas de jengibre estilo Regencia. Había investigado el periodo, pero había pocas recetas publicadas y ninguna de ellas parecía de galletas. Incluso había hojeado la colección de su madre de novelas románticas de la Regencia por si encontraba alguna mención a postres, pero lo único que había descubierto eran vagas referencias a «pudines», «compotas de fruta» y «pasteles de semillas». Concluyó que había que llegar a una especie de término medio y compiló una lista de ingredientes que habían existido en la época de la Regencia; así descubrió que una persona emprendedora podría haber horneado galletas de jengibre. El que de hecho llegaran a hacerse era otra cuestión, pero el caso es que habría sido posible.

La reunión no tardó mucho en acabar y Hannah se sintió aliviada al ver que la oradora invitada había salido por la puerta. Eso estaba bien. La mujer parecía saber mucho sobre las costumbres de la Inglaterra del primer tercio del siglo XIX y a Hannah no le habría hecho ninguna gracia quedar en evidencia como un fraude. La mayoría de las mujeres pertenecientes al club no se tomaban tan en serio la autenticidad. Les gustaba leer novelas románticas del periodo y charlar sobre ellas, pero las reuniones del club eran básicamente una excusa para salir de casa, compartir cotilleos y tomar algo con sus amigas.

En cuanto descendió el mazo en el estrado, dando por terminada la charla, hubo un chirrido de sillas que se echaban hacia atrás y se desató una carrera apresurada hacia la mesa de los refrigerios. Hannah estaba preparada. Tenía té y café, ambos «con» y «sin», y sus mejores fuentes de plata llenas hasta arriba de galletas. Mientras servía las bebidas humeantes en tazas de porcelana fina —flores azules para los descafeinados y flores rosas para los normales—, Hannah pensaba en la llamada telefónica que había recibido de Bill antes de salir de la tienda. El sin techo, que se llamaba Resplandor, había dejado de ser sospechoso. El reverendo Warren Strandberg le había recogido justo después de que Claire lo viera y se lo había llevado al comedor de beneficencia de la Iglesia bíblica para que desayunara. En el momento de la muerte de Ron, Resplandor había estado engullendo tortitas con huevos revueltos delante del reverendo, varios voluntarios de la iglesia y otros sin techo.

—Son sencillamente maravillosas, Hannah. —La señora Diana Greerson, esposa del presidente del banco local y trepa social por excelencia, sostenía una infusión en una mano y una galleta en la otra, que se llevaba a la boca con el meñique extendido.

—Me alegro mucho de que te gusten, Diana. —Hannah hizo un gesto hacia la fuente—. Toma otra.

—Oh, no podría. Como como un pajarillo, ya lo sabes.

La imagen de un buitre desgarrando con voracidad un cadáver pasó fugazmente ante los ojos de Hannah. La última vez que se había encargado del *catering* de un acontecimiento al que había asistido Diana, la había pillado guardándose al menos media docena de delicias de dátil en el bolso.

Mientras Hannah servía y ofrecía té o café a las mujeres de Lake Eden, no le quitaba ojo a su madre. Antes incluso de cumplir la edad para ir a la guardería, había descubierto que podía leer el rostro de Delores como si fuera un barómetro. Si parpadeaba con fuerza, era inminente una tormenta de críticas. Si los labios apuntaban hacia arriba, su encuentro sería alegre y cargado de elogios. Si aparecía una arruga entre sus cejas perfectamente depiladas, es que estaba a punto de abatir una lluvia de preguntas críticas. Incluso una expresión anodina significaba algo. Avisaba de un cambio repentino, y Hannah sabía que tenía que estar preparada tanto para estremecerse bajo la temible censura gélida de su madre como para regodearse en la calidez de su aprobación.

Hannah le sirvió una taza de café normal a Sally Percy, la esposa del jefe de Andrea, y volvió a mirar al final de la cola. Lo que vio hizo que se relajara por primera vez ese día. Su madre estaba junto a Carrie Rhodes, y ambas mujeres esbozaron amplias sonrisas cuando vieron que las miraba. Hannah supo inmediatamente que Norman había anunciado sus planes de ir juntos a la fiesta de los Woodley. Era el típico caso de «Yo lo sé, tú lo sabes y yo sé que tú lo sabes».

Mientras la cola pasaba lentamente ante ella, y Hannah se concentraba en intercambiar comentarios amables con las mujeres a las que servía, reparó en que Delores y Carrie parecían mantener diferencias de opinión sobre algo. No es que discutieran porque era una charla demasiado amigable para eso. Pero Hannah oyó leves fragmentos de «Aunque me gustaría, de verdad. Esto es muy bueno para Norman», de Carrie, y «No, ella nunca lo aceptaría de ti», de Delores. Luego la voz de Carrie llegó de nuevo hasta Hannah: «Yo encargaré el ramillete. ¿Qué tipo de flores le gustan?». Y Delores respondió: «Adora los girasoles, pero no servirían. ¿Qué te parecen unas orquídeas?».

Cuando Delores y Carrie llegaron al punto donde Hannah tenía las cafeteras, las dos exhibían idénticas sonrisas satisfechas, como gatos que acabaran de comerse el tarro de la nata, una expresión muy útil que Hannah había oído mientras hojeaba las novelas románticas del periodo de la Regencia de su madre. Carrie se llevó una infusión; Delores optó por un café solo y luego se inclinó hacia ella.

—Venimos de Beau Monde y Claire nos ha dicho que te has comprado un vestido nuevo para la fiesta de Woodley.

—Así es, mamá. —A Hannah no la sorprendió que su madre conociese su reciente adquisición. Era casi imposible guardar secretos en un pueblo del tamaño de Lake Eden.

—Me gustaría comprártelo yo, cariño. Digamos que sería un regalo de cumpleaños por adelantado.

A Hannah le sorprendió. Su madre no solía ser tan generosa.

—Es muy amable por tu parte, mamá, pero mi cumpleaños es en julio y faltan más de ocho meses.

—Muy bien, entonces que sea el regalo de Navidad. No sabes cuánto me alegra que te hayas comprado algo «a la moda de los últimos tiempos», cariño. Claire dijo que te quedaba divino y todo el mundo sabe que Claire tiene un gusto exquisito. Tienes que dejar que te lo pague. Insisto.

Hannah reprimió una sonrisa; estas reuniones del club siempre hacían que su madre soltase expresiones de la Regencia, pero a caballo regalado... Delores podía permitirse ser generosa. El abuelo de Hannah había invertido mucho en la incipiente Minnesota Mining and Manufacturing Company y, con los años, tres millones de acciones se habían dividido más veces de las que Hannah podría contar.

—¿Te dijo Claire lo que pagué por el vestido?

—Le pregunté, pero dijo que era algo que quedaba entre vosotras. ¿Cuánto te costó, cariño? Te firmaré un cheque.

Hannah suspiró mientras escuchaba los cascos del caballo regalado cabalgando hacia la puesta de sol. No podía decirle a su madre lo que le había costado el vestido. Le había prometido a Claire no desvelar el precio.

—No puedo decírtelo, mamá. Claire me lo vendió a precio de coste y le prometí que no le contaría a nadie lo que me había costado.

—¿Ni siquiera a *moi*?

—Ni siquiera a ti, mamá. —A Hannah le costaba mantener el rostro inexpresivo. Su madre le sonaba igual que la cerdita Peggy cuando se refería a sí misma como *moi*.

Carrie se inclinó para acercarse y susurrarle algo al oído a Delores, y su madre volvió a sonreír.

—Es una idea espléndida. Necesitarás un bolso y un par de zapatos nuevos, Hannah. ¿Qué tal si te los regalo yo?

—Tengo un bolso de mano negro, mamá. Me lo regalaste hace dos años. Y mis zapatos de tacón negros se conservan en un estado perfecto... —Hannah se interrumpió; ahora que lo pensaba, a su único par de zapatos de vestir negros había que cambiarles las suelas—. Has dado en el clavo, mamá. No me vendrían mal un par de zapatos nuevos.

—Entonces te los compraré. Escoge italianos, cariño. Son los únicos que duran. Y no olvides recorrer la zapatería con ellos puestos al menos dos veces para asegurarte de que no te aprietan. Podría acompañarte al centro comercial y ayudarte a comprarlos.

Hannah hizo una mueca al recordar la última excursión de compras que había hecho con su madre. Delores había querido que se comprara un abrigo de etiqueta en lugar de una parka que podía utilizar para todo.

—No pasa nada, mamá. Sé lo ocupada que estás. Y eso me recuerda, ¿qué tal tu diente?

—¿Mi diente? —Delores pareció sobresaltarse, y Hannah tuvo que morderse la lengua para reprimir una sonrisa. ¿Creía su madre que los cotilleos viajaban solo en una dirección?—. Ahora está bien. Norman es un dentista maravilloso. ¿Te conté que vi a Ron LaSalle yéndose en su coche?

—No, pero me lo dijo Norman. No hablaste con Ron, ¿no?

—Él salía cuando yo entraba en el coche y lo único que vi fue la parte de atrás de su furgoneta. Ni siquiera estoy segura de si era él quien conducía. —Su madre pareció sonrojarse intensamente—. ¿Crees que debería contárselo a Bill?

—Sin duda. Bill está intentando reconstruir las acciones de Ron la mañana que murió, y lo que viste podría ayudarle.

Carrie se estremeció ligeramente.

—Da miedo pensar que alguien que todas conocemos pueda ser asesinado de un disparo a plena luz del día en nuestras calles.

—Lo sé —dijo Delores suspirando—. En mi opinión, es por culpa de Herb Beeseman. Ese chico se pasa todo el tiempo poniendo multas y nunca está donde de verdad se le necesita. Si se hubiera metido ese cuaderno de notificaciones en el bolsillo, que es su sitio, ¡hasta podría haber llegado a tiempo para salvar la vida de Ron!

Hannah sabía que debía mantener la boca cerrada, pero no pudo.

—A Herb lo contrataron para vigilar que se cumplieran las normas de tráfico de Lake Eden, no para patrullar las calles persiguiendo asesinos potenciales.

—Tiene razón, Delores —dijo Carrie y entonces se volvió hacia Hannah—. Debió de ser espantoso para ti, querida. Imagínate: ¡algo así sucediendo justo detrás de tu tienda!

Delores no pareció muy comprensiva.

—Hannah sabe manejarse en situaciones como esa. Siempre ha sido fuerte. Lo heredó de mí. ¿Verdad que sí, Hannah?

Hannah consiguió mantener los labios firmemente apretados. Acababa de hablar la mujer que se había desmayado cuando se había encontrado una ardilla muerta en las escaleras de atrás de casa...

—Más vale que sigamos adelante, Delores. —Carrie le dio un golpecito con el codo—. Ya sabes lo que se irritan estas mujeres mayores cuando la cola no avanza.

En ese punto, Hannah contuvo una carcajada: con la excepción de la señora Priscilla Knudson, la abuela del pastor luterano, Carrie era la mayor de aquel grupo.

Cuando Hannah hubo servido al resto de las mujeres de la cola, tomó su bandeja de galletas y salió de detrás de la mesa para recorrer la sala. Sus galletas de jengibre estilo Regencia estaban siendo un éxito y volaban de la bandeja. Acababa de servir a Bertie Straub, la dueña y administradora de la peluquería Cut 'n Curl, cuando oyó sin querer parte de una conversación que Maryann Watson, la hermana del entrenador Watson, mantenía con una de las secretarias de DelRay, Lucille Rahn.

—No tienes ni idea de lo generoso que es mi hermano con Danielle —contaba Maryann—. Pagó una verdadera fortuna por su regalo de cumpleaños.

Lucille dio un delicado mordisco a su galleta.

—No me digas. ¿Y cómo puede permitirse comprar algo tan caro con un salario de profesor?

—Ha estado ahorrando todo el año. Ella cumple treinta, ya sabes, y él quería regalarle algo especial. Me pidió que lo acompañara al Mall of America el martes por la noche para ayudarle a elegir. Te juro que pasamos por todas las joyerías antes de que él diera con lo que buscaba.

Hannah dejó la bandeja en el extremo de la mesa y trató de pasar desapercibida, ocupándose de recolocar las galletas apiladas en la bandeja. Ninguna de las dos mujeres parecía fijarse en ella, pero Hannah oía cada palabra que decían.

—¿Y qué compró? —Lucille parecía sentir mucha curiosidad—. A mí puedes decírmelo, Maryann.

Maryann se inclinó hacia delante, dispuesta a confiar el delicioso secreto. Para ella, era como si Hannah no existiera. Camareros, doncellas y encargados de *catering* acababan escuchando siempre todos los cotilleos, tanto si querían como si no.

—Le compró un espléndido anillo con un rubí, pero no puedes decírselo a nadie. Se supone que debe ser una sorpresa.

Lucille alzó las cejas.

—¿Un rubí? Eso parece muy caro.

—Lo fue —confirmó Maryann asintiendo con la cabeza—. Le costó más de mil dólares. Y Boyd incluso pagó de más para que lo grabaran por el interior.

—¿Por eso te perdiste la reunión de confección de ropa para pobres del Dorcas Circle el martes por la noche?

—Sí, tuvimos que quedarnos porque el anillo no estaría listo hasta la mañana siguiente. Boyd me pidió que me lo llevara a casa para guardarlo, y ya sabes lo que significa eso.

Lucille pareció completamente desconcertada.

—¿Y qué significa?

—Que Danielle debe de fisgonear entre sus cosas.

—Eso no me sorprende. Jill Haversham era la maestra de tercero de primaria de Danielle y dijo que todas las Perkins eran unas fisgonas.

—Nunca entendí por qué Boyd se casó con ella. —Maryann suspiró profundamente—. Podría haber tenido a cualquiera, y tampoco es que estuviera obligado, ya me entiendes. Pero supongo que para gustos, colores.

—Eso se dice. ¿Te quedaste a pasar la noche con tu madre?

—Sí, y se alegró mucho de vernos. Boyd salió para comprar dónuts para desayunar a la mañana siguiente y volvió con una caja enorme. Así ella podría quedarse lo que sobrara. No estamos seguros de que coma como es debido ahora que se ha quedado sola.

Hannah reprimió una sonrisa. No creía que los dónuts para desayunar entraran dentro de la categoría de «comer como es debido», pero ella no era quién para decir nada. Muchos de sus clientes desayunaban galletas.

—Ahora que papá ha fallecido, se siente sola —prosiguió Maryann—, y no hace más que ir arriba y abajo por esa casa suya. El barrio se está volviendo industrial, y eso tampoco es bueno para ella.

—¿Dónde está? —preguntó Lucille.

—Justo en la salida de Anoka en la noventa y cuatro. Solía ser un barrio agradable y tranquilo antes de que construyeran la autopista, pero está en plena decadencia. Boyd y yo pensamos que debería vender la casa y mudarse a uno de esos edificios de apartamentos para gente mayor.

Lucille alzó las cejas.

—¿Y no preferiría irse a vivir contigo o con Boyd?

—Mi casa no es lo bastante grande. Ya has visto mi apartamento. Apenas tengo espacio para darme la vuelta. A Boyd le sobra el espacio, pero no creo que Danielle la quiera allí. Aunque mi hermano no ha dicho nada al respecto. Ni lo haría, ya lo conoces. Boyd es tan leal a esa mujer como al sol que sale cada mañana. La trata como a una princesa, la viste con ropa cara y le compra todo lo que pueda querer. Incluso le compró esa casa, ya sabes, y, déjame que te lo diga, eso va a ser una verdadera sangría.

—¿Económicamente?

—Los pagos de su hipoteca deben de estar por las nubes, y siempre hay algo que arreglar. Boyd intenta hacerlo todo él, pero sabe Dios que no es ni fontanero ni electricista. Te juro que Danielle no sabe valorar lo mucho que trabaja, pero ¿qué otra cosa puede esperarse, procediendo de una familia como la suya?

—Ella no trabaja, ¿no? —preguntó Lucille.

—Por supuesto que no. No movería un dedo para ayudarle. Boyd dice que no quiere que ella trabaje, pero me parece que así solo justifica el hecho de que ella es demasiado vaga para mantener un puesto de trabajo.

Hannah ya había oído bastantes críticas sobre Danielle. Tomó la bandeja, adoptó la sonrisa de «¿puedo servirlas en algo?», se acercó a las mujeres y le dio un toquecito en el hombro a Maryann.

—¿Más galletas, señoras?

—Hola, Hannah. —Maryann pareció sorprendida al verla—. Estas galletas son maravillosas, querida. ¡Y pensar que son naturales! Justo estaba comentando lo deliciosas que eran, ¿verdad, Lucille?

Lucille sonrió.

—Hemos tenido mucha suerte de que hayas vuelto a la ciudad, Hannah. No sé cómo se las habría apañado el Club Romántico de la Regencia de Lake Eden para servir refrigerios decentes sin ti.

—Gracias. Me alegro de que os gusten las galletas. —Hannah esperó a que Maryann y Lucille se hubieron servido otra galleta y entonces se dirigió a otra mesa. El Mall of America no abría hasta las once y el entrenador Watson había estado con su hermana hasta entonces. Así había eliminado un sospechoso más y, si no tenía mejor suerte, el portero del Twin Pines también podría ofrecer una coartada. Entonces estaría de nuevo en la casilla de salida.

Hannah suspiró mientras acababa de servir las galletas y volvía a por las jarras de café y té. Resolver crímenes no era tan fácil como parecía en las películas.

CAPÍTULO DOCE

Hannah se detuvo en el aparcamiento del Tri-County Mall y se volvió hacia Lisa con el ceño fruncido.

—¡Detesto comprar!

—No será tan terrible, Hannah. Lo único que necesitas es un par de zapatos. Y es un detalle por parte de tu madre que te los pague.

—¿Ah, sí? —Hannah se volvió hacia ella levantando las cejas—. Los regalos de mi madre siempre conllevan sus obligaciones. Los zapatos tienen que ser italianos y sus tacones no pueden medir más de ocho centímetros de alto.

Lisa se encogió de hombros.

—Los italianos son buenos y, en cualquier caso, nunca llevas tacones altos.

—Espera, hay más. Se supone que solo puedo comprar cuero de calidad, nada de materiales artificiales, y tengo que pedirle al vendedor que me garantice que el color no se desvairá si se mojan. Me hizo prometerle que me los probaría y recorrería dos veces la tienda para asegurarme de que no me aprietan.

—Eso no parece tan difícil. Vamos, Hannah. El centro comercial cierra a las siete y ya son las seis y media.

Hannah suspiró y se bajó de la camioneta. Caía una nieve ligera y la temperatura había bajado diez grados desde que se había puesto el sol. No le gustaba ir al centro comercial ni en el mejor de los casos y este era el peor. El aparcamiento estaba atestado de coches, no andaba sobrada de tiempo y tenía que comprar los zapatos esa misma noche. Hannah estaba convencida de que ir de compras en el último momento era la receta perfecta para el desastre.

Lisa fue por delante a través del aparcamiento mojado y entró por la puerta trasera de Sears. Atajaron pasando por las secciones de ferretería, de pintura y de electrodomésticos y se apresuraron por el camino de moqueta verde para interiores y exteriores hasta la entrada del centro comercial propiamente dicho.

Al acceder al inmenso espacio con forma de cúpula, la mirada de Hannah se vio inmediatamente atraída hacia un gigantesco trineo rojo de plástico y ocho renos también de plástico paralizados a mitad de un salto. Parpadeó dos veces y entonces se volvió hacia Lisa.

—Ni siquiera hemos celebrado Halloween todavía ¡y ya está todo decorado para Navidades!

—Ponen la decoración el primer lunes de septiembre, justo después del Día del Trabajo. Supongo que a mucha gente le gusta hacer sus compras navideñas pronto y compran más si el centro comercial está decorado.

—¿Lo ha visto ya tu padre?

—Traigo a mi padre todos los domingos. Hay un espectáculo animado de Santa Claus en el vestíbulo de Dayton's y a él le fascina. Debe de haberlo visto media docena de veces, pero siempre me explica qué están haciendo los elfos.

—Ese debe de ser el lado positivo del alzhéimer. Cada vez que tu padre lo ve, cree que es la primera vez. —Las palabras se le escaparon a Hannah antes de que pudiera pensarlas, y se mordió la lengua al darse cuenta de que habían sonado frívolas—. Lo siento, Lisa. No pretendía bromear sobre una enfermedad tan espantosa.

—No pasa nada, Hannah. Una tiene que bromear. Yo también lo hago. Y podría ser mucho peor. Mi padre no sufre ningún dolor y se ha olvidado de todos sus problemas. La mayor parte del tiempo se lo pasa bien.

—¿Por dónde empezamos? —Hannah creyó que era el momento de cambiar de tema.

—Vamos a Bianco's. Es una tienda nueva. Rhonda Scharf estuvo el otro día y le oí contar a Gail Hanson que tenían una selección mejor que las demás zapaterías.

Hannah siguió a Lisa a través de la multitud de compradores sin ver ninguna cara familiar. Eso no era sorprendente. El Tri-County Mall estaba a más de treinta kilómetros de Lake Eden y daba servicio a todas las pequeñas ciudades en un radio de sesenta y cinco kilómetros. Vio a varios adolescentes con chaquetas deportivas del equipo Little Falls Flyer y a un grupo de chicas que se reían entre dientes, cerca de la tienda de vídeo, que vestían sudaderas del Instituto Long Prairie.

Lisa entró en una tienda iluminada intensamente que exhibía la bandera italiana como fondo del escaparate. Filas de zapatos se alineaban en los estantes en la pared, y cada pocos metros un expositor redondo de plástico sobresalía con un par de zapatos a la altura de los ojos. Hannah siguió adelante e inmediatamente atisbó un par de zapatos negros cerca del fondo de la tienda. Tenían tacones bajos, seguramente eran de cuero y parecían cómodos.

—Me parece que me llevaré esos, Lisa. — Hannah se acercó para señalar el par de zapatos—. Están bien, ¿no?

—Son demasiado sencillos, Hannah. Necesitas algo más elegante que haga juego con tu espléndido vestido.

—¿Cuánto más elegante? —Hannah no estaba dispuesta a ceder tan fácilmente. Los zapatos negros iban bien casi con cualquier cosa, y el que fueran sencillos no le disgustaba.

—Pruébate este par. —Lisa echó mano a un par del expositor y se los pasó a Hannah— Te quedarán perfectos. Confía en mí.

«Confía en mí» era la misma frase que había utilizado su madre cuando había convencido a Hannah de que se comprase una falda de terciopelo absolutamente ridícula unas Navidades, de manera que Hannah se mostró recelosa al examinar los zapatos. Cumplían todos los requisitos, pero la fina cinta de cuero que rodeaba el tobillo atraería la atención hacia sus piernas.

—Tú pruébatelos, Hannah. Si no te gustan, puedes escoger otros.

—Muy bien. —Ir de compras con Lisa se parecía mucho a comprar con su madre—. Calzo un cuarenta y uno.

—Buscaré a un dependiente.

Lisa desapareció a toda prisa y al cabo de un momento regresó con un hombre con el pelo moreno y bigote. Llevaba pantalones blancos y una camisa a rayas, y tenía el aspecto exacto de la imagen que se hacía Hannah de un gondolero veneciano.

—Este es Tony —le presentó Lisa—. Él te atenderá.

En un tiempo récord midió los pies de Hannah y le calzó los zapatos. Hannah se levantó con cautela, dio unos pasos y empezó a sonreír. Lisa tenía razón. Los zapatos quedarían perfectos con el vestido de noche.

—Me los llevaré.

—No tan deprisa —la avisó Lisa—. Primero tienes que recorrer la tienda. Lo prometiste.

Hannah suspiró y caminó arriba y abajo por los pasillos. Se alegró de hacerlo porque reparó en un rótulo cerca de la caja registradora que publicitaba un segundo par de zapatos por cinco dólares. Corrió a buscar a Tony y le señaló el rótulo.

—¿Un segundo par solo cuesta cinco dólares?

—Así es. Es nuestra inauguración. ¿Quiere mirar un segundo par?

Hannah negó con la cabeza y señaló a Lisa.

—No, son para ella, pero pago yo. Le gustaría probarse... —Hannah miró a su alrededor. Se había fijado en que, al entrar, Lisa se había quedado mirando un par de zapatos con expresión melancólica. Localizó el calzado, un par de sandalias doradas con tacones de quince centímetros, y se apresuró a llevárselas a Tony—. Quiere probarse este par.

—Eso es tirar el dinero —se opuso Lisa—. Son preciosas, pero no tendré ningún sitio donde llevarlas.

—¿Y qué? Yo quiero que las tengas. Toda mujer necesita un par de zapatos fantásticos de vez en cuando, incluso aunque se queden guardados en su armario.

—Pero, Hannah...

—No te olvides de que soy tu jefa —la interrumpió Hannah—. Y te ordeno que te pruebes estos zapatos.

Lisa empezó a reírse.

—Tú ganas. ¿Los tenéis en un treinta y siete, Tony?

El casino de Twin Pines estaba a poco más de quince kilómetros del centro comercial. Seguía nevando cuando Hannah paró en un aparcamiento que acababan de dejar libre cerca de la entrada. No nevaba intensamente, pero se preguntó qué pasaría si se quedaban atrapadas por la nieve en el casino. Menos mal que no llevaba consigo las tarjetas de crédito.

—Es inmenso, Hannah. Y parece bonito. —Lisa contempló los centelleantes rótulos de neón mientras se dirigían a la entrada, y asomó una expresión de asombro infantil en su rostro—. Me alegro de que me pidieras que te acompañara. Nunca había estado en un casino.

Había un portero justo detrás de la puerta principal y Hannah contuvo el aliento. Esperaba que Lisa tuviera la edad suficiente para jugar. Entonces vio un rótulo que rezaba: «PARA JUGAR DEBES TENER 18 AÑOS O MÁS». Dejó escapar un suspiro de alivio. Miró de nuevo al portero. En su cara no había arañazos ni moratones y a todas luces no tenía un ojo a la funerala. Era imposible que hubiera sido el receptor de los puñetazos de Ron, y Hannah decidió esperar a que hubieran cenado antes de hacer alguna pregunta sobre el portero que estaba de servicio el martes por la noche.

—¡Qué restaurante más bonito! —Lisa sonreía alegremente mientras una camarera las conducía a un reservado de madera en el salón comedor de aspecto rústico—. Fíjate en esas mantas indias de la pared. Son preciosas.

—Sí, lo son. —Hannah miró las mantas de colores vivos. Aunque añadían cierto aire hogareño al cavernoso salón de paneles de madera, sus estampados tejidos no se parecían en absoluto a las mantas *sioux* auténticas que ella había visto en una excursión al museo. Seguramente los que venían a jugar aquí no se fijaban demasiado en ese tipo de detalles.

—¿Crees que deberíamos aceptar la sugerencia de Herb y pedir costillas? —Lisa levantó la mirada del menú. Estaba impreso sobre un tipo de plástico que recordaba la corteza de abedul y había un dibujo infantil de un tipi en la portada.

—A mí me parece bien. Si las recomendó Herb, deben de ser buenas. Siempre tuvo facilidad para descubrir el mejor plato de un menú cuando éramos compañeros de clase en el instituto.

Cuando llegaron las costillas, eran tiernas y jugosas, y las sirvieron bañadas en una salsa que a Hannah le recordaba a humo de madera aromática y tomates dulces madurados en la planta. Mientras comían, limpiándose de vez en cuando las manos en las servilletas húmedas que la camarera les había dado, Hannah pensó sobre la mejor forma de identificar al portero que se había peleado con Ron. Si preguntaba a los administradores, se pondrían paranoicos ante las posibles demandas legales. Tenía que pensar en una excusa que no resultara amenazadora para convencerles de que necesitaba el nombre del portero.

Cuando se hubieron limpiado las manos por última vez y después de compartir una excelente tarta de arándanos, Hannah sabía exactamente qué hacer. Pagó la cuenta, acomodó a Lisa delante de una tragaperras con la calderilla de The Cookie Jar y fue a buscar al administrador.

Después de que varios empleados la enviaran de un lado a otro, Hannah encontró finalmente a un guardia de seguridad que aceptó acompañarla a la oficina del administrador. El guardia era alto, de hombros anchos, y se mantuvo completamente impasible mientras bloqueaba con el cuerpo un panel de seguridad iluminado y marcaba números en un teclado que abrió la puerta a un pasillo interior.

Hannah le dedicó una sonrisa amistosa mientras él le hacía un gesto hacia la puerta, pero no le devolvió la sonrisa. Era obvio que un comportamiento adusto encabezaba la lista de requisitos para hacerse guardia de seguridad de casino.

Una vez llegó a la puerta apropiada, el guardia llamó dos veces y seguidamente abrió.

—Una tal señorita Swensen quiere verle. Dice que es algo personal.

Una voz procedente del interior le dijo a Hannah que pasara y ella entró en la oficina. El espacio era amplio y estaba decorado con gusto. Tres de las paredes eran de color marfil y la cuarta, de un atractivo tono rojo chino. Dentro, un sofá de seda de color marfil y dos sillas a juego flanqueaban una mesita de centro laqueada negra con dragones dorados incrustados. La decoración parecía una elección extraña para un casino indio, y a Hannah la sorprendió. No se veía ni una manta ni ninguna obra de nativos americanos.

Un hombre mayor con un pelo cuidadosamente peinado se levantó de la silla que había detrás de una mesa laqueada negra.

—¿Señorita Swensen? Soy Paul Littletree, el administrador del casino. ¿Quiere sentarse?

—Gracias —respondió Hannah y se acomodó delante de la mesa, en un precioso sillón barnizado en negro y tapizado con seda roja china.

—Puedes dejarnos, Dennis. —Paul Littletree hizo un gesto al guardia de seguridad para que saliera.

Hannah esperó hasta que la puerta se hubo cerrado detrás del guardia de seguridad y entonces soltó el discurso que se había preparado.

—Esto me resulta un poco embarazoso, señor Littletree. Me temo que mi hermano perdió los papeles la última vez que estuvo aquí. Mis padres me han mandado para disculparme y pagar cualquier daño que causara.

—¿Cuándo sucedió?

—El martes por la noche. Cuando llegó a casa, le contó a mi madre que se había peleado con uno de sus porteros. —Hannah bajó la mirada y procuró parecer avergonzada por los actos de su hermano de ficción—. Creemos que todo es culpa de su nueva novia. Está metida en algún tipo de movimiento contra el juego y lo convenció para que viniera en coche hasta aquí y repartiera sus folletos. Mi hermano no tiene más que unos arañazos y moratones, pero mis padres me han pedido que compruebe si su portero está bien.

—Debe de ser Alfred Redbird. Me fijé en que tenía unos moratones y un ojo a la virulé cuando volvió del aparcamiento.

—Lo siento mucho. —Hannah suspiró hondo—. Ni que decir tiene, estaremos encantados de pagar sus gastos médicos y compensarle por el tiempo de trabajo que haya perdido.

—Es muy generoso por su parte, pero no será necesario. Alfred no necesitó más que un par de tiritas.

—Me alegro de saberlo. Mi madre estaba muy preocupada. ¿Pudo el señor Redbird acabar su turno el martes por la noche?

—No. —Paul Littletree se rio entre dientes—, pero eso no tuvo nada que ver con su hermano. Su esposa llamó a medianoche y Alfred tuvo que irse para llevarla al hospital. Su primer hijo nació a las ocho de la mañana siguiente.

Hannah sonrió, aunque en realidad tenía más ganas de poner mala cara. El portero cada vez tenía menos visos de ser sospechoso.

—De todas maneras, me gustaría disculparme personalmente con él. ¿Trabaja esta noche?

—No, le he dado el resto de la semana libre con paga. Volverá el lunes; para entonces ya habrá aprendido las nociones básicas de ser padre. Tranquilícese, señorita Swensen. Su hermano no causó ningún daño grave, pero me temo que tendremos que prohibirle la entrada en el casino durante un tiempo.

—Lo entiendo perfectamente. Tiene un local espléndido, señor Littletree. Mi amiga y yo acabamos de cenar unas costillas en su restaurante y estaban deliciosas.

—Me alegro de que estén disfrutando de su velada con nosotros. —Paul Littletree se levantó de la silla y Hannah supo que la entrevista había acabado—. Dígales a sus padres que apreciamos su preocupación. Y vuelva a visitarnos pronto.

Cuando Hannah salió de la oficina, el guardia de seguridad la estaba esperando. Mostraba el mismo semblante serio que antes mientras la acompañaba de vuelta al espacio central del casino, y Hannah reprimió las ganas de hacer algo para que perdiera la compostura. Si aquel tipo se mudaba a Inglaterra algún día, seguro que encontraba empleo reemplazando a uno de los guardias del palacio de Buckingham.

Lisa seguía donde Hannah la había dejado, sentada delante de la misma tragaperras. Había un montón de monedas de veinticinco centavos en la bandeja y a Hannah la sorprendió.

—¿Estás ganando, Lisa?

—Me parece que dos dólares. —Lisa bajó la mirada a la bandeja—. ¿Por qué no lo pruebas? Es divertido de verdad.

—Muy bien, pero solo unos minutos. Quiero volver antes de las nueve. Déjame que vaya a por algo de calderilla.

—Toma de esta. —Lisa sacó unas monedas de la bandeja y se las pasó—. A lo mejor te dan suerte.

La tragaperras que había junto a la de Lisa estaba vacía y Hannah se sentó. Su último sospechoso acababa de ser descartado. Si el portero había estado en el hospital con su mujer, era imposible que hubiera disparado a Ron. Mientras Hannah tiraba de la palanca y perdía su primera moneda de veinticinco centavos, se preguntó qué era lo que fascinaba tanto a la gente de las tragaperras. No eran máquinas interactivas, pero el hombre que había al otro lado del pasillo frente a ella acariciaba su tragaperras con la mano izquierda mientras tiraba de la palanca con la derecha.

«Debe de ser comportamiento supersticioso», concluyó Hannah, y, mientras miraba a la gente a su alrededor, se dio cuenta de que todos intentaban hacer algo para cambiar su suerte. La señora del vestido rojo le hablaba a la máquina, susurrando palabras cariñosas mientras los rodillos giraban. El hombre mayor con un polo sostenía abajo la palanca hasta que los rodillos dejaban de moverse y entonces la soltaba para que volviese a su sitio de golpe. La joven morena con un suéter rosa ahuecaba la mano sobre la bandeja de monedas como si pudiera hacer que las monedas cayeran. Hannah volvió a su máquina con una sonrisa. Todo estaba mecanizado. ¿Es que no se daban cuenta de que nada de lo que hicieran podía cambiar el resultado?

Movida por la idea de que cuanto antes se marcharan, más pronto estaría de vuelta en casa con Moishe y en su cómoda cama, Hannah se dio cuenta de que era posible meter cinco monedas de veinticinco en la ranura antes de tirar de la palanca. Eso estaba bien. De ese modo, se desharía de su dinero cinco veces más rápido. Hannah se concentró en introducir varias monedas, tirando de la palanca y esperando para arrojar más.

—¿Verdad que es divertido, Hannah?

Lisa se volvió para sonreírle y Hannah esbozó una sonrisa como respuesta. Sí, muy divertido. La única ventaja que le veía a jugar a las tragaperras era que quizá tonificara los músculos de su brazo derecho.

Hannah echó sus últimas cinco monedas de veinticinco centavos. Un tirón más de la palanca y habría acabado. Impulsó la palanca para abajo y ya se había vuelto hacia Lisa para preguntarle si estaba lista para marcharse cuando sonó una sirena, centellearon unas luces rojas y su máquina empezó a arrojar a chorro monedas de veinticinco.

—¡Has ganado un bote! —Lisa saltó de su silla y corrió a ver la granizada de monedas que rebotaban en la bandeja—. ¿Cuántas monedas habías metido?

Hannah se limitaba a mirar la avalancha de monedas que repiqueteaban ruidosamente en la bandeja metálica.

—Todas las que pude. Solo quería acabar para que pudiéramos volver a casa.

—¡Pues has ganado, Hannah! —Lisa se quedó boquiabierta mirando los números que centelleaban sobre la máquina—. ¡Acabas de ganar mil novecientos cuarenta y dos dólares!

Hannah miró los números que centelleaban absolutamente perpleja. Entonces bajó la mirada a los rodillos y vio que estaban alineados con los iconos del bote. No era extraño que la gente quisiera jugar a las tragaperras. Era mucho más divertido de lo que había pensado.

CAPÍTULO TRECE

—Eh, hola, Moishe. ¿Te apetece algo de comer? —Hannah tiró el bolso sobre el sofá y llevó a Moishe a la cocina. Colgó su parka sobre el respaldo de una silla y dejó al gato al lado de su cuenco de comida, que llenó con una generosa ración de Meow Mix. Entonces se acordó de que acababa de ganar un bote de una tragaperras y abrió una lata de atún blanco especial y lo añadió al cuenco. Moishe significaba más para ella que cualquier otro de los varones de su vida. Se merecía compartir los frutos de su buena suerte.

Ya había compartido sus ganancias con Lisa. Hannah le había dado un extra de doscientos dólares, haciéndole prometer que se compraría un vestido elegante que fuera a juego con sus nuevos zapatos. Lisa no había querido aceptarlo, pero después de que Hannah la convenciera de que nunca habría jugado a las tragaperras si Lisa no la hubiera apremiado, accedió a quedarse el dinero.

Mientras conducía de vuelta a casa, Hannah había calculado el dinero que había gastado investigando el asesinato de Ron para

Bill. Incluso después de restar el coste del maquillaje de Luanne, el vestido de Claire y el dinero que habían gastado en Twin Pines, le quedaba un beneficio de más de mil dólares.

Mientras Moishe masticaba y gruñía satisfecho, Hannah se acercó al teléfono de la cocina para llamar a Bill y contarle que había eliminado al portero como sospechoso. Bill no estaba en su mesa de la comisaría, pero ella le dejó un mensaje allí y habló con Andrea, que le prometió poner una nota junto al teléfono.

Cumplidos sus deberes, Hannah colgó y fue al dormitorio a cambiarse y ponerse la inmensa sudadera y el pantalón de chándal que se había comprado cuando se había estropeado la caldera el invierno pasado.

Diez minutos más tarde, Hannah estaba acomodada en su rincón favorito del sofá, dando sorbos de vino, con Moishe en los brazos. El gato siempre estaba necesitado de afecto si ella había salido durante horas, y esa noche no era ninguna excepción. Le rascó por debajo de la barbilla hasta que ronroneó extasiado y ella se puso a cantar la tonta cancioncilla que se había inventado para él. Nunca había sido capaz de seguir una melodía, pero mientras siguiera rascando, a Moishe parecía gustarle. Menos mal que vivía sola. Si cualquiera la hubiera oído cantando sobre cuánto adoraba a su «gran minino peludín», la habría encerrado por loca.

El complejo de apartamentos tenía televisión por cable gratis y Hannah zapeó por los canales. Tenía cincuenta, pero ni así encontró nada que le apeteciera ver. Optó por un documental sobre la ciencia forense. Era posible que aprendiera algo. Pero de lo único que hablaba el experto era de los nuevos avances en tecnología de huellas dactilares. Hannah le escuchó extenderse sobre el uso de adhesivo extrafuerte a temperaturas bajo cero para extraer huellas de la piel de una víctima, y entonces cambió al canal de películas clásicas. Emitían *Klute,* y aunque ya la había visto, no quería zapear más y la dejó.

Hannah pensó sobre el crimen durante un rato, pero le resultaba deprimente. Nada de su trabajo detectivesco había servido. La taza con el pintalabios había sido prometedora al principio, y había podido averiguar que Danielle había estado con Ron justo antes de que lo asesinaran. Pero lo que le había contado Danielle no había tenido, a largo plazo, la menor importancia. Había investigado al entrenador Watson y el móvil de los celos, pero este estaba con Maryann en casa de su madre cuando dispararon a Ron. Norman ya no era un sospechoso, ahora que Delores había confirmado su coartada, y el sin techo que había visto Claire estaba desayunando en el momento crucial. El portero con el que se había peleado Ron en Twin Pines quedaría libre de sospechas en cuanto Bill comprobara los datos con el hospital, así que Hannah se había quedado sin sospechosos. Debía encontrar otros nuevos, pero no tenía ni idea de por dónde empezar.

Buscó el cuaderno que tenía al lado del sofá y garabateó una lista de nombres: el entrenador Watson, Norman, Resplandor y Alfred Redbird. Entonces suspiró y tachó con una raya cada uno de ellos. Luego se le ocurrió añadir a Danielle a la lista, pero en verdad no creía que ella hubiera matado a Ron. Tanto daba; decidió comprobar si tenía coartada.

Hannah tomó la guía telefónica y la hojeó para buscar el número de Danielle. Si contestaba el entrenador Watson, colgaría.

Danielle contestó al segundo tono y Hannah dejó escapar un suspiro de alivio.

—Hola, Danielle. Soy Hannah Swensen. ¿Puedes hablar?

—Espera un momento, Hannah. —Hannah oyó a Danielle diciéndole algo a Boyd sobre un pedido de galletas y luego volvió al teléfono—. Necesitaremos cinco docenas para la fiesta de

Halloween de mi clase de arte, Hannah. Había estado pensando en algo con glaseado de naranja.

—Ningún problema —se apresuró a responder Hannah—. ¿Te va bien si te hago preguntas que puedas responder con un sí o un no?

—Sí.

—Genial. ¿Viste a alguien o hiciste alguna llamada después de que Ron te dejara el miércoles por la mañana?

—Sí. Me encantaría ver una muestra, Hannah, pero no puedo ir tan temprano el miércoles por la mañana. El repartidor de Sparklettes nos trae el agua entre las ocho y las nueve y tengo que estar en casa para abrirle.

—¿Se te ocurre algún modo de decirme a qué hora exactamente estuvo ahí?

—Yo también detesto esos repartos matinales. El miércoles pasado se presentó a las ocho y ese día casi se me pegan las sábanas.

—Gracias, Danielle. —Hannah colgó y garabateó una nota junto al nombre de Danielle. Comprobaría la información con el conductor de Sparklettes y, si le había repartido el agua a Danielle a las ocho, podría tachar su nombre de la lista.

Era otro callejón sin salida. Hannah suspiró e intentó pensar en algo positivo. Se suponía que los pensamientos positivos conducían a sueños agradables y no quería que se repitieran las pesadillas de la noche anterior. Al menos, últimamente se llevaba mucho mejor con Andrea. Tal vez todos los viejos resentimientos se iban borrando con los años y podrían llegar a ser amigas de verdad.

Hannah tenía que reconocer que había sido un ejemplo difícil de seguir en la escuela. Andrea había recibido un montón de críticas de sus maestros por el hecho de que Hannah fuera una estudiante de sobresaliente. En lugar de competir con el expediente académico de Hannah, Andrea se había concentrado en las actividades extracurriculares. Había sido la actriz principal en obras teatrales escolares, había cantado solos en conciertos y había editado el periódico y el anuario del centro. Y, sin duda, Andrea había sido más popular entre los chicos que Hannah. Las noches de los viernes y los sábados, Andrea había tenido citas desde el primer al último curso.

Hannah suspiró. Ella solo podía jactarse de haber tenido dos citas durante todo el tiempo que pasó en el instituto. Una había sido para estudiar en su casa con un compañero de clase que estaba a punto de suspender química y había requerido varias nada disimuladas insinuaciones de Delores convencerlo de que invitase a Hannah a una pizza para agradecerle su aprobado final. La segunda había sido su cita para el baile de graduación. Hannah había descubierto más tarde que para que Cliff Schuman se presentara ante su puerta con un ramillete de flores en la mano habían tenido que prometerle un trabajo veraniego a tiempo parcial en la tienda de su padre.

En la universidad había sido distinto. Allí no la habían tratado como a una paria porque leyera a los clásicos y supiera quiénes eran Wittgenstein y Sartre. En la facultad, la habilidad para hacer una ecuación algebraica mentalmente no se consideraba un defecto de personalidad, y nadie pensaba mal de ella por saberse el número atómico del einstenio. Por descontado, había un grupo de chicas increíblemente bonitas y cabezas huecas que atraían la atención de los chicos, pero la mayoría de ellas no terminaban la carrera, bien porque suspendían, bien porque abandonaban para sacarse el título de «señora de».

Hannah por fin había empezado a quedar cuando iba a segundo en la universidad. Primero con un estudiante de historia que ella encontraba demasiado alto y demasiado delgado, pero aun así duraron varios meses. Después, había habido un intenso estudiante de arte que le había confesado que era célibe justo cuando ella había empezado a pensar que había algo serio entre ellos, y un estudiante de doctorado que había querido que le ayudara en su tesis. El amor verdadero, o tal vez fuera la verdadera lujuria, no lo había encontrado hasta noviembre de su segundo año de posgrado. Fue cuando Hannah conoció al hombre que creyó que sería su media naranja.

Bradford Ramsey había sido profesor ayudante en el seminario de poesía de Hannah, y la primera vez que había dado clase, ella se había sentido hechizada. No fue su estilo de hablar ni la forma en que leía las estrofas de Byron y Keats. Habían sido aquellos maravillosos ojos azul oscuro que parecían penetrar hasta el fondo de su alma.

Las reuniones sociales después de clase con el profesor no estaban bien vistas por la administración académica a no ser que asistieran varios estudiantes, pero Brad había encontrado formas de saltarse las normas convocando a Hannah a su despacho para varias charlas sobre la asignatura. Después de que él le dijera que creía que estaba enamorado de ella, ella había acabado en su apartamento, entrando a hurtadillas por el vestíbulo a las once de la noche con la capucha de su parka ocultándole la cara. Esa noche y las que siguieron habían sido memorables. Hannah había descubierto que el sexo era mucho más divertido de lo que había imaginado. Y la última noche que había pasado con su apuesto profesor también había sido memorable, pero de un modo que ella nunca habría anticipado. Su prometida se había presentado en una visita sorpresa, a Brad le había entrado el pánico y Hannah se había visto obligada a abandonar su cama y, pese al frío inclemente, huir por la escalera de incendios.

Hannah había roto la relación y se había dicho a sí misma que al menos había aprendido con la experiencia, pero eso no había hecho más fácil la ruptura. Ver a su antiguo amante recorrer el campus con una pandilla de jovencitas impresionables detrás le había resultado casi insoportable. Por eso había sido casi un alivio que Andrea le pidiera que dejara la facultad y volviera a Lake Eden para ayudarla a resolver la situación familiar. Eso no significaba que Hannah hubiera renunciado a los hombres. Solo se estaba dando un respiro, esperando que se presentara uno al que pudiera amar y en el que pudiera confiar. Mientras tanto, tenía su familia, su trabajo y su leal gato. Y si su cama estaba solitaria y a veces deseaba tener a alguien sin garras peludas al que abrazar, lo sobrellevaba.

Sonó el teléfono y Hannah descolgó.

—Hola, Bill. Ya era hora.

—¿Cómo has sabido que era yo?

—¿Quién más podría ser? Mamá nunca llama tan tarde y Andrea me dijo que se iba a acostar hará una hora. ¿Has averiguado algo nuevo sobre Ron?

—Nada de nada. —Bill sonó deprimido—. Que se sepa, Ron no tenía enemigos, no debía grandes sumas de dinero ni tenía depósitos en su cuenta bancaria que no pudieran explicarse. Ya te digo, no tengo nada de nada.

Hannah se apresuró a compadecerse.

—Pues yo tampoco. Hablé con el administrador del casino y creo que tenemos que descartar al portero como sospechoso. Se llama Alfred Redbird y tienes que comprobar un detalle en el hospital. Su mujer dio a luz esa mañana. Si estuvo con ella todo el tiempo, no pudo haber matado a Ron.

—Vale. —Ron sonó más desanimado si cabe—. Me he quedado sin pistas, Hannah. Si tuviéramos un móvil, dispondríamos de algo para avanzar, pero ni siquiera eso tenemos.

La mirada de Hannah se desvió a la pantalla del televisor. *Klute* seguía en la tele y eso le dio una idea.

—Quizá sí tengamos un móvil. ¿Y si Ron vio algo esa mañana, algo que de algún modo podría incriminar a su asesino? A lo mejor lo mataron por eso.

—¿Y Ron habría sido asesinado antes de que tuviera tiempo de implicar a su asesino en otro crimen? —Bill se quedó en silencio durante un buen rato y Hannah supo que lo estaba rumiando—. Podrías tener razón. Pero ¿cómo vamos a saber qué vio Ron?

—Volveré a mi punto de partida, mi fuente, la chica del pintalabios rosa. Ella podrá decirme si pasó algo inusual esa mañana.

—Muy bien. —Siguió otro largo silencio y entonces Bill suspiró—. Y más vale que la avises de que se ande con cuidado. Si tienes razón y vio lo mismo que Ron, el asesino podría ir a por ella.

—No creo. Yo soy la única que sabe quién es y ella está convencida de que nadie la vio con Ron. Si el asesino quisiera matarla, a estas alturas ya lo habría hecho.

—Tal vez.

Bill no pareció muy convencido y Hannah frunció el ceño. Por el bien de Danielle, esperaba tener razón.

—Has sido de mucha ayuda, Hannah. A propósito, ¿sabías que tu madre vio la camioneta de Ron saliendo de la consulta dental de Norman antes de entrar para su cita?

—Me lo dijo Norman. Le interrogué, pero dijo que Ron solo estuvo en su silla veinte minutos. Le puso una inyección de lidocaína para el diente roto y se suponía que debía volver para que se lo arreglase. Te llamo en cuanto haya hablado con mi fuente. Estoy segura de que asistirá a la fiesta de los Woodley. Y, si quieres hablar con Norman, él también asistirá.

—Andrea me ha dicho que ibas a la fiesta con Norman. ¿Vais en serio?

—¿En serio? ¿Con *Norman*?

—Era broma, Hannah. Nos vemos en la fiesta y seguimos hablando, ¿vale?

Hannah colgó y apagó la televisión. Levantó a Moishe, lo llevó al dormitorio y lo depositó sobre la almohada que ella le había asignado la primera noche que el gato había pasado en su apartamento. Luego volvió a por su copa de vino, apagó las luces y se sentó en la vieja butaca que había colocado delante de la ventana del dormitorio. Seguía nevando, lo que creaba unos halos preciosos alrededor de las anticuadas farolas que flanqueaban las vías peatonales de ladrillo entre las viviendas. Era una escena invernal perfecta, digna de un grabado de Currier e Ives. Según su profesor de arte de la facultad, la gente que vivía en climas cálidos amaba las escenas invernales con sus amplios parajes de nieve intacta salpicados de hogares acogedores con una cálida luz saliendo de las ventanas. Los habitantes de Minnesota que se compraban paisajes tendían a evitar las escenas invernales. A Hannah no la sorprendía. Los inviernos de Minnesota eran largos. ¿Por qué iban a querer comprarse un cuadro que les recordaría constantemente el frío que calaba hasta los huesos, la nieve espesa que había que sacar con palas y las capas y capas de ropa que había que ponerse para algo tan sencillo como ir a tirar la basura?

Hannah se había acabado el vino y estaba a punto de levantarse para meterse bajo las mantas cuando se fijó en que uno de los coches del aparcamiento estaba al ralentí; el tubo de escape lanzaba penachos blancos que se recortaban contra el cielo de la noche oscura. Tenía los faros apagados, lo que era extraño, a no ser que una pareja se estuviera tomando mucho tiempo en despedirse. Pero no, solo veía a un ocupante, una figura voluminosa detrás del volante que dio por supuesto que era un hombre.

Mientras miraba, vio un reflejo en la cara del conductor. Era más bien un doble reflejo, como si fueran lentes. ¿Prismáticos o gafas? Desde esa distancia era imposible determinarlo, pero el hecho de que no hubiera nadie más en el coche la puso nerviosa. Hannah miró fijamente el vehículo, memorizando su forma. Era un pequeño compacto de color oscuro, pero estaba aparcado demasiado lejos para identificar la marca. El techo parecía de color más claro que el resto del coche, y Hannah supuso que era porque estaba cubierto de nieve. Ese coche llevaba aparcado un buen rato y el conductor parecía estar observando su edificio.

En su edificio solo había cuatro viviendas. Phil y Sue Plotnik vivían debajo de ella y no se le ocurría ningún motivo por el que alguien vigilaría su piso desde un coche aparcado. Phil estaba en casa esa noche. Había visto su coche en el garaje cuando había llegado y había oído a su bebé llorando bajo mientras subía las escaleras a su piso. Los otros vecinos de Hannah eran igualmente anodinos. La señora Canfield, una anciana viuda, tenía el bajo contiguo al de los Plotnik. Vivía del dinero de la jubilación de su marido y daba clases de piano durante la semana. Encima de ella vivían Marguerite y Clara Hollenbeck, dos hermanas solteras de mediana edad que eran muy activas en la Iglesia luterana del Redentor. Por lo que Hannah sabía, no corría el menor rumor sobre ellas, salvo la vez que habían lavado el mantel del altar con una blusa roja de Clara y el mantel había quedado rosa.

Hannah sintió un escalofrío mientras miraba el coche y a su conductor inmóvil. Solo había una vivienda que aquel hombre podía estar vigilando y era la suya.

¡El asesino de Ron! La idea sacudió a Hannah como un relámpago de pavor. Bill le había dicho que tuviese cuidado con las preguntas que hacía, y pensaba que lo había hecho. Pero ¿y si el asesino tuviera la idea equivocada de que estaba sobre su pista?

Recordó asustada las palabras de Bill: «Si mató una vez, no vacilará en matar otra».

La luz exterior de seguridad se había encendido esa mañana. Hannah se estremeció al recordarlo. Creyó que había sido un pájaro el que la había activado, pero tal vez estaba equivocada. ¿Había intentado entrar en su apartamento el asesino de Ron?

Hannah tragó saliva para aclarar el nudo de terror que se le había formado en la garganta, respiró hondo y se obligó a pensar racionalmente. No le apetecía nada llamar a Bill y sacarlo a toda prisa de su confortable cama. Bill vendría corriendo a interrogar al hombre, pero ella se sentiría como una idiota si el conductor tenía alguna razón perfectamente justificada para estar ahí. Pero ¿qué razón podía haber para estar sentado en un coche en plena noche, solo en la nieve?

Lo estuvo pensando varios minutos y solo se le ocurrió una posibilidad. El conductor no tenía las llaves para entrar en su propio edificio. Pero ¿por qué aparcar en el aparcamiento de los visitantes si vivía aquí? Se estaba mucho más caliente en el garaje.

Hannah no creía que corriera ningún peligro real. Bill había instalado una cerradura de seguridad recomendada por la policía en su puerta cuando se había mudado aquí y había puesto cerraduras extra en todas las ventanas. Tenía, incluso, un sistema de alarma, instalado por el anterior propietario, con una escandalosa sirena que solo se apagaba introduciendo el código en uno de los dos teclados, instalados uno junto a la puerta principal y el otro en su dormitorio. Hannah nunca se había molestado en encenderla antes, pero esta noche lo haría. No había nacido con siete vidas como su compañero de piso felino.

Estaba a punto de ir hasta el teclado para activar el sistema cuando tuvo una idea brillante. En cuanto se le ocurrió, se puso en pie de un salto y rebuscó su cámara en el armario. Le haría una foto al coche. Estaba situado justo debajo del farol y se veía el número de matrícula. Y le daría la película a Bill por la mañana.

Hablando de película, la cámara no tenía y tuvo que buscar frenéticamente hasta dar con un rollo. Hannah apagó el *flash*, sabedora de que el destello se reflejaría en el cristal de la ventana, y utilizó la lente de *zoom* para hacer varias instantáneas del coche. Luego activó el sistema de seguridad y se sentó en el sillón. Había hecho todo lo que estaba en su mano, con la excepción de avisar a Bill, pero sabía que ya no habría forma de pegar ojo. Más valía que se resignara a una noche entera de vigilancia.

Unos minutos más tarde, equipada con una taza de café recién hecho y una caja de galletas saladas de queso cheddar blanco, Hannah se sentó de nuevo en su sillón. Mientras iba mordiendo y sorbiendo alternativamente, Moishe abrió su ojo bueno para mirarla con curiosidad y al instante volvió a quedarse dormido.

—¡Menudo gato de defensa estás hecho! —se quejó Hannah. Y entonces oyó el ruido de otro coche que se aproximaba al aparcamiento para los visitantes. Cuando pasó al lado de una de las anticuadas farolas, Hannah reconoció el Cadillac amarillo de Bernice Maciej.

Bernice, que vivía en el edificio que se levantaba justo enfrente del de Hannah, giró para aparcar junto al coche cubierto de nieve. Ella se bajó de su vehículo, el desconocido hizo lo mismo y ambos se abrazaron en el aparcamiento. Hannah marcó el código para apagar el sistema de seguridad y abrió la ventana para escuchar su conversación. Oyó que Bernice decía: «Lo siento, cariño. No creía que iba a estar fuera hasta tan tarde»; y el hombre replicó: «No pasa nada, mamá. Había poco tráfico y he llegado antes de lo que pensaba».

Sintiéndose más que tonta, Hannah cerró la ventana, puso el despertador y se metió bajo las mantas. Moishe le había robado la almohada; lo levantó de allí y lo dejó caer sobre la que le correspondía a él.

—Debo de estar volviéndome paranoica —murmuró mientras alargaba la mano para acariciar el suave pelaje de Moishe—. Tendría que haber hecho como tú: meterme en la cama y dormir a pierna suelta.

CAPÍTULO CATORCE

C uando Hannah se despertó a la mañana siguiente, estaba de mal humor. Se había acostumbrado a arreglárselas sin las ocho horas de sueño recomendadas, pero había pasado una noche muy intranquila y algunos de sus sueños habían sido perturbadores. El asesino de Ron la había perseguido en un Cadillac amarillo que guardaba un asombroso parecido con el que conducía Bernice. Su última pesadilla no había sido tan terrible. Había soñado que la atrapaba un monstruo peludo que le hacía cosquillas. A esas alturas, Hannah sabía qué significaba ese sueño. Moishe se había vuelto a acomodar sobre su almohada. Ella se lo había quitado de encima entre sueño y sueño y el resto de la noche había sido relativamente apacible.

Había una lista en el cuaderno de notas que guardaba en la mesita de noche y Hannah encendió la luz para leerla. Las palabras «Sueños acaramelados» estaban escritas arriba, con su letra. Debía de haber estado soñando con galletas otra vez.

Oh, sí. Hannah empezó a sonreír. Ahora se acordaba del sueño. Había estado sirviendo el *catering* de una recepción en la Casa

Blanca y el presidente, un joven Abraham Lincoln, había elogiado sus galletas. Su esposa, Barbara Bush, había pedido la receta y ella se la había escrito allí mismo, en el Despacho Oval.

Hannah se rio ruidosamente. Abraham Lincoln y Barbara Bush, ¡menuda pareja! Aquello no había sido más que un sueño, pero lo cierto es que sí que había anotado la receta. Tal vez a su inconsciente se le había ocurrido algo delicioso.

Las palabras estaban escritas con unos garabatos descuidados. Obviamente, no se había molestado en encender la luz. Hannah distinguió la palabra «mantequilla» y, un poco más adelante, «azúcar». Entre ambas había un garabato que parecía decir «malecones»; debía de ser melocotones. Galletas de melocotón, eso sí que era una idea curiosa. También descifró «bizco» por malvavisco y «caco», que tanto podía ser cacao como coco. Tal vez jugaría un poco con esos ingredientes y vería qué podía hacer.

Hannah se llevó el cuaderno a la cocina y se sirvió una aromática taza de café. Tras varios sorbos vigorizantes, reparó en que había otra línea garabateada al final de la receta. Decía «D — pregunta si no».

Oyó un maullido quejumbroso procedente del cuenco de comida, y Hannah se levantó para echar los bocados crujientes para gatos. Mientras llenaba el cuenco de agua de Moishe, pensó sobre esa última críptica nota. La «D» era Danielle, de eso Hannah estaba casi segura. Pero ¿qué significaba «pregunta si no»?

Le vino a la cabeza como un destello refulgente. Su cabeza había estado trabajando horas extra la noche anterior. Había querido recordarse que preguntara a Danielle si había habido algún momento, durante la noche y la madrugada que pasaron juntos, en que Ron hubiera ido a algún sitio sin ella.

Hannah dejó el cuenco de agua de Moishe sobre su estera de goma con forma de Garfield y volvió a la mesa para acabarse el café. A juzgar por ayer y anteayer, hoy sería también una jornada frenética. Tomó el cuaderno, pasó la página y escribió una lista de las cosas que tenía que hacer.

Lo primero que escribió Hannah fue «Sparklettes». Tenía que llamar y averiguar a qué hora se había repartido el agua de Danielle el miércoles por la mañana. Si lo que le había contado Danielle era verdad, esta quedaba libre de sospecha.

Hannah anotó otra cosa: «Herb — Lisa». Quería acorralar a Herb Beeseman de camino al trabajo y convencerlo de que llamara a Lisa para invitarla a ir con él a la fiesta de los Woodley. Era una petición de última hora, pero Hannah estaba casi segura de que Lisa aceptaría. Cuando le había preguntado la noche anterior, Lisa le había dicho que había recibido una invitación para la fiesta de los Woodley, pero que no tenía pensado asistir. No era por su padre —uno de sus vecinos se había ofrecido a hacerle compañía—, sino porque Lisa no quería ir sola a la mayor fiesta del año. Tampoco había querido sumarse a Hannah y Norman, y fue entonces cuando esta decidió convencer a Herb para que se lo pidiera él.

El tercer punto de su lista era «Lisa — vestido». Hannah planeaba llevar a Lisa a Beau Monde durante la hora de poca actividad en la repostería, entre las once y las doce. Pondría un rótulo en la puerta y si alguien estaba desesperado por zamparse una galleta, podía ir a la puerta de al lado a buscarla.

La siguiente línea en la lista de Hannah decía: «Informar a Claire». Esa mañana, mientras Lisa horneaba, ella pasaría a decirle a Claire que el vestido que Lisa eligiera debería estar «en rebajas» por sesenta dólares. Ella compensaría la diferencia y podían arreglar las cuentas más adelante, cuando Lisa no estuviera presente.

Moishe emitió otro maullido y Hannah se fijó en que su cuenco de comida volvía a estar vacío. Su gato comía como si no hubiera un mañana y, sin embargo, no parecía engordar. Tal vez hacía ejercicios aeróbicos gatunos cuando ella no estaba en casa.

—Te queda maravillosamente —dijo Claire cuando Lisa salió del vestidor luciendo un vestido color vino tinto—, ¿qué te parece, Hannah?

Hannah se rio.

—¿Y me preguntas a mí? A estas alturas, Claire... Con la de veces que me has dicho que solo tengo gusto para las cosas de comer...

—Demasiadas para llevar la cuenta. —Claire se rio alegremente y entonces se volvió hacia Lisa—. ¿Qué te parece a ti, Lisa?

—No estoy segura. Me gusta de verdad, pero el verde esmeralda es un color precioso.

—Es una pena que no estén en oferta dos por uno. —Hannah le hizo un guiño a Claire, esperando que ella captara la insinuación. Era improbable. Beau Monde era una *boutique,* y Claire se tenía a sí misma por una asesora de moda, varios peldaños por encima de una mera dependienta o gerente. Hannah dudaba que su vecina de alta costura hubiera llegado a plantearse una oferta de dos por uno.

—Qué curioso que lo menciones, Hannah. —Claire sorprendió a Hannah captando la insinuación al vuelo—. Resulta que acabo de rebajar estos dos vestidos en concreto. El vestido de tubo de satín color vino tiene una leve imperfección en el corpiño, y el botón de la espalda del de seda verde no va del todo a juego con el color del vestido.

Los ojos de Lisa se abrieron de par en par.

—¡Ni siquiera he reparado en eso!

—Tú tal vez no, pero yo sí. Y me niego a permitir que mis clientas paguen el precio completo por algo que no sea absolutamente perfecto.

—¿Cuánto valen ahora? —preguntó Lisa.

Hannah contuvo el aliento. Si Claire mencionaba un precio que fuera demasiado bajo, Lisa sospecharía que estaban conchabadas.

—Los dos están a la venta por sesenta. Eso es una rebaja del sesenta y cinco por ciento. Créeme, Lisa, me harías un favor si me los quitas de las manos. Devolver piezas a mi proveedor es una pesadilla.

—En ese caso, me llevo los dos. —Lisa estaba tan emocionada que casi chilló.

—Solo te pongo una condición —Claire parecía muy seria—. Tienes que prometerme que no le contarás a nadie más cuánto te han costado. Si las demás clientas se enteran de que solo has pagado sesenta dólares por un vestido de Beau Monde, todas me pedirán precios especiales.

—No se lo diré a nadie. Pero, incluso si lo hiciera, no me creerían. Gracias, Claire. ¡Hoy es mi día de suerte!

Mientras Lisa se ponía su ropa de trabajo, Hannah se apresuró a volver a The Cookie Jar. Había estado fuera menos de un cuarto de hora, pero varios clientes esperaban ya para entrar. Uno de ellos era Bill, y Hannah, tras servir a los demás, hizo un aparte con él.

—¿Por qué no has venido a la tienda de al lado a buscarme? Solo estaba ayudando a Lisa a comprarse un vestido.

—No pasa nada. No has descubierto nada nuevo, ¿no?

—No desde que hablé contigo anoche. —Hannah negó con la cabeza. Había llamado a la oficina de Sparklettes y había confirmado la coartada de Danielle, pero no había razones para contárselo a Bill—. ¿Corroboraste la coartada del portero?

—La enfermera del pabellón de maternidad dijo que él estuvo en el hospital hasta las nueve del miércoles por la mañana. Me he pasado por aquí para recordarte que mañana es la jornada de puertas abiertas del departamento del *sheriff*. Vas a prepararnos unas galletas, ¿no?

—Claro que sí. Estáis en mi calendario. —Hannah se encaminó a la trastienda y señaló el inmenso calendario que colgaba de la pared.

—¿De qué clase vas a preparar?

—Blancas y negras. De hecho, debería empezar a mezclarlas ahora mismo.

—¿Blancas y negras?

—Son galletas acarameladas con azúcar glas por encima —explicó Hannah—. Se me ocurrió la receta la semana pasada y les he puesto el nombre por vuestros nuevos coches patrulla.

—A los chicos les gustará. ¿Vas a hornearlas ahora?

—No, no hasta mañana por la mañana. La masa tiene que enfriarse durante la noche. Las llevaré a comisaría antes de mediodía.

—Esa es la otra razón por la que he venido. El *sheriff* Grant va a llevar al nuevo a dar una vuelta por la ciudad y me ha dicho que ellos se pasarían a recogerlas.

—¿El nuevo?

—Llega mañana por la mañana. El *sheriff* Grant ha contratado a un inspector muy bueno del Departamento de Policía de Minneapolis, el DPM.

—¿Y por qué querría venir aquí un inspector de Minneapolis? —Hannah se quedó pasmada—. Seguro que implica un gran recorte salarial.

—Lo sé. Nosotros solo ganamos la mitad que los hombres del DPM, pero tengo entendido que quería cambiar por razones personales.

—¿Razones personales?

—Sí, quería irse de Minneapolis. Sé que su esposa murió. Imagino que quiere empezar de nuevo en algún sitio que no se la recuerde.

La explicación tenía sentido, pero Hannah se había preocupado. El condado de Winnetka era grande, pero ¿el departamento del *sheriff* necesitaba de verdad dos nuevos inspectores?

—Puedo aprender muchas cosas de ese hombre, Hannah. Tuve la ocasión de echar un vistazo a su historial y ha resuelto un montón de casos difíciles.

Hannah asintió y sacó sus cuencos de mezclar, disponiéndolos en fila. Lo que Bill acababa de contarle la inquietó profundamente. Si este nuevo había sido contratado como inspector, eso no auguraba nada bueno para el ascenso de Bill.

—¿Tienes tiempo para echarle un ojo a la tienda mientras mezclo la masa? Lisa volverá en cualquier momento y te pagaré en galletas.

—Claro —Bill le dedicó una amplia sonrisa—. Estoy en mi hora de descanso para comer.

Cuando se fue Bill, Hannah reunió los ingredientes para las galletas que había llamado blancas y negras. Mientras trabajaba, pensó en el nuevo inspector. Bill había dicho que acababa de perder a su mujer, y ya sabía el interés que sentía Delores por todo hombre sin ataduras que llegaba a la ciudad.

Hannah hizo cuanto pudo para pensar en positivo mientras mezclaba la masa. La noche anterior había ganado un bote en el casino y, si se mantenía su racha de buena suerte, el nuevo colega de Bill no sería el tipo de hombre que su madre consideraría como un yerno potencial. Por desgracia, cualquier hombre vivito y coleando que no tuviera instintos asesinos era un candidato viable para Delores.

Blancas y negras

No precaliente el horno todavía,
la masa debe enfriarse antes del horneado.

340 g de pepitas de chocolate
170 g de mantequilla
400 g de azúcar moreno (*o de azúcar
blanco mezclado con un poco menos de
dos cucharadas de melaza*)
4 huevos
2 cucharaditas de vainilla
2 cucharaditas de levadura en polvo
1 cucharadita de sal

260 g de harina (*sin tamizar*)
60 g de azúcar glas en un cuenco pequeño

Funda las pepitas con la mantequilla
(*caliéntelo todo en el microondas a alta
potencia durante 2 minutos; luego re-
muévalo hasta que quede homogéneo*).

Incorpore el azúcar y déjelo enfriar.
Añada los huevos, uno por uno, sin
dejar de remover. Agregue la vainilla,

la levadura y la sal. Añada la harina y remueva bien.

Deje enfriar la masa durante al menos 4 horas. (*Toda la noche es incluso mejor.*)

Cuando vaya a hornear las galletas, precaliente el horno a 175 °C, con la rejilla en la posición intermedia.

Con las manos, haga bolas de masa del tamaño de una nuez. (*Es pringoso, póngase guantes de plástico si lo desea.*) Eche las bolas de masa en el cuenco con el azúcar glas y deles vueltas hasta cubrirlas. (*Si la masa se calienta demasiado, póngala de nuevo en la nevera hasta que pueda volver a manejarla.*)

Ponga las bolas en bandejas para galletas engrasadas; en una de tamaño estándar caben 12. (*Se aplanarán al hornearse.*) Hornee a 175 °C entre 12 y 14 minutos. Déjelas enfriar en las bandejas durante 2 minutos y luego páselas a una rejilla para que acaben de enfriarse.

Elaboradas para la jornada de puertas abiertas del departamento del sheriff del condado de Winnetka, celebrada en honor de sus cuatro nuevos coches patrulla.

Cantidad: de 70 a 90 galletas, dependiendo del tamaño de las galletas.

CAPÍTULO QUINCE

Hannah retrocedió para examinar su reflejo. Su vestido nuevo era exquisito. Se había recogido el pelo rojizo rizado hacia atrás, sujetándoselo con la horquilla de ébano que su hermana pequeña Michelle había comprado en una feria de arte y joyería que se había celebrado en el campus de Macalester, y que de hecho le quedaba estupendamente. Y Lisa había tenido razón. Sus zapatos nuevos no podrían haber sido más perfectos. Hannah ofrecía un aspecto sofisticado por primera vez en su vida, y resultaba un tanto chocante. También estaba sexy, lo cual era más chocante si cabe, y esperaba que Norman no creyera que se había puesto ese vestido solo para él.

Moishe aulló desde su rincón en la cama, a lo que Hannah respondió volviéndose hacia él y levantando los pulgares.

—Tienes razón. Sé que nunca he estado tan guapa. Es todo un cambio, ¿verdad?

Moishe aulló de nuevo y Hannah supuso que era un cambio que el gato no sabía apreciar. Además, el animal había adivinado que ella iba a volver a salir y eso tampoco le hacía gracia. Se echó una pizca de perfume del frasco de Chanel n.º 5 que su antigua compañera de piso en la facultad le había regalado hacía años y se encaminó hasta la cocina para apaciguar a la bestia que vivía bajo su techo.

Varios bocaditos para gatos después, Moishe volvía a estar contento. Hannah caminaba de un lado a otro de la habitación, esperando a Norman. No se atrevía a sentarse. Su vestido nuevo era negro y todas las sillas de su apartamento estaban llenas de pelos anaranjados de gato. Estaba cruzando el salón por decimosexta vez cuando llamaron al timbre.

—¡Quieto! —Hannah usó la voz de mando que utilizaban los adiestradores de perros en la televisión y Moishe pareció desconcertado. Seguramente no funcionaba con los gatos, aunque en realidad no había ningún peligro de que Moishe se escapara cuando ella abriera la puerta. Tenía el cuenco de comida lleno y, desde luego, él se quedaría donde más le interesaba.

—Hola, Hannah. —Norman pareció un poco nervioso al adelantarle una caja de la floristería—. Eh..., estas son para ti.

Hannah sonrió y le hizo pasar. Para su sorpresa, Norman tenía mucho mejor aspecto con su atuendo formal de lo que ella había imaginado.

—Gracias, Norman. Déjame ir a por el abrigo y estaré lista para salir.

—Más vale que antes las pongas en agua. —Norman señaló hacia la caja—. Mi madre quería que te trajese un ramillete, pero le dije que esta no es la fiesta de graduación.

Hannah se rio y lo condujo a la cocina para buscar un jarrón. Lo llenó de agua, abrió la caja y sonrió al sacar un gran ramo de margaritas amarillas, blancas y rosas.

—Gracias, Norman. Son preciosas y me gustan mucho más que un ramillete.

—No me habías dicho que tuvieses un gato. —Norman miraba fijamente a Moishe, que había levantado la cabeza de las profundidades de su plato de comida para examinar al desconocido que había invadido su cocina.

Hannah colocó rápidamente las flores en el jarrón y se volvió alarmada hacia Norman.

—Lo siento, no se me ocurrió decírtelo. No serás alérgico, ¿no?

—En absoluto. Los gatos suelen caerme mejor que muchos de mis congéneres. ¿Cómo se llama?

—Moishe.

—¿Por Moshé Dayán, el ministro israelí?

—Eso es. Es tuerto.

—Un nombre perfecto. —Norman se agachó y alargó la mano—. Acércate a saludarme, chico.

Hannah observó asombrada cómo Moishe se acercaba lenta y silenciosamente a Norman y se frotaba contra su mano. Su gato nunca se había mostrado tan sociable. Norman le rascó bajo la barbilla y ella oyó ronronear a Moishe desde la otra punta de la cocina.

—¡Le caes bien!

—Eso parece.

Hannah vio que Norman levantaba a Moishe y le hacía cosquillas en el vientre, algo que el gato normalmente detestaba. Pero ahora se limitó a repantigarse en los brazos de Norman y parecía estar en el séptimo cielo.

—Muy bien, Moishe. Tenemos que irnos. —Norman lo llevó al salón y lo depositó en el sofá—. ¿Le dejas la televisión encendida?

Hannah asintió, esperando que Norman no creyera que estaba loca.

—Le hace compañía cuando salgo.

—Tiene sentido. Pues se la enciendo mientras vas a por el abrigo. ¿Qué canal le gusta?

—Cualquiera menos Animal Planet. Emiten programas de veterinarios y odia a los veterinarios. —Hannah fue al armario y descolgó el abrigo que había escogido, uno de cachemira de segunda mano que había encontrado en Helping Hands. Cuando volvió al salón, Norman fruncía el ceño.

—¿Pasa algo, Norman?

—Estaba flagelándome por olvidarme de decirte lo guapa que estás. Debería haberlo dicho en cuanto entré. A mi madre le dará un ataque si se entera.

Hannah se rio.

—Y a mi madre también. Delores me hizo prometerle que te diría lo apuesto que estás y me he olvidado. Si nos las cruzamos en la fiesta, no les comentaremos nada, ¿qué te parece?

—Muy bien. —Norman abrió la puerta y esperó a que Hannah pasara—. Esto... ¿Hannah?

—Dime. —Hannah cerró la puerta con doble vuelta de llave y bajaron las escaleras hasta la planta baja.

—Sí que vamos a verlas en la fiesta. Es más, las veremos antes.

Hannah puso mala cara.

—¡No me digas que vamos a recogerlas!

—No exactamente. Eso ya lo hice, antes de venir a buscarte. Las dos nos están esperando en la parte de atrás de mi coche.

Hannah se sentía atrapada en un bucle temporal mientras iban en coche a la mansión de los Woodley. Se parecía mucho a haber vuelto a la infancia, viéndose arrastrada a una fiesta por su madre. Para empeorar las cosas, la madre de Norman había traído una cámara y anunció alegremente que tenía la intención de hacerles fotos. Hannah había temido que esta velada acabaría convirtiéndose en un calvario, pero iba a ser incluso peor de lo que había imaginado.

La mansión Woodley era una mole incandescente de luces y, cuando entraron, un aparcacoches con chaqueta roja se acercó para llevarse el coche de Norman. Otro asistente del aparcamiento les abrió las puertas y Hannah y las madres de ambos fueron ayudadas a apearse del vehículo y acompañadas hasta la entrada principal.

Hannah miró a su alrededor al entrar en el vestíbulo del brazo de Norman. Se había decorado para la ocasión con incontables hileras de flores tropicales. Por descontado, eran de importación. Ni las aves del paraíso ni el framboyán de Madagascar ni la rosa de China crecían en Minnesota, ni siquiera en verano. Las habían traído de climas más cálidos, y Hannah sabía que tenían que ser escandalosamente caras.

Había un arpista, sentado en un rincón, tocando música clásica. Todo un detalle por parte de Judith Woodley, pensó Hannah. Desde luego, nadie como ella para recibir a sus invitados con tal elegancia.

—¿Me da su abrigo, señora? —Una bonita doncella, vestida con un uniforme verde oscuro y un delantal blanco con volantes, ayudó a Hannah a quitarse el abrigo—. ¿Le gustaría retocarse en el tocador de señoras?

—Sí, gracias —respondió Hannah, y entonces se volvió hacia Norman—. Me paso un momentito la almohaza por el pelo y ya vuelvo.

Norman se rio ante la referencia al instrumento que se utilizaba para acicalar caballos.

—Me gusta tu pelo, Hannah.

—¿Señora? —La doncella tocó el brazo de Hannah—. Si es tan amable de seguirme.

Hannah quedó en encontrarse con Norman en el bar y se fue con la doncella. Era una morena atractiva que Hannah no reconoció, aunque le pareció haberla visto en la fiesta del año anterior. Los Woodley siempre contrataban personal externo para sus fiestas. Judith se quejaba de que las chicas locales eran incapaces de instruirse para un acontecimiento tan especial. Hannah se volvió a la doncella y dijo:

—No eres de Lake Eden, ¿verdad que no?

—Soy de Minneapolis, señora. Trabajo para Parties Plus, el servicio que utiliza la señora Woodley.

—Pues es un trayecto muy largo para una sola fiesta —comentó Hannah esbozando una sonrisa amistosa.

—Oh, eso no supone ningún problema. La señora Woodley organiza nuestro transporte y, además, no me perdería esta fiesta por nada del mundo. Este es el tercer año seguido en que sirvo.

—Me pareció reconocerte del año pasado. ¿Qué es lo que hace que esta fiesta sea mejor que las demás?

—Es un trabajo de cinco días y tenemos derecho a usar la piscina y el *spa* interiores. La señora Woodley incluso se encarga de proporcionarnos la comida. Para nosotras es casi una fiesta.

Hannah estaba sonsacándole información a la chica, aunque nunca sabía cuándo podría serle de utilidad.

—Supongo que tus trabajos habituales no suelen ser tan agradables, ¿no?

—Ni de lejos. Por lo general entramos y salimos en menos de seis horas y trabajamos como mulas. La señora Woodley siempre nos concede mucho tiempo para que nos organicemos.

Hannah sintió curiosidad.

—¿Cuánto tiempo lleváis aquí?

—Desde el martes por la mañana. Nos pasamos dos días limpiando y ayer preparamos las mesas y nos cercioramos de que la cristalería y los platos estuvieran listos. Hoy nos limitamos a ayudar a la encargada del *catering*.

—¿Y cuándo os volvéis?

—En cuanto hayamos hecho la limpieza mañana por la mañana. Por lo general, estamos en marcha antes de mediodía. Llegaré a mi casa a las dos como muy tarde, pero la señora Woodley nos paga la jornada completa.

Habían llegado al tocador de señoras y Hannah entró a evaluar los daños. Su pelo tenía buen aspecto y se limitó a arreglarse unos rizos sueltos. Luego se retocó con el pintalabios que Luanne Hanks había pensado que le quedaba perfecto y salió para buscar a Norman.

Se encontraba junto al bar, casi perdido en un mar de rostros más altos. Mientras Hannah se acercaba a él, se alegró de que sus tacones no pasaran de los ocho centímetros de alto.

—Hola, Norman. Ya estoy aquí.

—Justo a tiempo. —Norman la tomó del brazo y la apartó del grupo—. Nuestras madres venían hacia aquí. Vayamos a saludar a los Woodley.

La cola de recepción no era larga, y Hannah y Norman se pusieron al final. Al acercarse a sus anfitriones, Hannah admiró el vestido de Judith Woodley. Estaba confeccionado con seda lila y el corpiño iba adornado con diminutas perlas. Su pelo castaño claro estaba recogido en un complejo moño encima de la cabeza y ella tenía un aspecto encantador, como siempre. Sonreía y charlaba con sus invitados y parecía muy animada. Del, por su parte, parecía sorprendentemente taciturno, y Hannah se fijó en las oscuras ojeras visibles bajo sus ojos.

—Hannah —Judith le tendió la mano—. Es un placer verte.

Hannah sintió el repentino impulso de responder que el placer era suyo por saberse vista, pero se lo pensó a tiempo. Rebuscó en su mente algo más apropiado que decir y se le ocurrió un cumplido estándar:

—Esta noche estás espléndida, Judith. No tenía ni idea de que Claire tuviera vestidos tan maravillosos en su tienda.

—¿Claire? —Judith abrió los ojos verdes de par en par, y Hannah supo que acababa de meter la pata—. Este vestido no es de Beau Monde, Hannah. Billy lo diseñó especialmente para mí.

—¿Billy?

—Billy Blass, el diseñador. Es mi íntimo amigo. Y veo que este año vienes acompañada. Qué encanto.

Hannah se avergonzó y presentó a Norman a los Woodley, con el cuidado de mencionar que Norman había venido para ocupar la consulta dental de su padre. Charlaron con los Woodley unos breves instantes y luego siguieron adelante.

—Billy Blass. —Norman se rio entre dientes al tomar a Hannah del brazo—. Me pregunto si la llamará Judy.

Hannah se rio con ganas. Esta fiesta podría ser divertida si Norman seguía contando chistes. Aceptó una copa de champán de un camarero y vagaron entre los asistentes durante unos minutos, saludando a la gente que conocían. Luego se acercaron a ver la mesa de los refrigerios.

—Caviar. —Norman señaló la sustancia negra con aspecto de tapioca que había en un gran cuenco de cristal tallado anidado en un cuenco todavía mayor con hielo rallado.

—Es beluga —le informó Hannah—. Pregunté el año pasado y el camarero me dijo que los Woodley no servían otra cosa.

Norman estaba visiblemente impresionado porque aceptó la punta de una tostada cargada de caviar que le ofreció el camarero y sonrió por adelantado mientras se la llevaba a la boca. Luego miró a Hannah y se quedó helado.

—Lo siento, Hannah. Tendría que haberte preguntado. ¿Te apetece un poco de caviar?

—No, gracias. Sé que no hay nada mejor que el beluga y además es carísimo, pero me he criado a la orilla de un lago. Para mí no dejan de ser huevos de pescado.

Mientras Norman se afanaba con el caviar, Hannah fue a examinar el resto del bufé. Hannah había oído que Judith había contratado el mejor servicio de *catering* de Minneapolis y desde luego lo parecía. Ante sus ojos pasaron rodajas de solomillo de ternera desplegadas en forma de abanico, bandejas de jamón Smithfield, un salmón entero escalfado sobre un lecho de eneldo y varias fuentes inmensas de pechugas de pollo y pavo fileteadas. Había una bandeja de plata con puntas de espárragos verdes, que señalaban hacia fuera para formar una rueda gigante en torno a una jarra de salsa holandesa, y un gran cuenco de cristal lleno hasta el borde de zanahorias confitadas. Hannah dedicó solo una mirada fugaz a las diminutas patatas rojas hervidas con piel y los huevos de codorniz rellenos. Su zona de interés era la mesa de los postres.

Eran espléndidos. Había bocaditos de pastel glaseados y decorados con diminutas flores comestibles, una hilera de trufas en una bandeja sembrada de pétalos de rosa, fresas cubiertas de chocolate con sus tallos intactos y una gran cesta plateada llena con galletas de azúcar. Estas despertaron su interés profesional, así que Hannah escogió una y la probó.

La galleta crujió en su boca, como debería, pero estaba más bien seca. En sus papilas gustativas no notó una inmediata explosión de sabor a mantequilla, como debería, ni tampoco el aroma de vainilla. Hannah empezó a fruncir el ceño. Las galletas tenían buen aspecto, pero la verdad es que no sabían a nada.

—Discúlpeme. —La encargada del *catering*, vestida con un traje caro, se acercó a Hannah con una sonrisa nerviosa—. No he podido dejar de fijarme en su reacción a las galletas. ¿No le gustan?

Hannah recordó que debía tener tacto. Luego pensó en la posibilidad de ampliar su cartera de clientes. Ganó esta última opción y decidió que no le haría ningún favor a la encargada del *catering* si no le decía la verdad. Se acercó a ella y bajó la voz para que ninguno de los demás invitados la oyera.

—La verdad es que no están muy buenas. Espero que no las hiciera usted.

—No se anda con rodeos, ¿eh? —La encargada del *catering* pareció divertida.

—Pues la verdad es que no. ¿Las hizo usted?

—No. Se las compré a unos proveedores.

Hannah se sintió aliviada. Al menos no tendría que decirle a la encargada del *catering* que su receta era un fiasco.

—Pues cambie de proveedores. Utilizan materia grasa barata en lugar de mantequilla y apenas les echan vainilla. También las hornean en exceso. Seguramente mantienen sus hornos a baja temperatura para evitar que las galletas se oscurezcan y las tienen dentro demasiado tiempo.

—¿Cómo sabe que usan materia grasa?

—No saben a mantequilla —explicó Hannah—. Una galleta de azúcar sin mantequilla es como un coche sin gasolina. Puede tener buen aspecto, pero no funciona.

Le encargada del *catering* se rio.

—Tiene razón. ¿Y cómo sabe que están demasiado horneadas?

—Eso es fácil. Están tan resecas como el serrín. Pruebe una, ya verá.

—Ya las he probado y está en lo cierto. ¿Se dedica a la restauración?

—Solo de galletas. Soy la dueña de un establecimiento llamado The Cookie Jar. Si me da su tarjeta, le mandaré una caja con muestras de galletas de azúcar de calidad.

La encargada del *catering* rebuscó en su bolsillo y le dio una tarjeta a Hannah.

—Había estado pensando en cambiar de proveedores. ¿Podría asumir un pedido fijo?

—Depende del pedido. —Mientras Hannah abría su bolso de vestir y guardaba la tarjeta, deseó haberse hecho unas. Hasta ese momento no había creído que fueran importantes—. Llámeme si le gustan las galletas y hablaremos. Le mandaré mi tarjeta cuando se las envíe.

Cuando la encargada del *catering* se alejó, Hannah se dio la vuelta para buscar a Norman. Lo encontró a unos metros detrás de ella, con una sonrisa de oreja a oreja.

—¿Qué pasa, Norman?

—Pues que eres asombrosa, Hannah. —Norman la tomó del brazo y la condujo hacia el grupo de mesitas que se habían dispuesto para la cena—. Si yo buscara nuevos negocios a tu estilo, tendría que ampliar la consulta y poner una puerta giratoria.

Hannah se rio.

—Supongo que tienes razón. Cuando se trata de mis galletas, sé que son las mejores y no me asusta contárselo a la gente. Pero he estado a punto de pifiarla, Norman. Nunca me había planteado hacerme unas tarjetas.

—¿No tienes tarjetas comerciales?

Hannah negó con la cabeza.

—No me pareció que fueran importantes. Le he dicho a la del *catering* que le enviaría una con las galletas, así que supongo que tendré que hacerme unas cuantas.

—Te haré algunas en mi ordenador —se ofreció Norman—. Así imprimí las mías.

—Gracias, Norman. —Al acercarse a las mesas, Hannah volvió a pensar en lo amable que era Norman. Entonces alguien se levantó y la saludó con la mano, y reconoció a Lisa y a Herb.

—Ahí está Lisa. Es mi ayudante en la tienda. Y ya debes de conocer a Herb Beeseman, nuestro *marshall.*

—¿*Marshall?* Creía que estaba a cargo del control de aparcamiento.

—Lo está, pero el trabajo no está muy bien pagado. Herb fue el único solicitante y le dejaron elegir su propio título. Siempre le ha fascinado el Viejo Oeste.

—Entiendo. Bueno, acerquémonos a saludarlos.

Lisa y Herb habían pedido una mesa para cuatro, y Hannah y Norman se les unieron un momento. Los dos hombres empezaron a hablar al instante sobre el problema del tráfico en Main Street y Hannah se volvió hacia Lisa.

—Estás espléndida, Lisa. ¿Te lo estás pasando bien?

Lisa sonrió y Hannah se fijó en que sus ojos centelleaban de la emoción.

—He visto a tu madre y a la señora Rhodes. Me han preguntado si os había visto.

—Si te vuelven a preguntar, miente.

Lisa se rio.

—No puedes eludirlas eternamente. La señora Rhodes me ha dicho que quiere haceros fotos a ti y a Norman como recuerdo.

—Lo sé. Por eso las estoy evitando, entre otras cosas.

—Haz de tripas corazón. —Lisa se inclinó hacia delante y bajó la voz—. ¿No te parece guapo Herb con su traje?

Hannah miró a Herb. Vestía un traje negro con corte del Oeste y le recordó al traje que se habría puesto para ir de boda el *marshall*

Dillon de la antigua serie *La ley del revólver*. Le quedaba tan perfecto que Herb podría haber sido uno de los maniquíes del escaparate de una tienda de ropa masculina anticuada. Era todo un cambio del uniforme marrón arrugado que solía llevar a diario.

—Sin la menor duda.

En ese momento una figura alta con otro traje impecablemente cortado llamó su atención y Hannah alzó las cejas.

—¡No doy crédito! ¡Ese es Benton Woodley!

—¿El hijo de los Woodley?

—Sí. Creía que el heredero natural seguía en el Este, intentando comprarse un título de una universidad de la Ivy League.

Lisa miró a Hannah con curiosidad.

—No parece que te caiga muy bien.

—Pues no, no me cae bien. O, al menos, no me caía. —Hannah suspiró recordando las abundantes lágrimas que había derramado Andrea cuando Benton la había dejado—. Andrea salía con él en el instituto. Me pregunto si sabe que ha vuelto para la fiesta.

—A lo mejor tendrías que avisarla. Ya sé que es una mujer casada, pero siempre resulta incómodo cruzarse con un exnovio.

—Buena idea. ¿La has visto esta noche?

—Estaba en las mesas del bufé hace un par de minutos.

—Gracias, Lisa. Nos vemos luego. —Hannah se levantó y esperó a que los dos hombres interrumpieran la conversación. Cuando lo hicieron, le dio un toquecito en el brazo a Norman—. Tengo que encontrar a Andrea, ¿quieres acompañarme?

—Claro.

Norman se despidió de Herb y Lisa y cruzaron el salón. Estaban en la zona que más tarde se utilizaría para bailar cuando Hannah oyó que alguien la llamaba.

Hannah se paró en seco y se volvió hacia aquella voz cálida y amigable. Era Benton Woodley y le sonreía.

—¿Quién es? —Norman miró a Benton y luego se volvió a mirar a Hannah con curiosidad—. ¿Un antiguo novio?

—Sí. Pero no mío. Ven, Norman. Te presentaré.

Solo tardó un momento en hacer las presentaciones. Mientras Benton charlaba con Norman, Hannah se preguntó si habría ido a la misma escuela de protocolo que su madre. Era educado, parecía interesado en escuchar a Norman hablar de su consulta y a ella le dijo que estaba arrebatadora. El niño mimado y sabihondo había crecido hasta convertirse en el anfitrión perfecto.

—Me alegra saber que has reabierto el consultorio de tu padre, Norman. Uno nunca sabe cuándo necesitará un dentista.

—Benton sonó sincero y a Hannah le entraron ganas de reírse. Estaba dispuesta a apostar que si Benton necesitaba alguna vez algún arreglo dental, saldría pitando al dentista más elegante y caro del país—. ¿Y tú cómo estás, Hannah?

Hannah esbozó la mejor de sus sonrisas festivas.

—Bien, Benton. Hacía años que no te veía. ¿Has venido para la celebración?

—No, mi padre no está muy fino. —Benton bajó la voz y se acercó un paso—. He venido a ayudarle con los negocios.

Hannah se acordó entonces de las ojeras de Del. Tal vez Benton contaba la verdad.

—Espero que no sea nada grave.

—No, lo que pasa es que ha estado trabajando demasiado. Ahora que he vuelto a casa para echar una mano, debería recuperarse.

—¿Vas a quedarte? —Hannah se sorprendió. Creía recordar que, cuando Benton vivía en Lake Eden, no le gustaba nada.

—Sí, una temporada. Y es genial estar de vuelta. Siempre me ha gustado el ambiente que se respira aquí, esa sensación de pueblo acogedor. Lo que me recuerda que me he topado con Andrea y su marido hace un momento y me ha comentado que tienes un negocio. Una tiendecita pintoresca, por lo que han dicho. A ver si me paso un día de estos.

A Hannah le dolió el comentario. Su tienda era un negocio, no una «tiendecita pintoresca». El tono de Benton sugería que era algo que alguien de la alta sociedad haría como pasatiempo. Hannah iba a decirle que había trabajado mucho para que The Cookie Jar fuera rentable, pero se acordó del tacto justo a tiempo.

—Ha sido muy agradable hablar contigo, Benton, pero tenemos que encontrar a mi madre.

Norman esperó hasta que se alejaron unos metros.

—¿Quieres encontrar a tu madre?

—Claro que no. Solo quería alejarme de Benton antes de retorcerle el cuello.

Norman sonrió.

—¿Una «tiendecita pintoresca»?

—Eso es, lo has pillado. —Hannah estaba impresionada: para ser dentista, Norman las pillaba al vuelo—. Vamos a buscar a Andrea. Con ella sí que tengo que hablar.

Dieron con Andrea y Bill junto a las mesas de bufé, y por la mirada de satisfacción en el rostro de Bill, Hannah sospechó que estaba a punto de llenarse el plato por segunda o tercera vez.

—Hola, Hannah. Me alegro de verte, Norman —les saludó Bill—. Menudo banquete, ¿eh?

Hannah se volvió hacia Norman.

—¿Le haces compañía a Bill un momento? Tengo que hablar con Andrea.

Bill le dedicó una sonrisa conspirativa, y confundió por un instante a Hannah. Entonces se dio cuenta de que Bill pensaba que ella le estaba dando la ocasión de preguntar a Norman sobre la visita de Ron a la consulta.

Hannah tomó a su hermana del brazo y la condujo a un aparte hasta un punto relativamente privado a un lado del salón.

—Lo siento, Andrea. Vine a avisarte en cuanto vi a Benton, pero ya era demasiado tarde.

—¿A avisarme?

—Sí. —A juzgar por la expresión de perplejidad que asomó en el rostro de su hermana, Hannah supo que más valía que se explicara—. Me ha parecido que sería incómodo para ti toparte otra vez con Benton.

Andrea la miró fijamente durante un instante y entonces empezó a sonreír.

—Ya entiendo. Ha sido un detalle por tu parte, Hannah, pero ver a Benton no me molesta en absoluto. Hace siglos que superé lo suyo.

—¡Bien! Nunca me gustó su actitud, y sigue sin gustarme. ¿Sabes que ha llamado a The Cookie Jar «tiendecita pintoresca»?

Andrea suspiró y negó con la cabeza.

—No te preocupes por Benton. Siempre fue un pijo. ¿Te ha contado que ha vuelto para ayudar a su padre en DelRay?

—Eso fue lo que me dijo.

—A nosotros nos contó lo mismo, pero era una mentira. No paraba de chasquear la uña del índice con el pulgar cuando lo decía.

—¿Qué?

—Es un tic que tiene Benton cuando miente —explicó Andrea—. Lo descubrí cuando salíamos y me fue muy útil. Es uno de esos gestos inconscientes que hace la gente cuando quiere jugártela.

—¿Y te ha contado Benton más mentiras?

—Nos dijo que se alegraba de haber vuelto a casa, a Lake Eden, y que tenía muchas ganas de empezar a trabajar en DelRay.

—¿Y chasqueaba la uña cuando lo dijo?

—Clic, clic, clic. La única vez que dejó de hacerlo fue cuando dijo que yo estaba arrebatadora.

—Tú siempre lo estás. —Hannah sonrió a su hermana, pero recordó que Benton le había dicho exactamente lo mismo a ella. Tal vez era conveniente que no hubiera sabido nada del detector de mentiras digital hasta ahora—. ¿Y te dijo cuánto tiempo llevaba en la ciudad?

—Eso se lo preguntó Bill. Benton dijo que había venido en avión el miércoles y que había tomado el autobús desde el aeropuerto.

—¿Se tocaba la uña en ese momento? —Hannah sentía curiosidad.

—No lo vi. Se volvió hacia Bill para responderle. ¿Podemos hablar de otra cosa, Hannah? Benton Woodley me aburre hasta la saciedad.

—Claro. —Dado que Andrea era tan observadora, Hannah decidió preguntarle por Danielle Watson—. Hablé con la esposa del entrenador Watson en el acto de recogida de fondos para el alcalde. ¿Qué opinas de ella?

—¿De Danielle? —Andrea se lo pensó—. Parece bastante agradable, pero no puedo evitar que me dé pena.

—¿Por qué?

—Porque Boyd es muy controlador. Los he visto en otras fiestas y a él no le gusta perderla de vista. Debe de ser un agobio. Apuesto a que Danielle tiene que pedirle permiso hasta para ir al lavabo.

Hannah recordó cómo Danielle había susurrado a la oreja de su marido justo antes de dejarle en el acto del alcalde.

—Creo que tienes razón.

—Pues claro que sí. ¡Menos mal que Bill no es así!

—¿Funcionaría vuestro matrimonio si lo fuera?

—¡Ni hablar! —Andrea se rio y seguidamente hizo un gesto hacia un rincón del inmenso salón de baile—. Allí está Danielle. Supongo que a Boyd no le importa cuánto se gasta ella en ropa. Lleva el vestido color melocotón que vi en el centro comercial y sé que cuesta más de quinientos dólares.

—¿Dónde está? —La mirada de Hannah recorrió a los congregados.

—Al lado de aquel hibisco en flor. Allí la tienes con una sonrisita perfecta y educada en la cara, esperando a que Boyd acabe de hablar con la reina Judith.

Hannah sonrió. Su hermana había empezado a llamar a Judith Woodley con ese apodo en la época en que salía con Benton.

—Ya la veo.

—De verdad que no entiendo a las mujeres como Danielle. Tiene una figura espléndida y siempre la oculta. O Boyd es un hombre celoso, o a ella le da vergüenza que la ropa le marque un poco.

Hannah se dio cuenta de que su hermana tenía razón. Nunca había visto a Danielle llevar ropa insinuante. Esta noche no era ninguna excepción. El vestido melocotón era de manga larga y tenía un cuello mandarín alto.

—¿Bill y tú podéis entretener a Norman un par de minutos? Tengo que hablar con Danielle.

—Muy bien. Pero no tardes mucho. Si Norman empieza a contarme que necesito una limpieza dental, saldré corriendo.

—No lo hará. Norman no es así en absoluto. Tiene un gran sentido del humor. Cuando lo conozcas, te caerá bien.

—Si tú lo dices...

Andrea se encogió de hombros y volvió a la mesa mientras Hannah se abría paso entre los presentes hacia Danielle. Al acercarse, vio que el entrenador Watson estaba sumido en una profunda conversación con Judith Woodley y, a juzgar por la expresión concentrada de su cara, Hannah imaginó que el hombre intentaba conseguir una donación para los uniformes nuevos del equipo.

—Tengo que hablar contigo, Danielle. —Hannah se acercó para impedir que el entrenador la abordara antes—. Vamos al tocador de señoras.

—Pero estoy esperando a Boyd. Me dijo que me quedara aquí y se enfadará si me voy sin...

—Es importante, Danielle —la interrumpió Hannah—. Dile que has ido a retocarte la cara o algo así.

—¿Le pasa algo a mi cara?

—No, está bien. Solo tengo que hablar contigo de un amigo mutuo.

Danielle la miró fijamente durante un instante y entonces cayó en la cuenta.

—Muy bien, Hannah. Déjame que avise a Boyd y enseguida estaré contigo.

Instantes después, Hannah guio a Danielle hasta el tocador de señoras. Tuvo suerte. El inmenso espacio estaba vacío y cerró la puerta con el pestillo.

—Necesito más información, Danielle.

—Pero ya te he contado todo cuanto sé. No deberías cerrar la puerta, Hannah. ¿Y si alguien necesita entrar?

—Esperará. Me dijiste que estuviste con Ron desde las once de la noche hasta las siete y veinte de la mañana siguiente.

—Eso es. Allí estuve. Te conté la verdad.

—No me cabe duda, pero quiero que recuerdes el tiempo que pasaste con Ron. ¿Viste a alguien más? ¿A quienquiera que fuera?

—No. Todos sus clientes de reparto casero estaban durmiendo todavía y no nos cruzamos con nadie en el colegio. Por eso acepté acompañarle. Ron me prometió que nadie me vería.

—¿En algún momento perdiste de vista a Ron?

Danielle frunció el ceño mientras recordaba.

—Solo cuando cargó la furgoneta, pero no había nadie por allí.

—Así que Ron no se encontró con nadie, ¿no?

—No, no lo creo... —Danielle se interrumpió y abrió los ojos de par en par—. ¡Espera! Después de cargar para su ruta de reparto por las tiendas volvió a entrar a la lechería a recoger otra caja de bolígrafos con el logo de Cozy Cow. Iba a dejarlos con cada pedido, era una especie de promoción. Cuando salió, dijo que más valía que Max se pusiera en marcha o llegaría tarde a la Convención de Fabricantes de Mantequilla.

—¿Así que Ron vio a Max? —Hannah sitió una punzada de emoción—. ¿A qué hora fue?

—A las seis y cuarto. Ron me preguntó la hora, quería asegurarse de que iba puntual. Era muy organizado, Hannah. Él... calculaba su jornada al minuto para no llegar tarde nunca...

La voz de Danielle tembló y Hannah le dio una palmadita en el hombro. Danielle no podía venirse abajo ahora; no había tiempo.

—Me estás ayudando mucho, Danielle. Ron estaría muy orgulloso de ti.

—Tienes razón. Creo que sí lo estaría. —Danielle respiró hondo y exhaló con un suspiro trémulo.

—¿Sabes por qué Max estaba tan temprano en la lechería?

—Iba a reunirse con alguien en su despacho.

—¿Una reunión a las seis y cuarto de la mañana?

—Eso fue lo que dijo Ron. No sé con quién sería, Hannah. Ron no lo dijo.

Ahora fue Hannah la que respiró hondo. Ojalá tuviera tiempo para pensar cómo encajaba esta nueva información en lo que ya sabía, pero para eso ya habría tiempo más adelante.

—Intenta recordar qué aspecto tenía todo en la lechería cuando Ron volvió para recargar la furgoneta. ¿Viste algún coche en el aparcamiento?

—Sé que el coche de Ron estaba allí. Ahí aparcamos cuando llegamos a las cuatro de la madrugada. No sé más tarde, Hannah. El aparcamiento está en la parte trasera, detrás del edificio. Cuando Ron volvió para cargar por segunda vez, utilizó la callejuela lateral para furgonetas. Es donde está el muelle de carga.

—¿Y cuando os fuisteis? ¿Dio la vuelta al edificio?

Danielle negó con la cabeza.

—Hay una rotonda para cambiar de sentido al lado, y Ron fue por ahí. No pasamos para nada por el aparcamiento.

—Gracias, Danielle. —Hannah se dirigió a la puerta para abrir el pestillo—. Has sido de mucha ayuda.

Danielle esbozó una tímida sonrisa.

—Me siento muy mal por no haberle preguntado a Ron quién estaba con Max en su despacho.

—No pasa nada.

—Pero es importante, ¿no?

—Podría serlo, pero tú no tenías modo de saberlo. Además, siempre podemos preguntarle a Max.

—Eso es verdad. —Danielle pareció muy aliviada—. Más vale que vuelva con Boyd. Y supongo que tú tienes que volver con Norman.

Cuando se fue Danielle, Hannah se sentó en el banco acolchado delante del espejo y pensó sobre lo que había descubierto. Ron había visto a Max a las seis y cuarto reunido con alguien en su despacho. Podría significar algo o nada en absoluto. Solo el tiempo lo diría.

CAPÍTULO DIECISÉIS

Hannah gruñó al acercarse a la mesa de Andrea y Bill. De algún modo, Delores y Carrie los habían encontrado, y ambas madres parecían impacientes. Le entraron ganas de darse la vuelta y regresar al tocador de señoras, pero su madre levantó la mano y meneó los dedos. Era demasiado tarde. La habían visto.

—¡Ahí estás, cariño! —Delores esbozó una amplia sonrisa—. Te estábamos esperando para hacernos las fotos.

—Qué maravilla. —La respuesta de Hannah sonó sarcástica, incluso para sí misma, y sonrió para que sus palabras sonaran menos cortantes. Miró a Norman. Él no parecía molesto en absoluto por la inminente sesión de fotos, pero tal vez era una de esas personas afortunadas que son fotogénicas. Hannah sabía que ella no lo era. Ningún juego de luces ni instrucciones del fotógrafo conseguían mejorar su aspecto en papel Kodak.

Las madres encabezaron el recorrido por el salón. Norman dejó a Hannah para tomar a su madre del brazo, y Bill los siguió con Delores. Hannah se demoró un poco con Andrea para poder disculparse.

—Lo siento, Andrea. No pretendía estar aparte tanto tiempo.

—No pasa nada. Tenías razón, Hannah. Algunas de las cosas que ha dicho Norman eran muy graciosas. Nos lo estábamos pasando bien hasta que nos encontraron nuestras madres. Quieren que posemos nosotros también.

—Genial. —Hannah se alegraba de tener compañía en su desgracia—. A lo mejor haces que salga mejor en la foto por ósmosis o algo así.

Andrea se rio.

—Anda ya, Hannah. Bien sabes que esta noche estás espléndida. Ese vestido te queda tan perfecto que incluso mejora el aspecto de tu pelo.

—Gracias..., supongo. —Hannah sonrió. Entonces se dio cuenta de que la pareja de madres se dirigía al pasillo que llevaba al tocador de señoras—. ¿Dónde van?

—No estoy segura. La señora Rhodes dijo que había encontrado el lugar perfecto para hacer las fotografías. Solo espero que no vayamos a colarnos en algún sitio donde no deberíamos.

El grupo se detuvo al final del pasillo y esperó a que llegaran Hannah y Andrea. Entonces Carrie abrió una puerta y les hizo pasar a un gran salón con paredes forradas de estanterías de libros. Era de estilo masculino, con sofás y sillones de cuero, un inmenso escritorio de madera y grabados de escenas de caza en las paredes. Había una increíble chimenea con piedras ornamentales en un rincón, y Hannah se quedó pasmada mirando.

—Este es el estudio de Del Woodley —comentó Carrie.

—¿Podemos estar aquí? —Bill parecía muy inquieto—. Me refiero a que no está prohibida la entrada a los invitados a la fiesta, ¿no?

Carrie negó con la cabeza.

—Se lo he preguntado a él en persona y ha dicho que por su parte no había ningún problema.

Hannah intercambió una mirada divertida con Andrea. La madre de Norman se parecía mucho a Delores. Carrie no solo se había colado tan campante con su cámara en la única celebración formal de Lake Eden, sino que incluso le había preguntado a su anfitrión si podía utilizar uno de sus cuartos privados para hacerse unas fotos.

—Ponte al lado de la chimenea con Bill. —Delores le hizo un gesto a Andrea—. Primero haremos las vuestras, por si acaso Bill tuviera que irse.

Hannah observó cómo su hermana posaba con Bill. Luego Carrie decidió que las dos parejas posaran juntas, y Hannah y Norman se les unieron. Se colocaron obedientemente: Hannah y Andrea delante, Norman y Bill, detrás, mientras Carrie sacaba una foto tras otra. Seguidamente tomó otra serie con los cuatro en fila como si fueran soldados, las «chicas» en el centro, flanqueadas por los dos «chicos».

—Hagamos algunas en el sofá —sugirió Delores—. Esas siempre salen bien.

Hannah soportó más fotos, preguntándose cuánto tardaría la madre de Norman en quedarse sin película. En cuanto hubiera acabado esa tortura, tenía que hacer un aparte con Bill y ponerlo rápidamente al día. Bill estaba rehaciendo los movimientos de Ron la mañana del asesinato y no sabía que el joven había ido a la lechería a las seis y cuarto y había visto a Max Turner en su despacho. Puede que no tuviera nada que ver con el asesinato de Ron, pero era una nueva información y Bill podría preguntarle a Max sobre su reunión a una hora tan temprana de la mañana.

—Pareces distraída, cariño. —Delores meneó un dedo hacia ella—. Concéntrate en salir guapa y en decir «patata».

—Pimiento —murmuró Hannah por lo bajini, y Andrea empezó a reírse entre dientes.

—Te estás moviendo, Andrea —la avisó Delores—. Carrie no puede enfocar si no te estás quieta.

Hannah puso los ojos en blanco en el momento en que la madre de Norman hacía la fotografía. ¿No sabía Delores que muchas de las cámaras actuales incorporaban enfoque automático? Si tenía que aguantar un minuto más de *flashes* y advertencias de su madre para que sonriera, iba a explotar de pura frustración.

—Más vale que repitamos esa. —Delores se volvió hacia Carrie—. Me parece que Hannah ha bizqueado un poco.

Justo cuando Hannah estaba a punto de rebelarse, Norman se levantó y alzó las manos.

—Ya basta, mamá. Siéntate en el sofá con la señora Swensen y yo os haré un par de fotos a vosotras.

—Un oportuno giro inesperado —le murmuró Hannah a Andrea mientras se hacían a un lado y observaban a Norman tomando fotografías de sus madres—. Vamos a decirle a mamá que se le ha corrido el pintalabios.

Andrea pareció aterrada ante la idea.

—¡Ni se te ocurra! Si lo haces, sacará el espejo para retocarse y esto se alargará aún más.

Hannah estaba a punto de señalar que ya se habían hecho fotografías suficientes para empapelar la pared del fondo de su tienda entera, cuando oyó un pitido. Se volvió a Bill y preguntó:

—¿Es eso tu busca?

Bill se lo sacó del bolsillo. Miró la pequeña pantalla y dijo:

—Tengo que llamar.

—Pero no tienes que irte, ¿verdad? —Andrea le agarró la manga—. Ni siquiera hemos bailado todavía.

Bill le dio un pequeño abrazo.

—Lo sé, pero la controladora ha marcado el código de emergencia. ¿Dónde está el teléfono más cercano?

—Aquí mismo. —Hannah señaló uno que había junto al sofá—. Llama, Bill. Queremos saber qué está pasando.

Bill marcó el número y habló con alguien de comisaría. «Muy bien, ahora mismo» y «Lo haré» no le dijeron gran cosa; para saber qué estaba pasando, Hannah tendría que haber escuchado las dos partes de la conversación.

—Ha habido un gran accidente en la interestatal —les informó Bill tras colgar el teléfono—. Están convocando a todo el mundo.

—¿Te llevo? —se ofreció Andrea.

—No, quédate. Haré que me acerque alguno de los otros chicos. —Bill dio unas palmadas en el hombro de Andrea—. Pásatelo bien por los dos, ¿vale?

Interpretando la lúgubre expresión del rostro de Andrea, Hannah dudó que su hermana fuera a pasárselo bien sin Bill, pero esta asintió.

—Muy bien, cariño. Ten cuidado y nos vemos en casa.

Cuando Bill se fue, todos volvieron en grupo a la fiesta. Hannah había visto a Norman rebobinando la película y guardándola en el bolsillo, y sentía curiosidad.

—¿Vas a llevar la película al turno de noche de la tienda de fotos, Norman?

—No. —Norman negó con la cabeza—. La revelaré yo mismo cuando llegue a casa. Acabo de instalar mi cuarto oscuro.

—¿Eres fotógrafo?

—Solo aficionado. Me entró el gusanillo cuando estaba en Seattle. Es un pasatiempo estupendo. Mañana te llevaré las copias a The Cookie Jar durante mi pausa para comer y así podrás verlas.

Cuando volvieron a entrar en el salón de baile, la orquesta ya estaba tocando, y Norman le pidió a Hannah que bailara. Ella no podía negarse sin parecer maleducada y así se encontró padeciendo un angustioso vals lento. Norman era, en el mejor de los casos, un bailarín mediocre y Hannah quería guiar el baile. Pero no pretendía herir los sentimientos de Norman y soportó la situación con una sonrisa en la cara.

Cuando el baile hubo acabado, Norman la acompañó de vuelta con Andrea y sus madres. Mientras estaban hablando, Hannah atisbó a Betty Jackson. Quería preguntarle si sabía algo de la temprana reunión de Max Turner, pero a Bill no le haría gracia que arrastrara a Norman consigo.

—¿Te gustaría bailar otra vez, Hannah? —se ofreció Norman, tendiéndole el brazo.

Hannah intentó no estremecerse ante la idea. De ningún modo quería volver a bailar con Norman. Intentaba pensar en una excusa educada cuando se le ocurrió una idea brillante.

—¿Por qué no se lo pides a Andrea? La oí decirle a Bill que le apetecía bailar.

—Buena idea. —Norman se volvió hacia Andrea con una sonrisa—. ¿Qué te parece, Andrea?, ¿te gustaría bailar?

Andrea fulminó a Hannah con una mirada dolida mientras se alejaba bailando con Norman, y Hannah supo que tendría que darle explicaciones. Le diría que bailar con Norman, por muy fastidioso que fuera, era mejor que pasarse la noche pegada a las madres.

Betty estaba cerca de la orquesta, siguiendo el ritmo de la música con el pie. Daba la impresión de que quería bailar, pero era dudoso que se lo pidiera ninguno de los hombres del pueblo. Betty era lo que Hannah y sus amigas del instituto llamaban con malicia una chica «fortachona». Pesaba cerca de los ciento cuarenta kilos y no era precisamente famosa por ser grácil sobre la pista de baile. El padre de Hannah había tenido la ocurrencia de decir que un hombre necesitaba botas con puntera de acero para bailar con Betty, pues más de un vecino de Lake Eden había acabado con el pie lesionado después de un turno de baile obligatorio con ella en la pista.

Como siempre, Betty iba vestida con rayas verticales. Alguien debía de haberle dicho una vez que adelgazaban, y es posible que así fuera, para una persona menos corpulenta que ella. Esta vez las rayas eran anchas, de un color verde oscuro y borgoña. Los colores eran bonitos, pero eso no impedía que Betty pareciera una carpa de circo. Al acercarse, Hannah se hizo una promesa mental de ponerse a dieta y librarse de los cuatro kilos de más que llevaba encima desde las últimas Navidades.

—Hola, Betty —la saludó Hannah alegremente. Dado que no había nadie más cerca, era obvio que los varones locales temían por sus empeines, y Hannah supo que nunca tendría mejor ocasión para interrogar a Betty sobre la reunión de Max.

Betty le dio unas palmadas a Hannah en el brazo.

—Esta noche estás preciosa, Hannah.

—Gracias. —Hannah sabía que lo educado era devolver el cumplido, pero ¿qué podía decir? Entonces vio los zapatos de Betty y encontró la respuesta.

—Me encantan tus zapatos. Van a juego con tu vestido a la perfección.

Betty sonrió, aparentemente satisfecha.

—¿Se sabe algo nuevo del pobre Ron?

—Todavía nada. Me alegro de haberte encontrado, Betty. Tengo que hablar contigo sobre Max.

Betty tragó saliva y empalideció.

—¡Lo sabía! Algo va mal, ¿verdad?

—¿Mal? —Hannah estaba desconcertada—. ¿Por qué crees que algo va mal?

—Max no ha llamado todavía y eso no es propio de él. Le gusta tenerlo todo bajo control. El año pasado me llamaba tres veces al día.

—Pues no, no le ha pasado nada, que yo sepa —la tranquilizó Hannah—. Solo me preguntaba si estaba al corriente de lo de Ron, nada más.

Betty se abanicó la cara con la mano.

—Casi me da un ataque. Seguramente son imaginaciones mías, pero es muy raro que Max no haya llamado. Shirley, de la lechería Mielke Way Dairy, dijo que Gary ha llamado todas las mañanas.

—¿Y Gary mencionó haber visto a Max en la convención?

—No. Y Shirley no puede llamarlo para preguntarle porque Gary no quiere decirle dónde se aloja. —El rostro de Betty se arrugó formando una inmensa sonrisa y se acercó—. Gary es soltero y esta es una gran ocasión para disfrutar un poco de la vida, ya me entiendes. Al menos, eso es lo que cree Shirley.

—Shirley seguramente esté en lo cierto. ¿Y tú crees que Max hace lo mismo?

—¿Max? —Betty se quedó pasmada—. Si lo conocieras tan bien como yo, ni siquiera se te pasaría por la cabeza. Max solo tiene dos placeres en la vida: el dinero y... el dinero.

Hannah emitió una risa de compromiso, aunque había oído ese comentario concreto sobre Max un millón de veces.

—¿Sabías que Max había tenido una reunión a primera hora de la mañana del miércoles en su despacho?

—¿Ah, sí? —Betty pareció sinceramente sorprendida—. Pero se suponía que debía salir a las cinco y media de la mañana para la convención. ¿Cómo iba a reunirse con alguien antes de esa hora? ¿Estás segura?

—Eso es lo que me han dicho.

Betty se lo pensó un momento y entonces se encogió de hombros.

—Podría ser, sobre todo si la reunión era por dinero. Sé que Max estuvo en el despacho temprano. Le habían pedido que diera el discurso de apertura y yo se lo mecanografié el martes por la noche. Se lo dejé en mi mesa y cuando me presenté a la mañana siguiente, ya no estaba.

—¿Estás segura de que lo recogió Max?

—Absolutamente. Dejó un pósit amarillo, recordándome que hiciera un pedido de carpetas archivadoras nuevas.

Hannah decidió no contarle a Betty que Max todavía estaba en la lechería a las seis y cuarto. Eso solo la preocuparía.

—¿Has intentado llamar a Max a la convención?

—Claro que lo he intentado. Me dijeron que no estaba registrado en el Holiday Inn, aunque yo tampoco esperaba que se alojara ahí. Max es muy exigente y no le gustó nada la habitación que le dieron el año pasado. Estaba justo al lado de la máquina de hielo.

—¿Y has llamado a los demás hoteles de la ciudad?

—Lo hice, y en todos me dijeron que no estaba registrado.

—¿Podría Max compartir la habitación de otro?

—¿Max? —Betty se rio tan fuerte que sus amplios senos se estremecieron—. Max no es de los que comparten nada. Siempre se aloja solo.

—¿Y has probado a pedir que lo llamen por los altavoces en los salones de la convención?

—Por descontado, lo hice antes de venir hacia aquí. Como esta noche celebran un gran banquete... Pero Max no ha respondido a la llamada.

Hannah empezó a fruncir el ceño a medida que se iba formando una idea en su cabeza.

—¿Max conducía solo hasta Wisconsin?

—Sí. Gary Mielke le había pedido compartir el vehículo, pero Max no quería viajar con él. Y si estás pensando que ha sufrido un accidente, ya lo he comprobado con las dos patrullas de la autopista, y no. De verdad que esperaba que llamara antes y me tiene preocupada.

Hannah se había empezado a preocupar como Betty, y se preguntaba si Max habría llegado siquiera a la convención.

—Has dicho que Max no quería viajar con Gary Mielke. ¿Sabes por qué?

—Sí, pero no debería decírtelo. —Betty empezó a retorcer el asa de su bolso de mano, señal evidente de que se sentía incómoda—. Es algo..., esto..., confidencial.

—Si quieres que te ayude a encontrar a Max, necesito saberlo. Te prometo que no se lo contaré a nadie.

—Muy bien, Hannah. —Betty retorció el asa de su bolso de nuevo, y Hannah se preguntó si la delgada tira de cuero se rompería.

—La Mielke Way es nuestra mayor competidora y Max está intentando hacerse con la empresa de Gary. Por eso no quería viajar con él.

—¿Y Gary no conoce los planes de Max?

Betty le clavó una mirada que tenía la palabra «idiota» grabada por todas partes.

—Max no deja que nadie se entere de lo que está pasando hasta que está hecho. Así es como trabaja.

—Pero Max sí te lo dijo a ti, ¿no?

—No exactamente. Max estaba hablando con una empresa de préstamos cuando confundí la extensión telefónica y escuché sin querer parte de la conversación. Max quería comprar la deuda de uno de los préstamos de Gary.

Hannah no se creyó que Betty hubiera confundido la extensión del teléfono. Era una fisgona y por eso resultaba un contacto tan valioso.

—¿Y Max ha hecho alguna vez algo por el estilo antes?

—¿Estás de broma? Uno no se hace rico como Max vendiendo mantequilla y nata.

—¿Y cómo estás tan segura?

—Hace veinte años que trabajo para él, y en todo este tiempo he ido escuchando frases aquí y allá. Max es un tiburón cuando se trata de acaparar negocios, ejecutar hipotecas de fincas y sacar grandes beneficios de todo eso.

Hannah estaba a punto de hacer otra pregunta cuando vio que Andrea la llamaba con la mano. Le dio una palmada a Betty en el brazo y se disculpó.

—Andrea me está esperando y tengo que irme corriendo. Gracias, Betty.

—Pero ¿qué me dices de Max?, ¿crees que está bien?

—Lo averiguaré —le prometió Hannah y rápidamente pasó a asimilar los nuevos datos que acababa de descubrir. Ron había visto a Max el miércoles por la mañana y ahora Ron estaba muerto. Y Max tendría que haber asistido a la Convención de Fabricantes de Mantequilla, pero no lo había visto nadie y él tampoco había llamado. ¿Había matado Max a Ron y luego había huido del país? Era desde luego una posibilidad evidente. Del mismo modo era posible que Max intentara pasar desapercibido en la convención y que llamara a Betty cuando las cosas se hubieran tranquilizado. Si Max creía que estaba a salvo, incluso podría volver a la ciudad abiertamente y comportarse con tristeza y conmocionado por el horrible crimen que le había costado la vida a Ron.

—¿Qué pasa, Hannah? —Betty parecía angustiada.

—Nada, solo estoy pensando. ¿Cuándo tiene previsto volver Max?

—El martes por la noche.

Si Max optaba por llamar, Betty podría hablarle de las preguntas que ella le había formulado. Eso le alertaría y huiría en el primer avión que saliera del país. Hannah no podía permitir que eso pasara. De algún modo, tenía que conseguir que Betty guardara silencio.

—Acabo de darme cuenta de algo, Betty. Más vale que no menciones que has hablado conmigo. Si Max descubre que hemos estado hablando de él a sus espaldas, no va a gustarle en absoluto.

—Eso es verdad —coincidió Betty.

—Si te llama, no le digas que te he contado lo de su reunión del miércoles pasado. Creerá que estamos fisgoneando en su vida personal. Me preocupa tu empleo.

—¡Tienes razón, Hannah! —Betty puso los ojos como platos—. Max me despediría si pensara que he estado cotilleando sobre él, ¡aunque no lo hubiera hecho!

—Exacto. Si alguien te pregunta de qué hemos estado hablando esta noche, limítate a decir que estuvimos comentando tonterías sobre el bufé. Yo diré lo mismo.

—Gracias, Hannah. —Betty pareció sinceramente agradecida—. Desde luego no me apetece poner en peligro mi empleo. Me encanta la lechería. Mis labios están sellados, cuenta con ello.

—Los míos, también. —Hannah se alejó, convencida de que Betty no repetiría su conversación. También había descubierto una magnífica nueva herramienta para las relaciones sociales. Se trataba de la intimidación, y funcionaba. Y si la mirada fulminante en la cara de Andrea servía de indicación, Hannah supo que ella misma estaba a punto de recibir una buena dosis.

Andrea suspiró mientras recorrían juntas el pasillo. Todavía no se había recuperado de que la abandonara para bailar con Norman durante tanto tiempo, pero cuando Hannah le susurró que había estado haciendo trabajo de campo para Bill, Andrea se tranquilizó un poco.

—Todavía no me creo que dejaras a Norman con las hermanas Hollenbeck. Sabes que no callarán durante al menos un cuarto de hora.

—Con eso cuento. Norman dijo que quería que le presentara a posibles pacientes, y Marguerite parecía muy interesada en que le hicieran un blanqueado de dientes. Si se lo hace, se lo contará a todas sus amigas de la iglesia y ellas también se lo harán.

—Mira, el tocador de señoras. —Andrea se detuvo ante la puerta.

—Lo sé, pero eso no era más que una excusa. Necesito que hagas una llamada por mí, Andrea. Con tu labia sabes engatusar a la gente mucho mejor que yo.

—¡Y que lo digas! —Andrea se echó a reír y Hannah supo que el último vestigio del mal humor de su hermana había desaparecido—. ¿A quién llamo?

—Al Holiday Inn de Eau Claire, en Wisconsin. Ahí están celebrando la Convención Triestatal de Fabricantes de Mantequilla.

—¿Quieres que hable con Max Turner? —Andrea pareció muy reticente—. No creo que deba hacerlo, Hannah. Bill todavía no ha hablado con él y además no sabe lo de Ron.

—No quiero que hables con Max. Quiero que se ponga al teléfono Gary Mielke de la lechería Mielke Way. Necesito que me dé cierta información.

Andrea pareció vacilar.

—¿Lo sabe Bill?

—No. Acabo de enterarme de algo por Betty y tengo que confirmarlo con Gary.

—Pero ¿se supone que tú...? O sea, ¿no debería de ser Bill el que...?

—Bill no está aquí y yo sí —la interrumpió Hannah—. Podría tratarse de algo importante, Andrea. No puedo esperar a que Bill vuelva de la escena del accidente. Utilizaremos el teléfono del estudio de Del Woodley. Es algo privado, y sabe Dios que los Woodley pueden pagar una llamada a larga distancia a Wisconsin.

Andrea se lo pensó un momento.

—Muy bien, lo haré. Bill siempre dice que soy capaz de engatusar a cualquiera para que haga cualquier cosa.

Hannah llevó a Andrea al estudio y la acomodó detrás de la mesa de Del Woodley. Luego se sentó en el sofá y escuchó asombrada cómo su hermana convencía al recepcionista para que dejara su puesto y fuera a buscar a Gary Mielke. Bill tenía razón. Andrea era capaz de engatusar a cualquiera para lo que fuera y, al darse cuenta, Hannah se sintió muchísimo menos culpable: si un día Bill le pedía que dejara su empleo, Andrea no tendría ningún problema en persuadirlo para que la dejara seguir vendiendo inmuebles.

CAPÍTULO DIECISIETE

Hannah parecía preocupada mientras se aproximaba al salón de baile con Andrea. Lo que acababa de saber había confirmado sus sospechas. Max Turner no estaba en la Convención de Fabricantes de Mantequilla. Se había programado que diera él el discurso de apertura, pero no se había presentado y Gary Mielke lo había sustituido. Gary había llegado al Holiday Inn el martes por la noche para reunirse con unos amigos. Habían salido a cenar hasta tarde y habían pasado el resto de la noche con «otras amistades». Hannah no había preguntado si esas «otras amistades» eran masculinas o femeninas. Tampoco importaba mucho. La cuestión era que Gary Mielke tenía una coartada y no había podido tener nada que ver con la desaparición de Max ni el asesinato de Ron.

—Vamos, Hannah. —Andrea la tomó del brazo—. Tenemos que rescatar a Norman antes de que las hermanas Hollenbeck acaben por volverle loco.

—Lo sé. Solo que me gustaría volver a casa y pensar sobre todo esto. Hay algo que se me está pasando por alto.

—Más tarde. Te acompañaré y puedes poner a prueba tus teorías conmigo. De todos modos, Bill no volverá a casa hasta tarde.

—¿Cómo lo sabes? —Hannah se volvió hacia ella sorprendida.

—Me lo ha dicho el reverendo Knudson.

—Y él ¿cómo lo sabe?

—El *sheriff* Grant le llamó hará un par de minutos. Le dijo que algunas de las víctimas del accidente necesitaban consuelo espiritual.

—Ay, no. —Hannah esbozó una expresión de pena—. No avisan al reverendo a no ser que la situación sea muy grave.

—Es verdad. El *sheriff* Grant ha avisado a los tres. El reverendo Knudson ha salido para allí en su coche, y el padre Coultas y el reverendo Strandberg van con él.

Hannah imaginó que debía de haberse producido una gran colisión múltiple. Hacía falta un desastre de esa magnitud para conseguir que los clérigos locales viajaran en el mismo vehículo. El padre Coultas no se hablaba con el reverendo Knudson desde que los luteranos habían vencido a los católicos en un partido de *softball* y el reverendo Strandberg había sido acusado en privado por los otros dos de proselitista fanático.

Encontraron a Norman hablando todavía con las hermanas Hollenbeck. Les hizo un gesto para que esperaran un momento y luego se volvió hacia Marguerite.

—La veré mañana a las diez, señorita Hollenbeck. Sé que le gustará la nueva técnica. Es completamente indolora y saldrá de la consulta con tan buen aspecto que ni su hermana la reconocerá.

Hannah esperó a que las mujeres se hubieran ido y entonces se volvió hacia Norman:

—¿«Que ni su hermana la reconocerá»?

—Vale, vale. Es posible que exagerara un poco, pero sé que saldrá contenta. A propósito, ¿no te gustaría...?

—Olvídalo, Norman —le interrumpió Hannah—. Sé que estás en plan de búsqueda de clientes, pero conmigo pierdes el tiempo. ¿Qué te parece si nos pasamos por las mesas del bufé antes de que se lleven la comida?

Andrea, que captó la tentativa de Hannah de cambiar de tema, de la odontología a la comida, se mostró de acuerdo.

—Buena idea. Comí un bocado con Bill, pero vuelvo a tener hambre.

Norman tomó a Hannah por el brazo.

—Por mí está bien. A mi madre le ha dado ahora por la vida sana y no cocina nada más que pollo y pescado. Si no como pronto algo de carne roja, voy a perder hasta el último gramo de mi fabulosa musculatura.

Andrea se carcajeó con ganas y entonces se agarró al otro brazo de Norman.

—¿Sabes? Estás empezando a caerme muy bien, Norman.

—Eso es lo que dicen todos. —Norman se hizo el engreído—. Cuanto más me conocen, mejor les caigo.

—Mientras no les caigas encima... —replicaron al unísono Hannah y Andrea, y entonces se echaron a reír con Norman.

Hannah llenaba su plato con una selección de comida mientras cavilaba sobre los nuevos detalles que había descubierto esa noche. Gary Mielke le había dicho que dar el discurso de apertura era un honor y que de ningún modo Max se lo habría perdido voluntariamente. Gary también le había dicho que lo había buscado cuando había visto que su pase de acceso a la convención seguía en el mostrador de recepción. Dado que era imposible entrar en ningún acto sin él, había asumido que Max estaba enfermo y no había podido ir.

Hannah siguió a Norman y Andrea hasta una mesa y empezó a comer. Mientras, pensó en los hechos que habían sucedido la mañana que habían asesinado a Ron. Este había visto a Max en una reunión a las seis y cuarto. Incluso se lo había mencionado a Danielle. Pero esa había sido la última vez que alguien había visto al dueño de la lechería Cozy Cow. Tenía que descubrir quién se había reunido con Max, pero eso parecía imposible.

Andrea y Norman conversaban mientras comían, pero Hannah guardaba silencio. Estaba demasiado abstraída pensando adónde podría haber ido Max. No conocía gran cosa de su vida privada y ni siquiera sabía si tenía algún amigo. Tendría que acordarse de preguntarle a Betty sobre el particular.

Hannah acabó de comer y se dio unos toquecitos en los labios con una servilleta. Bajó la mirada a su plato y le sorprendió descubrir que se había comido hasta la última miga.

—Pues sí que te ha gustado el bacalao en gelatina —comentó Andrea al ver el plato vacío de Hannah.

—¿Eso era bacalao? —Hannah hizo una mueca. Nunca le había gustado el bacalao y le asqueaba la gelatina de tomate—. ¡Creí que era una simple gelatina!

Norman pareció inquieto.

—Pareces preocupada, Hannah. ¿Algo va mal?

—No, no. —Hannah sabía que tenía que dar alguna explicación. No quería que Norman pensase que no estaba disfrutando de su compañía—. Solo estaba pensando en Max. Tengo que hablar con él.

—¿Con Max Turner? —Norman la miró alarmado—. Hagas lo que hagas, ¡no te mezcles en asuntos de negocios con ese hombre!

—¿Por qué? —A Hannah la asombró el tono irritado de la voz de Norman.

—¡Te comerá viva! Podría contarte varias historias sobre... —Norman se interrumpió y pareció avergonzado—. Lo siento. Aquello es agua pasada, pero todavía pierdo los papeles cada vez que oigo el nombre de ese individuo.

Hannah estiró el brazo para tocar la manga de Norman.

—Háblanos de eso, Norman.

—Mi padre le pidió prestado algo de dinero a Max Turner y fue el mayor error de su vida. Solo llevaba abierto un par de meses y necesitaba instalar su segunda sala de exploración. El equipo dental es muy caro y él no contaba con el dinero suficiente.

—¿Por qué no acudió tu padre a un banco para solicitar un crédito para la empresa? —preguntó Andrea.

—Lo hizo, pero le dijeron que no llevaba en el negocio el tiempo suficiente para asentar una base de ingresos. Max Turner se ofreció a aceptar la casa de mis padres como aval, aunque acababan de comprarla y aún la estaban pagando. Les dijo que lo único que tenían que hacer era ampliar la hipoteca a quince años y hacer los pagos correspondientes. Incluso les ofreció un préstamo en el que solo pagaban intereses por el dinero para el equipo, con pagos sobre el principal cada vez que tuvieran un buen mes y les entrara efectivo.

Andrea hizo una mueca.

—Ya veo. Sé algo sobre préstamos y eso es demasiado bueno para ser verdad.

—Lo era, pero mis padres no lo sabían. Mi padre creyó a Max cuando le dijo que quería animar a la apertura de nuevos negocios en Lake Eden y que la ciudad ciertamente necesitaba otro dentista.

—¿Y qué pasó? —preguntó Hannah, aunque ya suponía que la historia iba a acabar mal. Betty había dicho que Max era un tiburón.

—Max esperó hasta que a mis padres solo les faltaba un año para acabar de pagar la casa. En ese momento reclamó la cantidad total del préstamo.

—¿Es eso legal? —preguntó Hannah.

—Sí. Había una cláusula que daba a Max el derecho a reclamar su préstamo antes de tiempo. Y, dado que se trataba de un préstamo personal, la legislación ordinaria no era de aplicación obligatoria.

—Eso es espantoso, Norman. —Andrea pareció muy comprensiva—. Pero tu madre todavía es la dueña de la casa, ¿no?

—Sí. Papá me llamó presa del pánico y me dijo que podían perder la casa y el negocio. Por entonces yo trabajaba en una gran clínica dental de Seattle, y conseguí un préstamo gracias a mi crédito sindical. Les envié el dinero y saldaron la deuda con Max solo un día antes del plazo límite.

Hannah se sintió asqueada. «Tiburón» era una palabra demasiado suave para Max Turner. Le hizo preguntarse a cuántos residentes más de Lake Eden habría estado a punto de arruinar Max. Tenía la sensación de que todo esto se relacionaba de algún modo con el asesinato de Ron, pero aún no acababa de ver cómo encajaban las piezas.

—No se lo contaréis a nadie, ¿verdad? —preguntó Norman—. A mi madre todavía la avergüenza. Se moriría si alguien se entera de lo ingenuos que fueron.

—No diremos ni palabra —le prometió Hannah—. Eso ya es agua pasada. Nadie tiene por qué saberlo.

Norman echó su silla hacia atrás para levantarse y pareció aliviado.

—Si me disculpáis, más vale que baile con mi madre. Me hizo prometérselo. Y solo porque soy un tipo tan majo, también bailaré con la vuestra.

—¿Norman? —Hannah se levantó y lo tomó del brazo—. ¿Te fastidiaría mucho si me voy ahora? Tengo algo que hacer y no puede esperar. Tú puedes quedarte. Andrea me llevará en coche.

—Muy bien. —Norman no pareció hundido ni decepcionado, lo que hizo que el ego de Hannah se resintiera un poco—. ¿Tiene que ver con el asesinato de Ron? —preguntó.

—Sí. Lo siento, pero no puedo decirte más.

—Anda, vete, Hannah, pero más vale que se nos ocurra una muy buena excusa para nuestras madres. No sé por qué, pero me parece que un simple dolor de cabeza no colará.

—¿Y una migraña? —sugirió Andrea—. A mí la migraña siempre me ha funcionado.

Hannah negó con la cabeza.

—Yo no tengo migrañas, y mamá lo sabe.

—No, pero yo sí. —Andrea se giró hacia Norman—. Diles a nuestras madres que me encontraba tan mal que le supliqué a Hannah que me llevara a casa y se quedara conmigo hasta que Bill volviera.

—Vale, eso debería colar —dijo Norman—. Pero ¿y si le da por llamarte y no te encuentra?

—No pasa nada. —Andrea pareció triunfante—. Mamá sabe que, cuando tengo migraña, siempre desconecto el teléfono. Le dije que no podía soportar los pitidos de las llamadas.

Norman le dio unas palmadas a Andrea en la espalda.

—Muy lista. Ya veo que lo tienes todo pensado. Iré a buscar a nuestras madres y se lo diré.

—¿Norman? —Hannah recordó sus buenos modales justo a tiempo—. Gracias por una noche espléndida. Me lo he pasado muy bien.

—Yo también. Más vale que te pongas en marcha, Hannah. Y toma a Andrea del brazo y simula que la ayudas a caminar. Aquí vienen nuestras madres, dispuestas al ataque.

Andrea se puso al volante y recorrieron el largo y sinuoso camino de entrada. Cuando llegaron al final, se volvió hacia Hannah.

—¿Adónde vamos?

—A mi casa. Puedes dejarme allí.

—¿Dejarte? —Andrea pisó los frenos de golpe y se deslizaron hasta detenerse en la base del camino de entrada—. ¿Qué quieres decir con eso de «dejarte»?

Hannah suspiró. Era culpa suya. Había sido ella la que había interesado a Andrea en el caso de Bill y tendría que haber sabido que eso implicaría problemas.

—Tengo que hacer algo y podría ser peligroso. No quiero meterte en líos.

—Pero no te importa meterte tú en ellos, ¿no?

—Claro que me importa. Me andaré con mucho cuidado. Pero tú tienes un marido y una hija. Debes pensar en ellos.

—Es lo que estoy haciendo y voy a ir contigo. —Andrea la fulminó con la mirada—. Aquí estamos hablando del ascenso de Bill. Si hay algún modo en que pueda ayudar, lo haré.

—Pero, Andrea…, sabes muy bien que Bill…

—Deja que me ocupe yo de Bill —la interrumpió Andrea—. Así que ¿adónde vamos?

Hannah suspiró y acabó cediendo. Cuando a Andrea se le metía algo en la cabeza, no había quien le hiciera cambiar de opinión.

—Primero vamos a cambiar de vehículo y tomamos mi Suburban. Llevo un par de linternas de esas grandes en la parte de atrás. Luego vamos a casa de Max Turner.

—¿Y por qué vamos allí?

—Porque a la hora en que se supone que tenía que irse a la convención Max no fue a ninguna parte. Estaba todavía en su despacho a las seis y cuarto, reunido con alguien. Ron los vio.

—¿Y?

—Que Max no tiene coartada para la hora de la muerte de Ron. Sabemos que no está en la convención y que nadie lo ha visto desde las seis y cuarto del miércoles por la mañana.

—Lo entiendo. Crees que Max mató a Ron y luego huyó. Pero ¿por qué iba Max a matar a Ron?

—Piensa en lo que Norman acaba de contarnos y tendrás un móvil posible.

Andrea guardó silencio un instante.

—Vale. Crees que Ron oyó sin querer a Max haciendo alguna clase de negocio turbio. Y Max siguió a Ron en su ruta y lo mató para que no pudiera contárselo a nadie. Pero ¿cómo sabes que Ron vio a Max?

Hannah frunció el ceño. Tendría que haber sabido que Andrea acabaría preguntando eso.

—Me lo dijo mi soplona.

—¿Tu qué?, ¿tu soplona?

—En realidad es más bien una testigo. Me lo dijo la mujer del lápiz de labios rosa. Ella no vio a Max ni a la otra persona, pero cuando Ron volvió con su furgoneta, le dijo a ella que Max estaba en su despacho, reunido con alguien.

Andrea se quedó mirando fijamente a través del parabrisas un largo momento y luego se volvió hacia Hannah con el ceño fruncido.

—Hay algo que no entiendo. Norman dijo que lo que hacía Max era legal. ¿Por qué iba Max a matar a Ron si sus negocios eran legales?

—No lo sé —reconoció Hannah—. Lo que sí sé es que tengo que registrar la casa de Max.

Andrea puso el Volvo en marcha.

—Tienes toda la razón. ¿Vamos primero a tu casa?

—Eso es.

Se dirigieron al complejo de apartamentos de Hannah. No llevaban recorridos ni un par de kilómetros cuando Andrea se echó a reír.

—¿Qué es tan gracioso?

—Tú. Registrar la casa de Max no será peligroso en absoluto. Max no es tonto. Si mató a Ron no se esconderá ahí, esperando que alguien encaje todas las piezas y le detenga.

—Eso es verdad.

Andrea apartó los ojos de la carretera para mirar con curiosidad a su hermana.

—Entonces, ¿por qué me dijiste que sería peligroso?

—Porque la casa de Max estará cerrada a cal y canto y, como nos detengan por allanamiento de morada, Bill nos matará a las dos...

CAPÍTULO DIECIOCHO

Hannah salió de la autopista y entró en la vía de acceso que pasaba por delante de la lechería Cozy Cow. El enorme edificio de hormigón estaba vacío a esa hora de la noche y su pintura blanca centelleaba bajo el resplandor de los mil vatios de las luces de seguridad que se habían instalado sobre postes alrededor del perímetro. Las luces de seguridad no eran en realidad necesarias. Ningún ladrón en sus cabales irrumpiría en una lechería para robar nata o mantequilla, pero Hannah supuso que Max había conseguido una rebaja en su seguro al iluminar el recinto de ese modo.

—Este sitio da miedo por la noche. —La voz de Andrea tembló ligeramente y Hannah sospechó que su hermana se estaba arrepintiendo de haber querido acompañarla—. ¿Max no tiene un turno de noche?

—No. No hay nada que hacer hasta que llegan los camiones cisterna de las granjas por la mañana. Salvo los repartidores, nadie viene por aquí hasta las siete y media.

—Me siento una tonta vestida de este modo. —Andrea bajó la mirada a la sudadera negra y los tejanos que Hannah había insistido en que se pusiera—. Tus tejanos me quedan demasiado grandes. He tenido que doblarme tres veces las perneras y sujetármelos con un alfiler en la cintura. Y esta sudadera con capucha huele como si la hubieras sacado de un cubo de basura. Y además, ¿por qué tenemos que ir vestidas como ladronas de casas? La vivienda de Max está a casi un kilómetro de la carretera. No puede vernos nadie.

—Lo siento, Andrea. Mi fondo de armario no es tan amplio como el tuyo. Eso era lo único que tenía que más o menos te va bien, y no me pareció que quisieras venir con tu vestido de gala.

Andrea dejó escapar un largo suspiro.

—Tienes razón. Es que estoy un poco nerviosa, nada más. No dejo de pensar en cómo se pondrá Bill si nos pillan.

—No nos van a pillar. Ya te lo he dicho antes, si tenemos que entrar por la fuerza, me encargo yo. Y si pasara lo peor, puedes decirle que intentaste impedírmelo, pero no te hice caso.

—Eso sería muy feo. —Andrea volvió a suspirar, y luego hizo una mueca cuando saltaron sobre un bache de la carretera—. Con todo el dinero que tiene Max, ¿no te parece que podría aplanar su camino de entrada de vez en cuando?

Avanzaron en silencio durante poco más de un minuto. Al acercarse a la casa de Max, Hannah apagó los faros y condujo lo que quedaba de camino iluminada por la luz de la luna.

—Debe de haberse ido. No se ve ninguna luz —dijo Andrea en voz baja mientras Hannah se detenía delante del garaje de Max y apagaba el motor—. Ya te dije que no estaría en casa.

—No esperaba que estuviera, pero voy a llamar al timbre, por si acaso.

—¿Y si alguien responde? —Andrea sonó asustada.

—¿Quién?

Andrea se estremeció.

—No lo sé. Alguien.

—Entonces pensaré en algo que decir. —Hannah se apeó de su Suburban y se dirigió al timbre, deseando estar tan segura de sí misma como parecía. Si Max respondía a la llamada, ella tendría que dar muchas explicaciones. Pero Max no respondió y Hannah volvió al coche con una sonrisa en la cara.

—Ahí no hay nadie. Vamos, Andrea, revisemos su garaje. Podemos asomarnos por las ventanas.

—¿Cómo? —Andrea se bajó del Suburban y alzó la mirada hacia las estrechas ventanas que formaban una franja por encima de la puerta del garaje—. Están demasiado altas para que podamos asomarnos.

—No pasa nada. —Hannah se subió al capó del Suburban y le hizo un gesto a Andrea para que le pasara una linterna. Dirigió el poderoso haz luminoso a través de la estrecha franja de ventanas y lo que vio la hizo contener la respiración.

—¿Qué pasa? —susurró Andrea—. ¿Qué hay ahí dentro, Hannah?

Hannah se bajó del capó, intentando no parecer tan conmocionada como se sentía.

—El coche de Max sigue ahí.

—Si su coche sigue ahí, ¡él tiene que estar en casa! —Andrea estaba tan perpleja que se olvidó de hablar en voz baja—. ¡Vámonos de aquí, Hannah!

El instinto de huida de Hannah era tan fuerte como el de su hermana, pero se impuso su sentido del deber.

—No podemos irnos así como así. Si Max está dentro, podría estar enfermo, o herido, o... incluso algo peor.

Andrea ahogó un grito, y Hannah supo que su hermana había entendido a qué se refería con «algo peor».

—No hagas tonterías, Hannah. Llamemos a Bill.

—Vete a buscarlo. Las llaves están puestas. Yo voy a ver si está Max.

—Pe... pero... —Andrea empezó a tartamudear, y Hannah supo que estaba aterrada—. No puedo dejarte aquí sola, Hannah. ¿Y si Max está muerto y su asesino sigue ahí dentro?

—Si Max está muerto, su asesino hace mucho que se ha ido. Sé razonable, Andrea. Si asesinaras a alguien, ¿te quedarías en su casa con él durante dos días enteros?

—No —reconoció Andrea—. Pero no puedo evitar pensar que va a pasar algo terrible. ¿Te acuerdas de Charlie Manson?

—Eso fue en California. Anda, quédate aquí y hazme de centinela. Si ves que se acercan unos faros por el camino de entrada, llama al timbre de Max.

—De ningún modo, Hannah. No pienso quedarme aquí sola.

—En ese caso, ven conmigo. —Hannah sabía que estaban desperdiciando un tiempo precioso—. Aclárate de una vez, Andrea; yo voy a entrar.

—Iré contigo. Es mejor que quedarme aquí sola. ¿Y cómo vamos a entrar?

—Todavía no lo sé. —Hannah retrocedió para examinar la casa. No había una forma fácil de acceder—. Supongo que tendré que romper una ventana.

—Ni se te ocurra. Bill dice que mucha gente deja abierta la puerta que conecta su garaje con su casa y por ahí entran los ladrones. Quizá Max haya dejado la suya sin cerrar.

—Eso está muy bien, pero ¿cómo vamos a entrar en el garaje de Max sin un mando a distancia? Tiene un sistema automático para abrir la puerta del garaje. He visto el equipo eléctrico al asomarme.

—Yo sé cómo. —Andrea sonó muy orgullosa de sí misma—. Vi hacerlo una vez a Bill, cuando nuestro mando a distancia no funcionó. Tiró con todas sus fuerzas de la manija de la puerta hacia arriba, y la puerta se abrió un par de palmos, justo lo necesario para que yo pasara arrastrándome. Creo que podríamos hacerlo si tiramos las dos a la vez.

—Merece la pena intentarlo. Busquemos algo para apalancar la puerta cuando la hayamos levantado.

—¿Qué te parecen esas cajas? —Andrea señaló el montón de anticuadas cajas de madera para leche que se apilaban a un lado del camino de entrada de Max.

—Nos servirán. —Hannah se acercó para recoger una de las cajas de leche. La colocó al lado de su pie y entonces agarró la manija de la puerta del garaje—. Ven aquí y ayúdame a levantarla. Si podemos abrirla, empujaré la caja de leche con el pie hasta meterla debajo.

Requirió un par de intentos, pero al final consiguieron levantar la puerta casi treinta centímetros. Hannah la sujetó con la caja de leche y dio un paso atrás para observar cuidadosamente la abertura.

—Es bastante pequeña; no creo que pueda pasar por ahí.

—Yo sí. —Andrea sonó asustada, pero fue capaz de sonreír a su hermana—. Calzo solo un treinta y siete. Pásame la linterna cuando haya entrado.

Hannah observó cómo su hermana se estiraba sobre el camino de entrada en una de las esquinas, donde la abertura era más amplia, y empezaba a arrastrarse. Andrea no había querido entrar, pero ahí estaba, introduciéndose poco a poco en el oscuro garaje.

—Muy bien, estoy dentro. —Andrea sacó la mano a través de la rendija—. Dame la linterna.

Hannah le pasó la linterna y observó cómo la luz se desvanecía a medida que su hermana penetraba en las profundidades del garaje. Al cabo de un momento, la puerta del garaje se abrió deslizándose suavemente y Hannah se metió dentro.

—¿Hannah? —Andrea le hizo un gesto con el haz de luz de la linterna para que se acercara al coche de Max—. Creo que deberías echarle un vistazo a esto.

Por un momento, Hannah no supo a qué se refería su hermana. El Cadillac nuevo de Max le parecía en perfecto estado. Pero entonces se fijó en que había un portatrajes transparente colgado de un gancho en el asiento de atrás. Dos maletas reposaban cerca del maletero, como si alguien hubiera planeado meterlas dentro más tarde, y había también un maletín abierto en el asiento del pasajero.

—Max estaba metiendo sus cosas en el coche, pero no acabó. —Andrea hizo un gesto hacia las maletas.

—Porque algo o alguien se lo impidió. —Hannah expresó la conclusión obvia. Max había intentado ir a la Convención de Fabricantes de Mantequilla. Sus trajes colgaban de las fundas portatrajes, sus maletas estaban listas para meterlas en el maletero y tenía el maletín en el asiento—. Enciende la luz del garaje, Andrea.

Una vez el garaje estuvo inundado de luz, Hannah dio la vuelta al Cadillac y abrió la puerta del pasajero. Miró el maletín de Max y respiró hondo. La cartera de Max estaba dentro y la cogió.

—¿De verdad crees que debemos fisgonear sus cosas personales?

Hannah se dio la vuelta y se quedó mirando impertérrita a su hermana.

—¿Y por qué no? En la consulta de Norman no parecías tener tantos escrúpulos.

Las mejillas de Andrea adquirieron un tono rojizo apagado y cerró la boca. No dijo palabra mientras Hannah abría la cartera y contaba los billetes que había dentro.

—Mil doscientos en efectivo, su permiso de conducir y varias tarjetas de crédito —informó Hannah.

—Entonces Max no asesinó a Ron y huyó. —Andrea sonó muy segura de sí misma—. Podría haber dejado las tarjetas de crédito y el permiso de conducir para evitar que le siguieran la pista. Pero ¿el dinero en efectivo? Se lo habría llevado.

—Tienes razón. —Hannah hojeó los documentos del maletín y sacó una agenda para la Convención Triestatal de Fabricantes de Mantequilla. Tenía una línea subrayada en amarillo que decía: «Discurso de inauguración a cargo de Maxwell Turner, 10 de la mañana».

—Mira esto, Andrea.

Andrea se fijó en la línea subrayada.

—El discurso que Max no dio.

—Me pregunto dónde estará el texto. —Hannah empezó a fruncir el ceño—. Betty dijo que trabajó hasta tarde el martes por la noche, estuvo mecanografiándolo. Lo dejó encima de su mesa para que lo recogiera Max, y dijo que ya no estaba cuando ella llegó a trabajar el miércoles por la mañana.

Andrea pareció desconcertada.

—¿No está en el maletín de Max?

—No. Revisemos la casa.

Andrea puso cara de que lo último que quisiera hacer en esta vida fuera entrar en casa de Max.

—¿Tenemos que hacerlo?

—Creo que sí. Max puede haberse dejado algo que nos dé una pista de dónde está.

—Muy bien —convino Andrea a desgana—. ¿No te parece que deberíamos ir armadas, por si acaso?

—Buena idea. —Hannah agarró un martillo de carpintero de la mesa de trabajo que había junto a la puerta y a Andrea le pasó un mazo de goma. Un martillo y un mazo no eran rivales para un asesino con una pistola, pero ella estaba casi segura de que no había nadie dentro. Si ir armadas con herramientas de carpintero hacía que Andrea se sintiera más segura, no iba a llevarle la contraria.

Hannah intentó girar el pomo de la puerta que conectaba ambos espacios, pero este no cedió.

—¡Oh, genial! Max sí cerró su puerta. Mira si se dejó las llaves en el Cadillac, ¿quieres? Me pareció verlas en el contacto.

Andrea corrió de vuelta al Cadillac y regresó con las llaves. Se las pasó a Hannah y observó cómo su hermana abría la puerta.

Hannah entró en la cocina, encendió la luz y se sobresaltó un poco al ponerse ruidosamente en marcha la nevera.

—Bonita cocina. Supongo que a Max le gustaban las vacas.

Todos los pomos de la hilera de armarios de cocina estaban pintados de manchas blancas y negras, como una vaca frisona. Había una colección de vacas de porcelana en poses diversas sobre los estantes de la ventana que daba al invernadero, encima del fregadero, y una gran bandeja pintada con vacas retozando alrededor del filo colgada sobre los fogones. Había imanes con vacas sobre la puerta de la nevera, una jarrita para la leche y una azucarera con formas de vaca sobre la mesa, y un tarro de galletas con la misma forma en el mármol. Un perro pastor se habría vuelto loco en la cocina de Max intentando reunir a todas aquellas vacas.

—Un poco excesivo para mi gusto —reconoció Andrea—, pero supongo que Max tenía que hacer algo con todos los regalos de cosas de vacas que le hacía la gente. Ese es el problema de las colecciones. Una vez la gente se entera de que coleccionas algo, te lo regalan siempre.

En la cocina había un extraño olor a quemado y Hannah se fijó en que la luz roja de la cafetera estaba encendida. Cuando fue a apagarla se dio cuenta de que la jarra estaba seca y solo quedaba un poso negro que antes había sido café.

—Max se dejó la cafetera encendida.

—No le eches agua —le advirtió Andrea—. Yo lo hice una vez y la jarra se agrietó.

Hannah puso el recipiente de cristal sobre uno de los fogones apagados de Max para dejarlo enfriar. Entonces se fijó en un termo que había sobre el mármol, al lado de un paño de cocina con alegres bovinos pastando sobre el rizo de algodón de color verde.

—Max debía de tener pensado volver aquí. Preparó una jarra de café para llenar el termo. Seguramente quería llevárselo para el viaje.

Andrea miraba con angustia el termo vacío y Hannah supo que estaba pensando en lo que le habría pasado a Max. Agarró a su hermana del brazo y tiró de ella hasta que dejaron atrás los armarios con sus pomos de vacas y entraron en el salón vacío.

Hannah encendió las luces, pero no había el menor rastro de que nadie hubiera estado allí desde que Max se había ido el miércoles por la mañana temprano. Miró a su hermana —cuya expresión angustiada perduraba en su rostro— y decidió que más valía que hiciera algo, y rápido. La cara de Andrea había empalidecido, le temblaban las piernas y tenía el aspecto de estar a punto de desmayarse.

—¿Andrea? Necesito que me eches una mano —le ordenó Hannah en el mismo tono de voz que Delores utilizaba cuando, de pequeñas, les decía que ordenasen sus habitaciones—. ¿Habías estado antes en la casa de Max?

Andrea parpadeó una, dos veces y entonces se volvió hacia Hannah. Parecía desorientada y muy asustada.

—¿Qué has dicho?

—Que si habías estado antes en la casa de Max.

Andrea asintió. Sus mejillas empezaban a recuperar un poco de color ahora que Hannah le había dado otra cosa en que pensar.

—Al me mandó venir con unos documentos el pasado otoño. Max había comprado una finca en Browerville y Al se encargaba de su papeleo.

—¿Y te acuerdas del aspecto que tenía la casa por entonces?

—Claro que me acuerdo. Soy agente inmobiliaria. —La voz de Andrea sonó menos dubitativa—. Max incluso me la enseñó. Fue justo después de que la hubiera remodelado y yo quería verla. Se me ocurrió que a lo mejor querría ponerla en venta más adelante y mudarse a una casa más grande en el centro.

Hannah sonrió y le dio una palmada en el hombro.

—Sabía que podía contar contigo. Mantén los ojos abiertos por si ves algo que te parezca fuera de lugar. ¿Qué me dices de este salón? ¿Tiene el mismo aspecto que entonces?

Andrea miró a su alrededor.

—Todo es igual, salvo el sofá. Antes tenía uno negro con cojines con estampados de vacas. ¿Ves el cuadro que hay encima de la chimenea? Me contó que lo había pintado su madre a partir de una fotografía antigua. Es el abuelo de Max delante de la lechería original.

—No sabía que la madre de Max fuera una artista. —Hannah examinó la pintura. No era muy buena.

—Está claro que no lo era. —Andrea se recuperó lo suficiente para sonreír—. Está hecho con una plantilla de esas de pintar por números. Se vendían muy bien en los años cincuenta. Ella enviaba la fotografía y le devolvían el lienzo con numeritos en los espacios de manera que sabía qué color utilizar en cada uno. Me sentí muy tentada de decirle a Max lo malo que era, pero no lo hice, claro.

Ahora que Hannah se había acercado, vio algunos de los números que asomaban a través de la pintura; dudaba que el abuelo de Max llevara tatuado en la frente el número diecisiete.

—Vayamos a las otras habitaciones. Dime si ves algo que no recuerdes.

Con Andrea detrás, Hannah recorrió el pasillo con premura y fueron por todas las habitaciones de la casa. Andrea señaló unas cortinas nuevas en el estudio, una disposición un poco distinta del mobiliario en el despacho de Max y un papel pintado nuevo en el comedor. El dormitorio de Max había sido pintado de nuevo desde que ella lo había visto. Había cambiado el fondo del azul al verde, y el cuarto de invitados tenía una alfombra trenzada nueva en el suelo. Cada una de las habitaciones tenía al menos la figura de una vaca en alguna forma.

—¿Cómo puedes acordarte de qué aspecto tenía todo? —preguntó Hannah. La asombraba la cantidad de información que Andrea había recordado a partir de una única visita a la casa de Max.

Andrea se encogió de hombros con modestia.

—Siempre he tenido buen ojo. Por eso sabía cuándo mamá había entrado en mi habitación. Si había movido algo, por diminuto que fuera, lo descubría.

—¿Y no hay nada, por diminuto que sea, fuera de lugar en la casa de Max? —Hannah seguía hablando mientras completaban el círculo y se acercaban de nuevo a la cocina. No quería que Andrea pensara en lo que podría haberle sucedido a Max.

—No que yo vea, salvo... —Andrea se detuvo junto a la puerta que daba al garaje y estiró la mano para tocar un gancho vacío que había a un lado del marco de la puerta—. Espera un momento, Hannah. Creo que había una llave aquí.

—¿Qué clase de llave?

Andrea cerró los ojos por un instante y luego los abrió de golpe.

—Una llave metálica azul brillante en un llavero con forma de vaca. Estaba colgada aquí cuando Max me enseñó la cocina. La vaca era muy mona, marrón y blanca con un pequeño...

—¿Sabes de qué era la llave? — exclamó Hannah, interrumpiendo la descripción de su hermana.

—De la lechería. Max dijo que la utilizaba cuando iba a trabajar y no quería ir cargando con todas las llaves. Me dijo que cogía esa llave y el mando para abrir la puerta del garaje y... —Andrea dejó de hablar y se volvió hacia Hannah—. ¡Eso fue lo que debió de hacer el miércoles por la mañana! Cuando volví a su coche a coger las llaves, me fijé en que el mando de la puerta del garaje no estaba en la visera.

—Creo que tienes razón. El miércoles por la mañana Max empezó a meter todo en su coche para el viaje, pero no tuvo tiempo de acabar antes de la reunión. Dejó el maletín abierto porque necesitaba recoger el discurso que había mecanografiado Betty. Cuando acabó la reunión, tenía pensado volver aquí y salir para la convención. Pero Max no volvió. La última vez que alguien lo vio fue en su despacho de Cozy Cow. Su rastro se pierde en la lechería.

Andrea puso mala cara.

—Espero que no digas lo que creo que vas a decir.

—Pues sí. —Hannah cerró el garaje e hizo salir a su hermana por la puerta principal de la casa de Max—. No nos queda otra. Tenemos que registrar la lechería.

CAPÍTULO DIECINUEVE

Hannah puso en marcha el Suburban, agarró la bolsa de galletas que siempre llevaba en la parte de atrás y se la lanzó a Andrea.

—Cómete una. Necesitas un poco de chocolate. Hará que te sientas mejor.

—No necesito chocolate. ¡Lo que necesito es un loquero! Un psiquiatra me haría falta para saber por qué acepté esta idea tuya, tan descabellada e idiota... y para... —Andrea dejó de hablar, demasiado nerviosa para seguir. Entonces metió la mano en la bolsa, sacó una galleta y la mordió con furia. La masticó, la tragó y luego suspiró—. Qué buenas están, Hannah.

—Se llaman delicias de cereza bañadas en chocolate. Mamá me dio la idea para la receta cuando me dijo que papá siempre le llevaba cerezas bañadas en chocolate cuando ella se enfadaba con él.

Andrea sacó otra de la bolsa y le dio un buen mordisco.

—¿Estás absolutamente segura de que tenemos que entrar en la lechería?

—Lo estoy. —Hannah giró al final de la carretera de acceso a la casa de Max y entró en el aparcamiento de Cozy Cow.

—¿Y no podríamos intentar llamar a Bill antes?

—Bill está hasta arriba de trabajo —respondió Hannah. Aparcó en el rincón más oscuro del estacionamiento y se volvió a su hermana. Andrea tenía mucho mejor aspecto y las manos ya no le temblaban—. Relájate, Andrea. Max no está dentro. De ninguna manera. A estas alturas, Betty o alguno de los otros empleados lo habrían encontrado. Lo único que vamos a hacer es buscar pistas en su despacho.

—Eso es verdad. —Andrea fue capaz de esbozar una sonrisa dubitativa.

—Entonces, ¿qué? ¿Entras conmigo?

—Lo que seguro que no voy a hacer es quedarme sentada sola en el aparcamiento, ¡no con un asesino suelto! Y no es que estemos cometiendo un allanamiento de morada o algo así. Tú tienes las llaves de Max.

—Así es. —Hannah sabía que no era el momento para recordarle a Andrea que, si tenían esas llaves, era porque habían irrumpido ilegalmente en el garaje de Max—. Llévate las linternas. No quiero encender ninguna luz dentro. Alguien podría verla desde la carretera.

Andrea buscó las linternas en la parte de atrás.

—Vas a deberme un buen montón de galletas por todo esto, Hannah. Que sean las delicias de cereza bañadas en chocolate.

—Trato hecho. —Hannah se hizo con la linterna que le tendía Andrea y se apeó del vehículo. La temperatura había bajado durante la última hora y se estremeció mientras cruzaban el aparcamiento hasta la puerta trasera. Miró las llaves iluminadas por las luces de seguridad y bendijo a Max por haberlas etiquetado.

Seleccionó la que estaba marcada como «Puerta trasera», y estaba a punto de introducirla en la cerradura cuando Andrea ahogó una exclamación.

—¿Qué? —Hannah se dio la vuelta para mirar a su hermana.

—Acaba de ocurrírseme: ¿y si la lechería tiene un sistema de seguridad? Podríamos disparar la alarma.

—¿Bromeas? Un sistema de seguridad para un lugar tan grande como este costaría una fortuna. ¿De verdad piensas que Max se gastaría ese dinero?

—No, seguramente no. —Andrea dejó escapar un audible suspiro de alivio—. Adelante, Hannah. No ha sido más que una ocurrencia.

Hannah no mencionó que ella había pensado lo mismo. Incluso había buscado la fecha de nacimiento de Max en su permiso de conducir. Si había un teclado en el interior de la puerta trasera, tenía intención de marcar los números dos, tres y cuarenta y nueve. Había leído en alguna parte que la mayoría de la gente utilizaba su fecha de nacimiento como código para sus sistemas de seguridad. Si empezaban a sonar las alarmas, volverían corriendo al Suburban y saldrían de allí pitando.

La llave giró, la puerta se abrió y Hannah entró. Ni teclado, ni luces rojas centelleando, ni zumbidos, ni repiqueteos, ni pitidos. Menos mal. No habría sido propio de Max aflojar dinero extra en un sistema de alarma, pero Hannah no había estado segura al cien por cien.

—Vamos, Andrea. —Hannah le hizo un gesto a su hermana—. Su despacho está al final de este pasillo, a la derecha.

Andrea entró con cautela.

—¿Y cómo sabes tú eso?

—Lo recorrí entero cuando estaba en sexto. Vinimos aquí de excursión y Max nos enseñó las instalaciones.

—Pues nosotros no vinimos cuando yo estaba en primaria. —Andrea sonó un poco mosqueada.

—Ya. Acabaron las excursiones justo después de que las hiciera mi curso. Me parece que tuvo algo que ver con Dale Hoeschen. Se tropezó con un caja y casi se cayó dentro de una cuba de nata.

Andrea sonrió. Había mejorado claramente de ánimo.

—Ya sabía yo que había algo de Dale que no me gustaba.

Hannah tomó la delantera por el pasillo y entró en la parte central de la lechería. Era un espacio grande y cavernoso, nada agradable para explorarlo por la noche. Sus linternas eran potentes, pero los dos haces de luz no podían disipar las sombras acechantes. Hannah estaba convencida de que el lugar parecería completamente ordinario si pudieran encender las luces del techo, pero varias hileras de ventanas de ladrillo de vidrio salpicaban la fachada del edificio y no quería correr el riesgo de que alguien que pasara por la autopista se fijara en la luz.

—¿Estás segura de que sabes dónde vas? —La voz de Andrea sonó extrañamente alta en el silencio.

—Eso creo —respondió Hannah—. Tendría que haber otro pasillo... Sí, ahí está. —Hannah apuntó el haz de su linterna a la entrada del segundo pasillo—. El despacho de Max debería ser la segunda puerta a la izquierda. El de Betty es la primera.

Al entrar en el segundo pasillo, Hannah se fijó en que Betty había puesto los horarios de reparto en un tablero de corcho justo en su puerta. Los nombres de los conductores estaban en la lista y sus rutas se marcaban con las horas de cada entrega. El nombre de Ron todavía aparecía con su ruta. Betty debía de estar esperando instrucciones de Max antes de cambiar el nombre del conductor.

El despacho de Max estaba donde Hannah lo recordaba, señalado con un placa de metal con su nombre en la puerta. Hannah la abrió, entró y pasó el haz de luz de su linterna por las paredes. No había ventanas exteriores. Si cerraban la puerta a sus espaldas, podrían encender las luces.

—Entra y cierra la puerta —le dijo Hannah a su hermana.

Andrea entró rápidamente y cerró tras de sí.

—Dios, asusta andar por ahí afuera.

Hannah coincidió con ella. Las rodillas todavía le temblaban ligeramente, pero optó por no darle importancia para no asustar más a su hermana.

—Es solo porque es un espacio inmenso y oscuro. Aquí puedes encender las luces. Seguramente hay un interruptor al lado de la puerta.

—¿Estás segura? —Andrea sonó muy nerviosa.

—Totalmente. Lo he comprobado y no hay ventanas. Nadie verá la luz si mantenemos la puerta cerrada.

Andrea encontró el interruptor que había en la pared y, al momento, una luz intensa inundó el despacho desde una lámpara del techo. Ambas hermanas exhalaron un suspiro de alivio mientras contemplaban el cuarto. El despacho de Max era enorme y estaba decorado con gusto, con una moqueta gris de punta a punta y un tejido de ramio amarillo claro en las paredes. Había varios grabados de flores enmarcados colgados en lugares estratégicos; y el mobiliario tapizado, confeccionado en un dibujo a franjas de coral apagado, verde oscuro y dorado, copiaba los colores de los grabados de flores.

—Es una bonita combinación de colores —comentó Andrea—. Lo único que no va a juego es la silla del escritorio de Max.

Hannah miró la vieja silla giratoria de cuero marrón que estaba detrás del escritorio moderno de ejecutivo.

—Supongo que a Max le importaba más la comodidad que el estilo.

Dos sillas más pequeñas estaban delante del escritorio para las visitas y había una pequeña mesa redonda entre ellas. A un lado del salón había un espacio para conversar y tres puertas: una que era por la que acababan de entrar, otra que Hannah supuso que conectaba con el despacho de Betty y la última, más antigua, tallada con tosquedad, en el centro de la pared del fondo.

—¿Qué es esa puerta? —Andrea señaló la única puerta que no hacía juego con el resto de la decoración.

—Esa lleva a la vieja lechería —le dijo Hannah—, la que aparece en el cuadro que había pintado la madre de Max. Es la puerta original y Max nos habló de ella durante la excursión. Dijo que la antigua lechería era histórica y que decidió conservarla, aunque le costara más caro incorporarla a sus planes de ampliación. La llamó su «contribución a la historia de este mundillo».

Andrea se rio.

—¿Y tú te lo tragaste?

—¿Que si me tragué qué?

—Max no conservó intacta la antigua lechería por su corazón bondadoso. Consiguió una enorme exención de impuestos por preservar un lugar histórico. Lo único que tienes que hacer es conectar una de las paredes originales a la nueva construcción.

—Supongo que no debería sorprenderme. —Hannah negó con la cabeza—. Todo el mundo ha dicho siempre que Max es un astuto hombre de negocios.

Andrea se agachó para tocar la alfombra aterciopelada.

—Max debió de gastarse parte del dinero que se ahorró en impuestos para comprar esta alfombra. Es la más gruesa que confeccionan y caminar por ella es como pisar almohadas. Yo la quería para nuestro dormitorio, pero me pareció que sería muy difícil de mantener en buenas condiciones. Quedan huellas cada vez que la pisas. Y además es espantosamente cara. Por el precio que piden, ya podrían confeccionar algo más fácil de cuidar.

Hannah atisbó una agenda encuadernada en cuero en el aparador que había junto a la puerta y se acercó para hojearla. En el miércoles ponía: «Convención FM». Reconoció la letra de Betty. Había otra nota en la parte de arriba, garabateada con lo que supuso era la letra descuidada de Max. Decía: «Reunión con W».

—Fíjate, Hannah —dijo Andrea con voz apremiante—. ¿Ves todas las huellas que hay en la alfombra?

Hannah bajó la mirada a la alfombra y vio huellas marcadas en el grueso pelaje.

—Eres un genio, Andrea. Si no lo hubieses mencionado, las habría pisoteado. Sígueme y mantente pegada a los lados de la habitación. Veamos si encontramos algunas huellas delante del escritorio de Max.

Sin apartarse de la pared, Hannah avanzó hasta que quedó a la altura de la parte de delante del escritorio de Max.

—¡Ahí! Eso prueba que alguien estuvo aquí con Max.

—Y sabemos que Max estuvo aquí. ¿Ves esas marcas de las ruedas de su silla?

—Las veo —dijo Hannah, y entonces señaló otra serie de huellas—. Pero me preocupan más esas.

Andrea estudió las hendiduras en el pelo de la alfombra.

—Van directas a esa puerta.

—La lechería original. Max debió de llevar allí a su visitante. Más vale que lo comprobemos.

—¿Y por qué iba a llevar a alguien ahí?

—Nos dijo que la utilizaba para almacenar papeles antiguos —explicó Hannah—. Vamos, veamos si está abierto.

Con Andrea pegada a sus talones, Hannah abrió la puerta y encontró el interruptor de la luz. Hizo un gesto hacia los estantes de archivadores que forraban las paredes del pequeño edificio de ladrillo.

—Supongo que todavía lo utiliza como almacén.

—¿Es esa la caja de caudales originales? —Andrea señaló la antigua caja fuerte de un rincón.

—Debe de serlo. Parece antigua. —Hannah se acercó para examinar la puerta de la caja. Estaba abierta de par en par, pero no parecía dañada—. Max debió de abrirla por alguna razón.

Mientras Hannah revisaba el contenido, no paraba de hablar para que Andrea supiese qué estaba haciendo.

—No hay rastro de robo ni nada por el estilo. Aquí hay un fajo de efectivo y un joyero. —Hannah lo abrió y miró dentro—. Hay un par de gemelos de oro. Parecen antiguos. Tal vez pertenecían al abuelo de Max. Y un antiguo reloj de bolsillo y un anillo de diamante masculino. Y un Rolex. Este debe de ser más reciente. No creo que sea de cuando vivía el padre de Max. No he visto que hubiera ninguna caja fuerte en casa de Max, así que supongo que es aquí donde guarda sus objetos de valor personales.

Le llamaron la atención unos cuantos documentos grapados que había en uno de los estantes, y Hannah los levantó.

—Aquí está el discurso que Betty mecanografió para Max, encima de estas carpetas. Max debió de recogerlo de la mesa de Betty antes de venir aquí.

Hannah dejó el discurso a un lado y abrió una de las carpetas. Contenía documentos legales que parecían contratos de préstamo. Al leer el nombre se le abrieron los ojos de par en par.

—He encontrado los documentos del préstamo que firmaron los padres de Norman. Les han puesto el sello de «Saldado» y los han firmado con las iniciales de Max. Espera un momento y déjame echar un vistazo a algunas de estas carpetas. Quiero ver si hay alguien más que conozca.

Luego, tras mirar el contenido de otra carpeta, dijo:

—Aquí hay uno de Frank Birchum. Y sus documentos llevan el sello «Ejecutado». Los Birchum se marcharon de aquí hará unos seis años, ¿no?

Andrea no respondió y Hannah frunció el ceño.

—¿Andrea? Tú conocías a los Birchum, ¿no? Vivían al lado del parque de bomberos, y Frank era el dueño del almacén de madera, antes de que los Hedin se lo quedaran. ¿Te acuerdas de cuándo se fueron de la ciudad?

Tampoco hubo respuesta y Hannah se dio la vuelta para ver qué hacía su hermana. Andrea estaba cerca de la puerta y parecía petrificada. En sus ojos había aparecido una mirada vidriosa y miraba hacia el rincón más alejado del cuarto.

—¿Andrea? —Hannah se acercó y agarró a su hermana del brazo. Lo sacudió suavemente, pero Andrea no pareció percatarse—. Me estás asustando, Andrea. ¡Háblame!

Pero Andrea no abrió la boca. Se estremeció y siguió mirando al rincón alejado con una expresión de horror en la cara. Hannah se dio la vuelta y trató de buscar aquello que estaba asustando tanto a su hermana. No era de extrañar que Andrea se hubiera quedado sin palabras. ¡Dos pies asomaban de detrás de uno de los estantes de archivadores!

—No te muevas. —Hannah se dio cuenta de lo innecesario del aviso, pero no se le ocurrió otra cosa que decir—. Yo voy a ver.

Aunque Hannah ya se esperaba lo peor, lo que vio no dejó de conmocionarla. Era Max, boca arriba, con un orificio, muy similar al que había visto en la camisa de la lechería Cozy Cow de Ron, en el centro de su pecho. Tenía los ojos completamente abiertos, mirando a la nada, igual que Ron.

Max estaba muerto. A Hannah no le hacía falta un médico que se lo certificara. La sangre en su camisa se había secado del todo y Hannah supuso que llevaba muerto cierto tiempo, seguramente desde poco después de su reunión el miércoles por la mañana.

Hannah volvió junto a su hermana y la agarró del brazo. No había forma fácil de decírselo.

—Es Max y está muerto. Vamos a buscar a Bill.

—Bill. —Andrea se las apañó a duras penas para pronunciar su nombre.

—Eso es. Venga, Andrea. Vamos al escenario del accidente y allí lo encontraremos. ¿Y Tracey? ¿Tienes que ir a casa con ella?

Andrea negó con la cabeza. Fue un movimiento espasmódico, casi mecánico, pero a Hannah la alivió. Al menos estaba reaccionando.

—Con Lucy. Esta noche. En la granja.

—Bien. —Hannah entendió lo que Andrea intentaba decir. Lucy Dunwright era amiga de Andrea, y su hija, Karen, tenía la edad de Tracey. Tracey pasaría la noche con Karen en la granja familiar.

Hannah miró hacia la caja fuerte y tomó otra de sus decisiones sobre la marcha, de esas que con frecuencia la metían en líos. Estaba en la escena de un crimen y todos los documentos de Max se considerarían pruebas. Hannah sabía que no debía tocar nada, pero Norman le había dicho lo mucho que se avergonzaría su madre si alguien descubría los documentos del préstamo que habían firmado con Max. Ese préstamo había sido saldado hacía más de cinco años. La fecha constaba en los papeles. No tenía nada que ver con el crimen y no había ninguna razón por la que alguien más debiera enterarse.

Hannah solo tardó un segundo en hacerse con la carpeta y meterla en la delantera de su chaqueta. Entonces recogió su linterna y fue a tomar a Andrea de la mano.

—Anda, Andrea, nos vamos ya.

Andrea estaba conmocionada y, cuanto antes salieran de allí, mejor. Hannah tiró de ella hasta el despacho de Max y la condujo alrededor del perímetro de la alfombra hasta salir por la puerta. Rehicieron el camino por el que habían venido, cruzando el gran espacio abierto y saliendo por la puerta trasera. Hannah condujo a su hermana al Suburban y abrió la puerta del pasajero. Ayudó a Andrea a entrar, dio la vuelta y se sentó al volante.

—Cómete otra galleta, Andrea. —Hannah dejó caer la bolsa sobre el regazo de su hermana—. Te sentará bien.

Andrea metió la mano en la bolsa y sacó una galleta. La miró fijamente por un instante y le dio un mordisco. Hannah puso el motor en marcha y salió del aparcamiento, giró para entrar en la autopista y enfiló hacia la interestatal. No debería costarle encontrar a Bill. Oía las sirenas a lo lejos y lo único que tenía que hacer era encaminarse hacia el sonido.

Habían recorrido unos ocho kilómetros cuando Andrea emitió una extraña risotada. Hannah se volvió para mirarla y estiró la mano para darle unas palmaditas en el brazo.

—Tranquilízate, Andrea. Ya veo luces centelleando. Estaremos ahí en un momento.

Andrea asintió, y luego volvió a emitir el mismo sonido. Hannah se dio cuenta de que era una risa sofocada y, mientras escuchaba, se convirtió en una risa bastante normal.

—¿Qué pasa, Andrea? No te me estarás poniendo histérica, ¿verdad que no?

—No. —Andrea volvió a reírse—. Me siento mucho mejor. Detesto reconocerlo, pero quizá tienes razón. Podría ser por el chocolate.

—El chocolate sienta bien. —Hannah volvió a repetir su teoría de cómo la cafeína y las endorfinas del chocolate calmaban los nervios, intensificaban la conciencia y proporcionaban una sensación de bienestar. Y en ese momento sus pensamientos se volvieron hacia Bill y lo furioso que se pondría cuando le dijeran que habían irrumpido en casa de Max, registrado la lechería y hallado su cadáver.

—¿Andrea? —Hannah se volvió hacia su hermana—. Creo que me hace falta una dosis de mi propia medicina. Pásame una de esas galletas.

Delicias de cereza bañadas en chocolate

Precaliente el horno a 175 °C,
con la rejilla en la posición intermedia.

225 g de mantequilla
400 g de azúcar blanco
2 huevos
1/2 cucharadita de levadura en polvo
1/2 cucharadita de bicarbonato
1/2 cucharadita de sal
2 cucharaditas de vainilla
115 g de cacao en polvo
390 g de harina *(sin tamizar)*
570 g de cerezas al marrasquino *
170 g de pepitas de chocolate
150 g de leche condensada

Derrita la mantequilla e incorpore el azúcar. Deje enfriar la mezcla y añada los huevos. Mézclelo bien y añada la levadura, el bicarbonato, la sal, la vainilla y el cacao, removiendo después de agregar cada ingrediente. Añada la harina y mezcle. *(La masa quedará rígida, con tendencia a desmenuzarse.)*

Escurra las cerezas y quite los tallos. Reserve el jugo.

Con los dedos, forme bolas del tamaño de una nuez. Colóquelas sobre bandejas para galletas engrasadas (en una de tamaño estándar caben 12). Presiónelas en el centro con el pulgar para formar una hendidura profunda. (*Si los inspectores de sanidad andan cerca, ¡utilice una cucharilla!*). Coloque una cereza en cada hendidura.

Ponga las pepitas de chocolate y la leche condensada en un cuenco al baño maría. Caliéntelo a fuego lento hasta que las pepitas se fundan. (*Si lo hace en el microondas, compruébelo a menudo para evitar que se endurezca.*)

Añada aprox. 30 ml del jugo de cereza reservado y remueva bien. Si el glaseado es demasiado espeso, añada más jugo en pequeñas cantidades. (*Compruébelo con una cucharilla. Si no gotea, es demasiado espeso.*)

Con una cuchara vierta glaseado en el centro de cada galleta para cubrir la cereza sin que se derrame por los lados.

Hornee a 175 °C de 10 a 12 minutos. Déjelas enfriar en las bandejas durante 2 minutos y luego páselas a una rejilla para que acaben de enfriarse.

* Si no le gustan las cerezas, use trocitos de piña escurridos, y el zumo para diluir el glaseado. También puede utilizar mitades de nueces pecanas o de macadamia y diluir el glaseado con café o agua fríos. Si no tiene nada que poner encima, vierta la mezcla de chocolate en las hendiduras. Quedará delicioso.

Cantidad: de 80 a 90 galletas, dependiendo del tamaño de las galletas.

Debería haber una bandeja de estas galletas en la consulta de todo psiquiatra: dos delicias de cereza bañadas en chocolate sacarán a cualquiera de una depresión.

CAPÍTULO VEINTE

Hannah sirvió dos copas de vino frío de la garrafa verde que tenía en la parte baja de la nevera y las llevó a la sala de estar. Su hermana estaba sentada en el sofá, todavía inquieta, pero había recuperado el color en las mejillas. Moishe se había acomodado en sus brazos y Hannah lo oía ronronear mientras Andrea le acariciaba distraídamente la cabeza. Su felino era asombroso. Parecía percibir que Andrea necesitaba consuelo y se esforzaba por imitar a un gato cariñoso. Hannah le dio una copa a Andrea y dijo:

—Toma. Bébetelo.

—¿Qué es? —Andrea miró con suspicacia la alargada copa.

—Vino blanco. No me preguntes la marca. Estoy segura de que no la conoces.

Andrea asió la copa e hizo girar el líquido con mano experta.

—Tiene cuerpo.

Entonces dio un pequeño sorbo.

—Ligero y un tanto afrutado con un fondo de roble. No es un Chardonnay auténtico, pero es muy interesante. Me gusta.

Hannah sonrió y se guardó sus comentarios para sí. Si Andrea supiera que el vino procedía del súper CostMart de Lake Eden y que los casi cuatro litros apenas suponían una merma en un billete de diez dólares, hubiera concluido que era puro vinagre.

—Creo que es nacional. —Andrea dio otro sorbo—. ¿Me equivoco?

Hannah pensó que era hora de cambiar de tema.

—Estuviste increíble con Bill. Todavía no me creo que no esté enfadado conmigo.

—Bill no soporta verme llorar. —Andrea esbozó una sonrisa vanidosa—. Se viene abajo en cuanto mis labios empiezan a temblar.

—¿Y eres capaz de hacer que tiemblen cuando quieres?

—Por descontado. —Andrea amplió su sonrisa—. Aprendí a temblar justo después de que mamá me comprara el primer sujetador. Siempre funciona con los chicos.

—Eres asombrosa —dijo Hannah con auténtica admiración porque, gracias a este talento, Andrea había conseguido evitar el sermón que ambas se habían merecido.

Hannah había hecho cuanto había podido para explicarle a Bill lo que había pasado. Le había contado que estaban tan preocupadas por Max que por eso fueron a ver. Y entonces, al encontrar el Cadillac de Max a medio preparar para su viaje a la Convención Triestatal de Fabricantes de Mantequilla, no les había quedado más remedio que utilizar su llave para entrar y registrar su despacho en la lechería, el último lugar donde alguien lo había visto.

Pero la explicación no había colado del todo. Bill había estado molesto porque Hannah había arrastrado a su mujer a una situación potencialmente peligrosa. Pero Hannah le había planteado una pregunta: ¿no era una suerte que hubieran encontrado el cadáver de Max antes de que el rastro se hubiera perdido?

Bill, a desgana, se había mostrado de acuerdo, pero había impuesto ciertas reglas. La próxima vez que Hannah decidiera seguir una pista, primero tenía que contársela a él. Hannah así se lo prometió, con toda sinceridad. Encontrar dos cadáveres era más que suficiente para una vida entera. Pero entonces Bill había empezado a hacer preguntas sobre por qué exactamente no habían ido a la escena del accidente a buscarle antes, y fue entonces cuando Andrea había puesto sus labios a temblar. Con solo echar una mirada al semblante casi lloroso de Andrea, Bill se había enternecido. Había abrazado a Andrea y le había dicho que se pasaría más tarde por el apartamento de Hannah para llevarla a casa. Y entonces le había asegurado que no estaba enfadado con ella ni con Hannah.

—Moishe es un amor. —Los dedos de Andrea se desviaron hacia el punto sensible detrás de la oreja de Moishe y este ronroneó aún más fuerte—. Es asombroso que se haya domesticado tanto, teniendo en cuenta el tipo de vida que llevaba antes. Se ha sentado aquí y se ha puesto a ronronear. No sabía que fuera tan dulce.

Hannah no iba a contarle a Andrea cómo se comportaba Moishe cuando cazaba. Dudaba que los ratones o los pajarillos compartieran su opinión.

—Tengo que hablar contigo del señor Harris, Andrea. ¿Dijiste que estaba esperando en la finca de Peterson cuando llegaste allí el miércoles por la mañana para enseñársela?

—Así es. Quedamos a las nueve y media, pero dijo que había llegado mucho antes. —Andrea se lo pensó un momento y entonces abrió mucho los ojos—. ¿Crees que pudo haber visto algo?

Hannah se encogió de hombros.

—Eso depende de la hora a la que llegara. No te dijo que conociera a Max ni a Ron, ¿no?

—No. Dijo que no conocía a nadie de allí... —Andrea se calló y miró a Hannah al caer en la cuenta—. ¿Crees que el señor Harris mató a Max y a Ron?

—El marco temporal encaja, pero el señor Harris, por lo que sabemos, no tiene ningún móvil. Desde luego, me gustaría hablar con él. No tendrás el número de teléfono de su casa, ¿verdad?

—Claro que sí. Como agente inmobiliaria que soy, siempre llevo encima los números de mis clientes. Acércame el bolso. No quiero molestar a Moishe.

Hannah fue a recoger el bolso de la silla que había junto a la puerta y se lo dio a Andrea. Cuando su hermana lo abrió, Hannah admiró cómo estaba organizado el interior. El maquillaje de Andrea estaba en una bolsa transparente de manera que podía encontrar fácilmente lo que buscara, las llaves las llevaba sujetas a una cinta de cuero y el monedero estaba metido en una funda de cuero a un lado. Incluso había una bolsa interior para las gafas que Andrea necesitaba para leer, pero se negaba a ponerse.

Andrea metió la mano en otro compartimento y extrajo una pequeña agenda. La hojeó hasta la página correspondiente y se la pasó a Hannah.

—Aquí lo tienes. No irás a llamarlo ahora, ¿verdad?

—No hay mejor momento que el presente.

—Pero es casi medianoche. ¿Qué le vas a decir?

—Todavía no lo sé, pero ya se me ocurrirá algo. —Hannah descolgó el teléfono—. Tranquila, no mencionaré tu nombre.

Mientras marcaba el número, Hannah se planteó sus opciones. El señor Harris sería más propenso a darle información si ella se presentaba con algún tipo de credencial. Podía decir que era una periodista del *Lake Eden Journal*, aunque eso podía resultar contraproducente. Si el señor Harris tenía algo que ocultar, sencillamente colgaría ante cualquiera que dijera trabajar para el diario de la ciudad. Al empezar a escuchar los tonos de llamada, Hannah tomó una decisión sobre la marcha. El señor Harris no se atrevería a colgar a la policía.

—Diga.

La voz al otro lado de la línea sonó aturdida, como si lo hubiera despertado. Hannah hizo cuanto pudo para sonar oficial.

—¿Señor Harris? Lamento si lo he despertado, pero soy la señorita Swensen, de la comisaría del *sheriff* del condado de Winnetka. Estamos investigando un crimen que se produjo en la lechería Cozy Cow el miércoles por la mañana, entre las seis y cuarto y las ocho. Nos gustaría saber si usted vio algo que pudiera estar relacionado con el crimen. Tengo entendido que estaba en la zona a esas horas, ¿no es así?

—Sí, así es. ¿Qué sucedió?

Hannah sonrió. El señor Harris parecía dispuesto a colaborar.

—No puedo darle los detalles, pero necesito saber a qué hora llegó a Lake Eden y qué vio mientras estuvo allí.

—Déjeme pensar. Llegué a Lake Eden a eso de las siete menos cuarto y fui directo a la granja de Peterson. Sí que vi algo que me pareció raro, pero no estoy seguro de que les sirva de nada.

—Cuéntemelo en todo caso, señor Harris. —Hannah mantenía su tono de voz profesional.

—Al acercarme a la lechería, un coche salió del camino de acceso. El conductor tenía mucha prisa. Patinó sobre la línea central y tuve que dar un volantazo para esquivarlo.

—Ha dicho «el conductor», señor Harris. ¿Era un hombre?

—No estoy seguro. De hecho, no llegué a verlo. Llevaba la visera para el sol bajada.

—Muy bien —Hannah tomó el cuaderno y un bolígrafo que había en la mesita y escribió una nota—. ¿Podría describir el coche?

—Era un pequeño compacto negro con una pegatina de alquiler en la luna. La pegatina era blanca con letras rojas, pero no vi el nombre de la empresa. Yo siempre utilizo Hertz. A mi empresa le hacen un precio especial.

—¿Es que no tiene coche propio, señor Harris? —Hannah le hizo un guiño a Andrea. Su pregunta no tenía nada que ver con la investigación, pero quería saber si le había contado la verdad a Andrea.

—Tengo un Jaguar *vintage,* pero prefiero no conducirlo fuera de la ciudad. Y, no le quepa duda, ¡me alegro de no haberlo sacado el miércoles! El otro conductor estuvo a punto de chocar conmigo. Ojalá el *marshall* Beeseman hubiera estado allí para ponerle una multa.

Hannah alzó las cejas y tomó otra nota.

—¿Conoce al *marshall* Beeseman?

—Sí. Vio mi coche aparcado delante de la casa de Peterson y se acercó a preguntarme qué hacía allí.

Hannah escribió el nombre de Herb.

—¿A qué hora fue eso, señor Harris?

—Un par de minutos pasadas las ocho. Estaba escuchando la radio y acababan de empezar las noticias de las ocho.

—Nos ha sido de mucha ayuda, señor Harris. —Hannah se volvió para hacerle otro guiño a Andrea antes de formular la última pregunta—: Tal vez no tenga nada que ver con nuestro caso, pero ¿podría decirme por qué decidió no comprar la finca de Peterson?

Por un momento, Hannah pensó que el señor Harris no le respondería, pero entonces se aclaró la garganta.

—Mi novia dijo que quería vivir en el campo, pero rompió nuestro compromiso el martes por la noche. Por eso fui a Lake Eden tan temprano. No podía dormir y decidí que si me ponía a conducir me sentiría mejor. Supongo que tendría que haberle dicho a la señora Todd la razón por la que decliné comprar la casa, pero, la verdad, no me apetecía hablar del tema.

—Eso es muy comprensible. —Hannah apuntó una nota en su cuaderno y se la pasó a Andrea—. Gracias, señor Harris. Le agradecemos su colaboración.

Andrea esperó a que Hannah hubiera colgado y luego señaló la nota.

—¿El señor Harris iba a comprar la casa de Peterson para su novia?

—Eso es lo que ha dicho. Ella rompió el compromiso el martes por la noche. La habrías vendido si hubiera mantenido el compromiso solo un día más.

—Oh, vaya. A veces se gana y otras se pierde. —Andrea se encogió de hombros y se acabó lo que quedaba del vino—. Después de todo lo que he pasado esta noche, creo que me merezco otra copa de vino. Es bueno de verdad, Hannah. Al principio no estaba segura, pero está claro que tiene sustancia. Te queda más, ¿no?

Hannah fue a buscar otra copa de vino Château con Tapón de Rosca para su hermana. Si Andrea quería emborracharse un poco, Hannah no iba a impedírselo. Solo esperaba que cuando Bill llegara, este no tuviera que echársela al hombro como un saco de patatas para bajarla por las escaleras.

Hannah no pasó una noche tranquila, ni de lejos, y cuando el despertador sonó a las seis a la mañana siguiente, se sentía como si acabara de cerrar los ojos. Sus sueños habían estado plagados de orificios de bala, sangre y piernas rígidas y frías asomando como tablones por detrás de sofás, sillas y estanterías. Incluso había aparecido una vaca en sus sueños, un ejemplar de raza Guernsey inmenso, un bicho asesino que la había perseguido saltando vallas y sorteando burbujeantes cubas de nata.

Hannah gruñó y se incorporó en la cama. El deber la llamaba. Tenía que hornear las blancas y negras para la jornada de puertas abiertas del departamento del *sheriff*.

Mientras entraba silenciosamente en la cocina, tratando de no tropezar con Moishe, que se había lanzado a sus tobillos para una sesión de roces matutinos, se preguntó por el nuevo inspector que había llegado desde Minneapolis. ¿Aprobaría el modo en que Bill llevaba el caso de doble homicidio? A todas luces, el *sheriff* Grant se había quedado impresionado con él. Según Bill, había organizado una entrevista el mismo día que había llegado su solicitud por correo.

—Aquí tienes el desayuno, Moishe. —Hannah echó bocados crujientes secos en el cuenco de Moishe y le dio un poco de agua. Luego se acercó dando tumbos a la cafetera y se sirvió su primera taza. Debía de ser una adicta a la cafeína. De verdad que no podía funcionar sin una taza que la despertara, o incluso tres, por la mañana. Solo esperaba que la FDA y el zar antidroga del presidente no la convirtieran en una delincuente si clasificaban el café como droga.

Algunos días era más fácil funcionar con el piloto automático. Hannah no quería espabilarse hasta el punto de que pudiera darse cuenta de lo muy cansada que estaba. Se tomó de un trago solo una taza del líquido hirviente, lo bastante para no quedarse dormida y ahogarse en la ducha, y luego volvió a su dormitorio para prepararse para el trabajo. Cuando se hubo duchado y vestido, salió y vertió el resto del café en el termo de gran tamaño que Bill le había regalado para Navidad. Rellenó de nuevo el cuenco de comida de Moishe, agarró la chaqueta y las llaves y salió al tiempo gélido que precedía al alba.

La ráfaga de aire frío que recibió a Hannah le hizo abrir los ojos del todo. Exhalaba el aliento en vaharadas blancas y se estremeció de frío al bajar por la escalera exterior del garaje. Iba siendo hora de sacar toda su ropa de invierno.

El garaje estaba vacío, los coches alineados en hileras uniformes contra las paredes de hormigón pintadas. Hannah corrió a su Suburban y saltó dentro; tuvo que intentar arrancar más de dos veces antes de que se pusiera en marcha. También iba siendo hora de empezar a utilizar el calentador eléctrico de arranque de la camioneta.

La calefacción se encendió casi a la vez que ella giró para entrar en Old Lake Road. Hannah tendió la mano y movió las pestañas de los dos conductos de ventilación para dirigir el aire caliente hacia su lado del vehículo. Mientras bajaba por la oscura carretera, encendió la radio, y las increíblemente animadas voces de Jake y Kelly, el alocado dúo que presentaba «Las noticias de la madrugada y cuarto» en la KCOW, asaltaron sus oídos. Cambió a los compases suaves de la WEZY y pensó en los peculiares indicativos de las emisoras de Minnesota. Si la emisora estaba al este del río Mississippi, los indicativos empezaban con una W. Si estaba al oeste del río, los indicativos empezaban por una K. Era igual para los canales de televisión. Todo lo controlaba la FCC, la Comisión Federal de Comunicaciones. Hannah se preguntó qué harían los burócratas si una emisora construía un puente sobre el Mississippi e instalaba su transmisor en el medio.

Apartando deliberadamente la mirada de la lechería al pasar por delante, Hannah se dirigió a la ciudad. De ningún modo quería que le recordaran el cuerpo sin vida de Max tan temprano por la mañana. Divisó a Herb Beeseman a una manzana de su tienda y lo detuvo con una seña. Lo sobornó con el resto de las delicias de cereza bañadas en chocolate a cambio de información, y así corroboró que había hablado con el señor Harris en la granja de Peterson a las ocho el miércoles por la mañana.

Hannah se detuvo en su plaza de aparcamiento a las siete menos cuarto. Después de haber cerrado el vehículo, enchufó el calentador para el arranque y abrió la puerta trasera de la tienda. El aroma dulzón e intenso del chocolate la recibió, y Hannah empezó a sonreír. Después del café, el del chocolate era su segundo aroma favorito.

Tras encender las luces y los hornos, ponerse el gorro y lavarse las manos en el fregadero, Hannah sacó un cuenco de mezclar. Tenía que preparar un lote de muestra de galletas dulces a la antigua para la mujer que se había encargado del *catering* en la fiesta de los Woodley.

Hannah se sirvió una taza de café del termo que había traído de casa y releyó la receta mientras ingería más cafeína. Preparar masa de galleta era algo que nunca hacía con el piloto automático. Lo había intentado una vez y se le había olvidado un ingrediente que era esencial en toda galleta: el azúcar.

Cuando la masa estuvo lista, Hannah la cubrió con film de plástico y la metió en su cámara de frío. La masa para las blancas y negras se había enfriado del todo, así que tomó un cuenco y lo llevó a la mesa de trabajo. Acababa de amasar las suficientes bolas de masa para dos bandejas de galletas cuando Lisa entró por la puerta de atrás.

Hannah miró el reloj. Eran solo las siete y media y Lisa no entraba hasta las ocho los sábados.

—Hola, Lisa. Te has adelantado media hora.

—Lo sé. Se me ocurrió que podrías necesitar algo de ayuda con los clientes esta mañana. Estaremos hasta arriba.

—¿Ah, sí?

—No te quepa duda. Vendrán todos a sonsacarte información sobre Max.

Las cejas de Hannah se alzaron por la sorpresa.

—¿Y tú cómo te has enterado tan pronto?

—Estaba escuchando el programa de Jake y Kelly, y dijeron que Max había muerto. Esos tipos están locos. Se pusieron a contar unos chistes pésimos de vacas y decían que eran un homenaje a Max.

—¿Chistes malos de vacas? —Hannah interrumpió el trabajo de pasar las bolas de masa por azúcar glas y levantó la mirada.

—Sí, ya sabes... —explicó Lisa mientras colgaba su chaqueta en el gancho que había junto a la puerta—. «¿Por qué el granjero Brown se compró una vaca negra? Porque quería batidos de chocolate». Ese era el mejor de los que contaron. Los demás eran tan malos que ni siquiera me acuerdo de ellos. ¿Quieres que prepare el café y ponga las mesas en la tienda?

Hannah asintió e introdujo las dos primeras bandejas de galletas en los hornos. Puso el temporizador para doce minutos y volvió a la mesa de trabajo para seguir formando bolas. Lisa tenía razón. Si Jake y Kelly habían hablado de Max Turner en su programa, The Cookie Jar tendría una avalancha de clientes esta mañana. Y cuando se supiera la noticia de que había sido ella la que había encontrado el cadáver de Max, no habría sitio ni de pie. Hannah suspiró mientras seguía pasando bolas de masa por azúcar glas. Si alguna vez tenía la mala suerte de encontrar un tercer cadáver, seguramente tendría que comprar el edificio contiguo para ampliar el negocio.

Galletas dulces a la antigua

No precaliente el horno todavía,
la masa debe enfriarse antes del horneado.

450 g de mantequilla
250 g de azúcar glas (*sin tamizar*)
200 g de azúcar blanco
2 huevos
2 cucharaditas de vainilla
1 cucharadita de ralladura de limón
   (*opcional*)

1 cucharadita de bicarbonato
1 cucharadita de cremor tártaro (*¡crucial!*)
1 cucharadita de sal
550 g de harina (*sin tamizar*)
100 g de azúcar blanco en un pequeño
   cuenco (*para más tarde*)

Derrita la mantequilla. Añada los azúcares y mezcle. Déjelo enfriar a temperatura ambiente e incorpore los huevos de uno en uno. Luego añada la vainilla, la ralladura de limón, el bicarbonato, el cremor tártaro y la sal. Mézclelo bien. Añada la harina en pequeñas cantidades, removiendo mientras va incorporándola.

Enfríe la masa durante al menos 1 hora. *(También puede dejarla enfriar toda la noche.)*

Cuando vaya a hornear las galletas, precaliente el horno a 165 °C, con la rejilla en la posición intermedia.

Con las manos, haga bolas de masa del tamaño de una nuez. Páselas por el cuenco de azúcar blanco. *(Mezcle 2 partes de azúcar blanco por 1 de azúcar de colores para celebrar días festivos: verde para el Día de San Patricio, rojo y verde para Navidades, multicolor para los cumpleaños...)* Colóquelas en bandejas para galletas engrasadas (en una de tamaño estándar caben 12). Aplaste las bolas de masa con una espátula engrasada.

Hornee a 165 °C entre 10 y 15 minutos. *(Deberían adquirir un matiz dorado en la parte superior.)* Déjelas enfriar en las bandejas durante 2 minutos y luego pase las galletas a una rejilla hasta que se enfríen del todo.

Pueden comerse tal cual o, en ocasiones especiales, decoradas con un glaseado repartido con una manga pastelera.

Las serví en el acto de recaudación de fondos para la coral, decoradas con un glaseado de caramelo en forma de notas musicales (¡las críticas fueron muy elogiosas!).

Cantidad: de 90 a 120 galletas, dependiendo del tamaño de las galletas.

CAPÍTULO VEINTIUNO

Cuando sonó el teléfono, Hannah acababa de pasarle el testigo a Lisa con el horneado y se había servido una taza de café.

—Tiene que ser mi madre. Es la única que me llama a estas horas de la mañana.

—¿Quieres que conteste yo? —se ofreció servicial Lisa, aunque tenía las manos cubiertas de azúcar glas.

—No, solo retrasaría lo inevitable. —Hannah levantó el aparato y dio su respuesta estándar—. The Cookie Jar. Soy Hannah.

—Me alegro tanto de haberte pillado, cariño. Les prometí a las chicas que probaría. ¿Tienes algún compromiso para el segundo martes de diciembre?

Hannah estiró el cable telefónico, se acercó a su calendario y pasó las hojas hasta diciembre. Nadie reservaba tan pronto, y Hannah sabía que su madre simplemente estaba buscando información sobre Max Turner.

—Estoy libre, mamá.

—Muy bien. Me he hecho miembro de un grupo nuevo.

—Me alegro. —Hannah dio la respuesta esperable. En realidad debería haberse mostrado más agradecida. Delores se había aficionado a unirse a grupos desde que había muerto el padre de Hannah, y sus grupos siempre contrataban a Hannah para que se encargara de los refrigerios.

—¿Cómo se llama este grupo, mamá?

—Sociedad de Confección de Quilts de Lake Eden, cariño. Se reúnen cada dos martes en la trastienda de Tejidos Trudi.

Hannah anotó obedientemente la información, aunque estaba desconcertada. Por lo que sabía, su madre nunca había cogido una aguja en su vida.

—¿Es que ahora te ha dado por coser, mamá?

—¡No lo quiera Dios! Encontré un par de bastidores para confeccionar *quilts* en una subasta el mes pasado y me premiaron haciéndome miembro honoraria. Solo voy para hacer amistades.

—¿En cuántos grupos estás ahora, mamá?

—En doce. Cuando murió tu padre, Ruth Pfeffer me dijo que me convenía desarrollar intereses fuera de casa. No hago más que seguir su consejo.

—¿Y te tomas en serio el consejo de Ruth? —Hannah se quedó pasmada. Ruth Pfeffer, una de las vecinas de su madre, se había ofrecido voluntaria como asesora de duelo en el centro comunitario después de hacer un curso de solo dos créditos en la facultad pública—. Ruth no es más que una tontaina, como tú misma dijiste, y no está preparada para asesorar a nadie. ¡Si hasta me sorprende que no te sugiriera que te inmolaras como las viudas indias!

Delores se rio.

—Tienes razón, cariño. Pero eso es ilegal, incluso en India.

—Muy bien, mamá —la halagó Hannah. De vez en cuando aparecía el sentido del humor de Delores, y eran los momentos en que mejor le caía a Hannah—. ¿Qué clase de galletas queréis?

—¿Qué te parecen esas delicias de cereza bañadas en chocolate? Andrea me ha dicho que son fabulosas.

Hannah lo anotó y entonces se percató de lo que acababa de decir su madre. Andrea había probado esas galletas por primera vez anoche. Si se las había mencionado a Delores, había tenido que ser esta misma mañana temprano.

—¿Has llamado a Andrea esta mañana, mamá?

—Sí, cariño. Hemos mantenido una agradable charla. A decir verdad, acabamos de colgar.

Hannah abrió los ojos de par en par. Su hermana no era muy madrugadora.

—¿Has llamado a Andrea antes de las ocho?, ¿un sábado?

—Pues claro que sí. Quería asegurarme de que estaba bien. La pobre sonaba espantosamente. Me ha dicho que la cabeza todavía le daba vueltas por esa horrenda migraña.

Hannah empezó a sonreír. No era raro que a Andrea le diera vueltas la cabeza. Se había ventilado cuatro copas de ese «vinito tan rico» antes de que Bill fuese a recogerla para llevársela a casa.

—Tengo prisa, mamá. Es tarde y debo prepararlo todo para abrir la tienda.

—Esta mañana no abres hasta las nueve. ¿Has oído lo de Max Turner? Escuché por la radio que había muerto.

Hannah puso los ojos en blanco y miró a Lisa, que contenía la risa ante los intentos de su jefa de poner fin a la conversación.

—Eso es verdad, mamá.

—Sé que no está bien hablar mal de los difuntos, pero Max se hizo un montón de enemigos aquí, en Lake Eden. No creo que nadie vaya a derramar lágrimas por él.

—¿De verdad? —Hannah creía que sabía a qué se refería exactamente su madre, pero quería oírselo decir a Delores—. ¿Y por qué?

—No era buena persona, Hannah. No quiero que repitas lo que te voy a decir, pero me han contado que varias familias perdieron sus hogares por culpa de Max Turner.

—¿De verdad? —Hannah hizo cuanto pudo para que pareciera la primera vez que lo había oído.

—Era un... —Delores hizo una pausa y Hannah supo que su madre buscaba la palabra apropiada—. ¿Cómo se llama esa gente que presta dinero a un interés altísimo?

—Un usurero.

—Eso es. Tienes un vocabulario espléndido, cariño. Creo que se debe a lo mucho que leías de niña. Me pregunto qué será ahora de esos préstamos.

—No lo sé —contestó Hannah, tomando nota mental para preguntarle a Bill si había encontrado algún documento de préstamo actual en la pila de carpetas que había confiscado de la caja fuerte de Max. Pero esos archivos solo servirían para eliminar sospechosos. Si Max había sido asesinado por un préstamo actual, su asesino se habría llevado los documentos.

—Ya he recibido cuatro llamadas esta mañana sobre Max —la informó Delores—. La ciudad entera no habla de otra cosa, y todo el mundo tiene algo que contar.

Eso dio a Hannah una idea y empezó a sonreír. Delores pertenecía a una docena de grupos y se enteraba de todos los cotilleos. ¿Y si su madre oía algo sobre un préstamo que había hecho Max de un nombre que no salía en los archivos que Bill había sacado de la caja fuerte? Esa persona bien podría ser el asesino de Max.

—¿Me harías un favor, mamá?

—Claro, cariño. ¿De qué se trata?

—Mantén las orejas abiertas y llámame si sabes de alguien que hubiera hablado de negocios con Max. Es importante. Tengo que saberlo.

—Muy bien, cariño. Estoy segura de que habrá habladurías, siempre las hay. Aunque no veo por qué es tan importante... —Delores se interrumpió y Hannah la oyó ahogar una exclamación—. En la radio no han dado detalles sobre la muerte de Max. ¿Es que fue asesinado?

Hannah gruñó. Había veces en que Delores era demasiado perceptiva para lo que le convenía a su hija.

—Se supone que no puedo decir nada al respecto. Podría costarle el ascenso a Bill.

—En ese caso, no soltaré palabra. Cuenta conmigo, Hannah. Jamás haría nada que perjudicara la carrera de Bill. ¡Pero va a matarme no poder contárselo a Carrie!

—Lo sé, pero la noticia puede hacerse pública en cualquier momento. Sigue escuchando la radio.

—¿Y tú cómo lo sabes? ¿Te lo contó Bill o...? —Delores ahogó otra exclamación—. ¿No me digas que tú descubriste el cadáver de Max?

—De verdad que no puedo hablar sobre eso, mamá.

Siguió una larga pausa, y entonces Delores suspiró.

—Tienes que dejar de hacer eso, Hannah. Vas a ahuyentar a todos los solteros si sigues encontrando víctimas de asesinato. El único que te miraría dos veces sería ¡un inspector de homicidios!

—Supongo que tienes razón. —Hannah empezó a sonreír. Tal vez encontrar cadáveres no era tan terrible después de todo—. Ahora tengo que irme corriendo, de verdad, mamá. Acuérdate de llamarme si te enteras de algo, ¿vale?

Hannah colgó y se volvió hacia Lisa.

—No conozco a nadie que hable tanto sin parar como esta mujer.

—Así son las madres —respondió Lisa, pero lo hizo con una expresión muy seria—. No he podido evitar oír tus últimas palabras en la conversación. ¿Asesinaron a Max?

—Me temo que sí.

—Eso no me sorprende. Sí que era un usurero. Uno de nuestros vecinos estuvo a punto de pedirle un préstamo, pero mi padre revisó los documentos y le dijo que no firmara nada. En su lugar, acabó consiguiendo un préstamo bancario.

Hannah estaba a punto de preguntarle el nombre del vecino cuando se dio cuenta de que no tenía ninguna importancia. Si no había firmado, no tendría móvil para matar a Max.

—¿Por qué no te sientas, Hannah? Pareces agotada y son solo las ocho y media. Y plantéate tomarte el día libre. Ya sabes que puedo apañármelas sola aquí.

—Gracias, Lisa. Es toda una tentación. —Hannah se sentó en el taburete que había en un extremo de la mesa de trabajo y pensó en lo que implicaría un día libre. Podía ir a casa, cepillar a Moishe, ver un poco la televisión... y hacer un millón de llamadas para averiguar qué estaba pasando en su ausencia. No, era mejor quedarse aquí, en medio de todo el lío—. Gracias por ofrecerte, pero me temo que tampoco descansaría.

—Vale, pero si cambias de opinión, dímelo. ¿Qué quieres que prepare cuando acabe las blancas y negras?

—Las galletas dulces a la antigua —respondió Hannah—. Para entonces la masa ya se habrá enfriado. Solo hay una tanda.

—¿Quieres que las bañe en azúcar blanco o de colores?

—Solo en azúcar blanco. Cuando se hayan enfriado, escoge una docena de las mejores y empaquétalas para un envío. Prometí mandarle una caja de muestra a la encargada del *catering* de la fiesta de los Woodley.

Lisa pareció complacida.

—¿Un nuevo cliente?

—Tal vez. No me has comentado nada de la fiesta. ¿Te lo pasaste bien?

—Fue fantástico, Hannah. Nunca había asistido a una fiesta tan elegante. Es una pena que tuviéramos que irnos tan pronto.

—¿Llamaron a Herb para que acudiera a la escena del accidente?

—No, pero le pareció que debía ir en cualquier caso. Le pedí que me dejara en casa antes de que siguiera camino hacia allí. No me apetecía quedarme sola en la fiesta. Me llamó más tarde y me contó que era un milagro que nadie hubiera muerto. ¡Diecisiete coches! ¿Te lo imaginas?

—Por desgracia, sí. Más vale que vaya delante, Lisa. Ya es casi hora de abrir.

Mientras cruzaba la puerta batiente, Hannah pensó sobre la tremenda colisión múltiple en la que casi se había visto involucrada en la interestatal el año anterior. No hizo falta más que una placa de hielo, un descuido en la concentración y varios conductores detrás, todos demasiado cerca. Había tenido que pegar un volantazo para evitar chocar con el inmenso camión de alimentos del Red Owl que iba delante y se había considerado afortunada de acabar en una zanja de nieve blanda.

Era una mañana oscura y Hannah encendió las luces. No tenía ganas de que llegara la oscura estación invernal, cuando el sol salía a las nueve y se ponía a las cuatro. Era todavía peor para gente como Phil Plotnik, que trabajaba en el turno de noche de DelRay Manufacturing. Cuando salía para el trabajo ya había oscurecido, y a oscuras seguía cuando volvía a casa al acabar la jornada; así pues, si no salía el sol el fin de semana, no lo veía en absoluto.

Se detuvo un coche delante de la tienda y Hannah reconoció el viejo cacharro de Bill. Corrió a abrir la cerradura de la puerta y examinó la cara de Bill a la luz que salía por el escaparate mientras se acercaba a la puerta. Sonreía y Hannah se sintió aliviada. Bill no era la clase de persona que guarda rencor y estaba claro que la había perdonado por implicar a su mujer en sus indagaciones de la noche anterior.

—Hola, Hannah. —Bill entró y colgó su abrigo en la hilera de perchas que había junto a la puerta—. Tengo información sobre el coche de alquiler que vio el cliente de Andrea. La empresa se llama Compacts Unlimited.

Hannah se agachó tras el mostrador para servir una taza de café a Bill.

—Nunca la había oído.

—Es una empresa pequeña. Tiene la sede central en Minneapolis y un total de catorce sucursales en todo el estado. Hablé con la mujer que se encarga de las reservas. Me dijo que su oficina no había alquilado a nadie con una dirección de Lake Eden, pero que me iba a enviar una copia impresa de todos los que habían alquilado un vehículo suyo durante las dos semanas anteriores.

—¿Cuándo?

—Lo antes posible. Ella no sabe cómo reunir los datos de las demás sucursales, pero me dijo que avisaría a su informático.

—Entonces, ¿la tendrás hoy?

—Es dudoso. El informático se ha ido fuera durante el fin de semana, pero ella va a intentar localizarlo. —La mirada de Bill se desvió hacia las galletas que había detrás del mostrador—. ¿Son esas crujientes con pepitas de chocolate?

Hannah asintió y sacó dos galletas para él. No era el momento para recordarle que seguramente debería vigilar su peso.

—¿Has tenido tiempo de echar un vistazo a los archivos que estaban en la vieja caja fuerte de Max?

—Ummm. —Bill engulló—. Max hizo un montón de préstamos a un montón de gente. Algunos eran antiguos, pero encontré unos diez todavía activos. Eso supone diez sospechosos más que voy a tener que revisar.

Hannah negó con la cabeza.

—Creo que eso es una pérdida de tiempo. Si alguien mató a Max para deshacerse de sus documentos de préstamo, no los habrá dejado allí.

—Muy bien pensado. ¿Y tú qué opinas que debería hacer con ellos?

—Redacta una lista de los nombres y luego guárdala con el resto de las pruebas.

Bill pareció confundido.

—¿Y por qué debería redactar una lista de esos nombres cuando ninguno de ellos es sospechoso?

—Para poder cotejarlos con cualquier rumor que oigamos. Si alguien te habla de un préstamo activo de Max y no está en tu lista, podría señalar al asesino.

—Eso es muy inteligente, Hannah. Lo haré en cuanto llegue a comisaría. ¿Se te ocurre algo más que debería hacer?

—La verdad es que no, pero al menos tenemos una teoría.

—¿La misma de la que me hablaste anoche?

—La misma. Estaba viendo *Klute* en la tele y fue lo que me dio la idea. Sabremos si es acertada en cuanto lleguen los informes de balística.

—Eso requerirá un poco de tiempo, pero he hablado con el doctor Knight esta mañana. Tiene buen ojo y me ha dicho que parecía el mismo tipo de bala que había matado a Ron.

Hannah se rio.

—¡Eso también podría habérselo dicho yo!

—Y yo. Lake Eden es demasiado pequeño para tener más de un asesino. Repíteme tu teoría, Hannah. Quiero comprobar si todo encaja.

Hannah se sirvió una taza de café y se sentó en el taburete detrás del mostrador.

—Ron vio a Max reunido con el asesino a las seis y cuarto del miércoles por la mañana. Después de que Ron se fuese, el asesino disparó a Max. El asesino temía que cuando se encontrara el cadáver de Max, Ron sumara dos y dos y lo identificara. Por eso lo siguió y lo mató.

—Pero ¿no dijo la mujer del lápiz de labios rosa que no los siguieron?

—Sí, pero eso no descarta nada. No olvides que la ruta de Ron estaba en la pared fuera de la oficina de Betty. El asesino podría haberla comprobado y más adelante lo habría alcanzado.

—Eso tiene sentido. —Bill le dio otro mordisco a su galleta y la masticó pensativamente—. Entonces, ¿estás diciendo que Ron fue asesinado porque se encontraba en el lugar equivocado en el momento inoportuno?

—Eso es. Si Ron no hubiera entrado en la lechería a recoger esa caja de más de bolígrafos Cozy Cow, hoy estaría vivo.

Bill hizo una mueca.

—¡Menuda mala suerte! ¿Estás segura de que Max fue asesinado por uno de los préstamos que había hecho?

—No estoy segura de nada, pero tiene mucho sentido. La caja fuerte de la antigua lechería estaba abierta, pero no tenemos modo de saber si falta algo. Dudo que ni siquiera Betty supiera qué había dentro.

—No lo sabe. —Bill adoptó un aire orgulloso—. La he llamado esta mañana para preguntarle. Me dijo que Max era el único que tenía la combinación y que ella ni siquiera le había visto abrirla nunca. Guardaban todo el efectivo de la lechería en la nueva caja fuerte que estaba en la oficina de Betty.

—¿Cómo lo lleva Betty?

—Con tiempo, lo superará. Normalmente libra los fines de semana, pero dijo que este iría a la oficina, que alguien tiene que estar ahí para responder las preguntas de los empleados y ocuparse de los teléfonos. Hay que reconocérselo, Hannah, Betty se alteró mucho cuando le conté lo de Max, pero va a dejar a un lado su dolor personal y a llevar las cosas del modo que a Max le hubiera gustado que hiciera, incluso si eso implica hacer horas extras.

Hannah no pudo ocultar su sonrisa. Betty no iba a perderse este fin de semana en la lechería por nada del mundo, y no era por razones altruistas. Betty no podía ser más feliz que cuando se enteraba de todos los cotilleos de primera mano, y los teléfonos no pararían de sonar.

—¿Y te dijo algo más?

—Me dio el nombre del abogado de Max y comprobé con él quién sería el heredero. Ese es otro buen móvil, ya sabes.

—Tienes razón, Bill. Ni siquiera lo había pensado. ¿Qué te dijo el abogado?

—Max se lo dejó todo a un sobrino de Idaho. El abogado va a ponerse en contacto con él para que le dé instrucciones.

—¿Y qué me dices de las huellas en la alfombra? ¿Has podido averiguar algo del asesino a partir de las huellas?

—La verdad es que no. Las fotografiaron como parte de la escena del crimen, pero no dejaron impresiones claras.

—¿Y la W en la agenda de Max?, ¿tienes alguna pista?

Bill negó con la cabeza y tendió la taza para que se la rellenase.

—Revisé los archivos, pero no había ningún nombre con W. Y no sabemos si esa W es de un apellido, un nombre de pila o un apodo. Una vez tengamos un sospechoso, podemos utilizarla como parte de una prueba circunstancial, pero de momento no nos sirve para acotar nada.

Sonó el teléfono y Hannah estiró la mano para contestar.

—The Cookie Jar. Soy Hannah.

—Hannah, me alegro de haberte pillado. Soy Norman.

—Hola, Norman. —Hannah frunció levemente el ceño. No quería enzarzarse en otra larga conversación telefónica cuando esta podía ser la única ocasión que tenía de hablar con Bill durante todo el día—. ¿Qué pasa?

—He revelado la película de la fiesta. Puedo llevarte las copias a mediodía si vas a estar ahí.

—Trabajo aquí, ¿dónde iba a estar si no? —En cuanto las palabras salieron de su boca, Hannah se percató de que había sido demasiado brusca. Norman solo intentaba ser amable. Y si se presentaba a mediodía, podría darle los documentos del préstamo de su madre—. Lo siento, Norman. Es que tengo mucho ajetreo por aquí. Te veo a mediodía y te reservaré un par de mis mejores galletas.

Cuando Hannah colgó, vio que Bill sonreía.

—¿Qué?

—¿Acaba de pedirte Norman otra cita?

—No, solo quiere enseñarme la fotos de la fiesta. —Hannah decidió cambiar rápido de tema. La expresión de Bill se parecía mucho a la de su madre cuando jugaba a casamentera—. Norman es solo un amigo, así que quítate esa idea de la cabeza. Háblame de ese inspector nuevo de Minneapolis. Ni siquiera sé cómo se llama.

—Mike Kingston. Hablé con su antiguo compañero y dice que Mike es un policía estupendo, además de un buen tipo.

—¿Aún no os habéis conocido?

Bill sacudió la cabeza.

—No, pero vi su foto en el archivo de personal. Parece un buen tipo. Ya te he contado lo de su esposa, ¿no?

—Dijiste que había muerto y que esa era la razón por la que quiso mudarse aquí.

—Bueno, me he enterado de algo más. Era enfermera y le dispararon cuando volvía a casa del hospital general del condado de Hennepin. Dos pandillas rivales se liaron a tiros y recibió un impacto en el fuego cruzado. Pero eso no fue lo peor. Estaba embarazada de cuatro meses de su primer bebé.

—¡Qué espanto! —Hannah se estremeció—. ¿Atraparon al que disparó?

—Claro. Pusieron a toda la brigada a trabajar en el tiroteo. Pero la primera vez que lo juzgaron se libró por un tecnicismo legal. Alguien la pifió con una orden de registro y el juez desestimó el caso en el tribunal.

—¿Y lo juzgaron una segunda vez? —Hannah no acababa de entenderlo. Creía que una persona no podía ser juzgada dos veces por los mismos hechos.

—Lo detuvieron por un asesinato diferente. Mike y su compañero trabajaron en aquel caso en persona. Se aseguraron de que todo se hacía de acuerdo con el procedimiento y consiguieron una condena. El tipo cumple cadena perpetua sin posibilidad de libertad condicional.

—Menos mal. Pero apuesto a que Mike Kingston va a ser un verdadero maniático con los procedimientos policiales.

—Eso parece. Será mi nuevo supervisor y voy a tener que andarme con mucho cuidado con él. Andrea va a ayudarme revisando todos mis informes esta noche para asegurarme de que son perfectos.

—Si me necesitas también te echaré una mano —se ofreció rápidamente Hannah—. ¿Cuándo empieza a trabajar?

—A primera hora del lunes. Ya ha alquilado un apartamento y esta mañana temprano ha venido el camión de la mudanza con sus cosas. Mañana libro, así que le ayudaré a instalarse.

Hannah no pudo resistirse a tomarle el pelo un poco.

—¿Crees que levantar cajas y, de paso, levantaros también algunas birras juntos ayudará en vuestra relación de trabajo?

—Daño no va hacer. Cuando hayamos acabado, iremos a mi casa a cenar.

—No me digas que Andrea va a cocinar. —Hannah levantó las cejas. Su hermana era la única persona que conocía que ni siquiera sabía preparar un café instantáneo decente.

—¡Ni hablar! —Bill se rio entre dientes—. Pediremos unas pizzas. ¿Por qué no te acercas y cenas con nosotros? Mañana por la noche no tienes otra cosa que hacer, ¿no?

—Bueno, estaba pensando en... —Hannah se puso a pensar frenéticamente buscando una excusa.

—Vamos, Hannah. Quizá puedas hacerte una idea de su personalidad y explicármela.

Bill puso la mirada que Hannah nunca había sido capaz de resistir, la que en privado ella llamaba de perro pachón triste. Dejó escapar un largo suspiro y luego cedió.

—Muy bien. Llevaré el postre.

—Gracias, Hannah. —Bill pareció debidamente agradecido—. Pero cuida de no mencionar el caso. No quiero que Mike sepa que he reclutado a una civil para que me ayude.

—No te preocupes, no diré nada.

Bill se encaminó hacia la puerta. Estaba a punto de abrirla cuando se dio la vuelta con una sonrisa de oreja a oreja.

—Se me olvidó decirte que Delores también viene mañana por la noche. Quiere conocer a Mike.

Hannah entornó los ojos cuando la puerta se cerró tras Bill. Las cosas empezaban a encajar. Estaba el comentario que había hecho Delores sobre que Hannah, si seguía encontrando cadáveres, sería incapaz de atraer a ningún hombre que no fuera inspector de homicidios. Estaba la forma en que Bill le había contado todos los antecedentes de Mike, pintándolo como un hombre sumido en una pena profunda que sin duda tocaría la fibra de cualquier mujer. A ello había que sumar la forma en que Bill casi le había suplicado que fuera a cenar pizza con ellos para que le informara de cualquier detalle de su personalidad y se lo explicara. Ya, ya. Seguro.

Hannah suspiró profundamente y se dirigió a darle la vuelta al rótulo de «Cerrado» para que mostrara el lado de «Abierto». Bill le había tendido una trampa, como un verdadero profesional. Solo podía llegar a una conclusión: su esposa y su suegra le habían dado un curso intensivo como casamentero.

CAPÍTULO VEINTIDÓS

Dos minutos después de que Hannah hubiera dado la vuelta al rótulo de «Abierto», empezaron a entrar los parroquianos. Charló, sirvió café y repartió galletas durante dos horas completas, sin descanso. Había corrido la noticia y todos a los que servía querían enterarse de lo que ella sabía sobre el asesinato de Max y qué relación tenía con el de Ron.

—¿Crees que es el mismo asesino, Hannah? —Bertie Straub parecía angustiada mientras mordisqueaba una galleta crujiente de melaza. Había venido de la peluquería Cut 'n Curl para enterarse de las últimas noticias para sus clientas canosas, que cotilleaban bajo los secadores de casco de brillante metal.

—Tiene que serlo. ¿Cómo iba a haber dos asesinos en un pueblo del tamaño de Lake Eden?

—¿Descubriste tú el cuerpo de Max? —Bertie bajó la voz y miró alrededor para asegurarse de que nadie las escuchaba—. A mí puedes decírmelo, Hannah. Te prometo que no se lo diré a nadie.

Hannah hizo cuanto pudo para mantener una expresión solemne. Contárselo a Bertie sería el equivalente de llamar a la línea abierta de la KCOW y contarlo en público a través de las ondas.

—No puedo decir ni sí ni no, Bertie. Todos esos detalles forman parte de una investigación en marcha.

—¡Lo hiciste! ¡Te lo veo en la expresión de la cara! —Bertie se estremeció teatralmente y Hannah se preguntó si se habría unido al grupo de actores de Lake Eden—. Supongo que fue horrible, ¿no?

—Siempre es horrible que alguien pierda la vida. —Hannah repitió como un loro la frase educada, la misma que había utilizado incontables veces esa mañana.

—Lo atraparán pronto, ¿verdad? Te juro que no he pegado ojo desde que me enteré de lo de Ron. ¡Y pensar que hay un asesino suelto entre nosotros!

—Estoy convencida de que sí, Bertie. Bill se encarga del caso y es un gran detective.

Hannah se libró de más preguntas gracias a la llegada de Lisa, que traía más galletas en una bandeja. Lisa echó un vistazo a la expresión de frustración de su jefa y le guiñó un ojo.

—Tienes a tu madre al teléfono, Hannah, y dice que es urgente. ¿Por qué no coges la llamada en la trastienda? Hay menos ruido que aquí. Y llévate un poco de café.

—Tengo que irme, Bertie. —Hannah lanzó a Lisa una mirada de agradecimiento, llenó su taza de café y salió por la puerta batiente. Había respondido a tantas preguntas que la cabeza le daba vueltas y solo eran las once de la mañana.

Estaba a punto de sentarse en un taburete en la mesa de trabajo cuando sonó el teléfono. Hannah contestó sin pensárselo, y oyó la voz emocionada de su madre.

—¿Hannah?, ¿estás ahí?

—Sí, mamá. —Hannah dio un trago a su café—. Debes de ser vidente.

—¿Qué?

—Nada, da igual. ¿Qué quieres ahora?

—¿Has visto ya las fotografías que hizo Carrie en la fiesta de los Woodley?

—Todavía no. —Hannah alzó la mirada al reloj—. Norman dijo que me las traería a mediodía.

—Bueno, pues prepárate para una agradable sorpresa. Hay una tuya en la que sales muy bien. No te pareces a ti en absoluto. Norman me prometió hacerme una copia de 20 por 25 para enmarcarla.

Hannah tuvo que hacer todo lo posible para no echarse a reír. ¿Que salía bien?, ¿que no parecía ella en absoluto? Nadie como una madre para destruir la confianza en sí misma.

—Tengo prisa, cariño. Iba a salir, pero quería llamarte antes.

—Gracias, mamá. Hablaremos más tarde. —Hannah gruñó mientras colgaba. Tal vez tendría que aceptar el consejo de Lisa y tomarse el resto del día libre. Ya había oído cuanto tenía que oír de sus clientes. Tendría que esperar para ver esa fotografía en la que «salía bien» y luego se iría a casa y se concentraría en las cosas importantes. Si trabajaba a fondo, a lo mejor podría resolver el caso del asesinato de Bill antes de que Mike Kingston entrase en escena.

—¿Qué te parecen, Hannah? —Norman la observaba mientras ella hojeaba las copias que le había llevado—. Esa que está encima es la favorita de tu madre.

Hannah suspiró y bajó la mirada a la imagen. Tenía los ojos medio cerrados, la sonrisa torcida y un mechón de pelo amontonado sobre su oreja izquierda.

—No es precisamente la mejor fotografía que me han sacado en mi vida.

—Lo sé. —Norman se mostró comprensivo—. Hay una mucho mejor, pero mi madre se las apañó para cortarte el brazo izquierdo.

—Déjame ver. —Andrea estiró la mano para tomar la foto. Había venido, haría unos cinco minutos, con Tracey.

Hannah miró mientras Andrea examinaba la copia. Se dio cuenta, por la pequeña arruga de concentración que apareció entre los ojos de su hermana, de que Andrea se esforzaba por encontrar algo agradable que decir. Debió de costarle, porque tardó al menos treinta segundos en reaccionar.

—Pareces un poco más delgada de lo habitual. Y tu vestido es espléndido.

—A mí me parece que la tía Hannah ha salido bonita. —Tracey sonrió a Hannah—. No tan bonita como ahora, pero bonita.

—Cuerpo diplomático. —Hannah le hizo un guiño a Andrea—. Tracey es toda una promesa.

Andrea se rio y extendió la mano.

—Veamos las demás.

Hannah bajó la mirada a la siguiente fotografía. Era una de Andrea y Bill, y ambos estaban fabulosos con sus atuendos formales. Andrea era asombrosamente fotogénica, mientras que las fotografías de Hannah siempre le recordaban a las fotos del «antes» en los anuncios de maquillaje.

Repasaron las fotos una por una. Hannah se las iba pasando a Andrea después de verlas. Afortunadamente, sus clientes estaban acomodados con sus cafés y sus galletas y nadie se acercó al mostrador para interrumpirlas. Hannah llegó a la foto que Norman había mencionado y sí que tenía mejor aspecto. Aparecía sentada en el sofá con Norman de pie, detrás de ella, y era una pena que el brazo izquierdo hubiera quedado fuera de cuadro. La madre de Norman había conseguido enfocar el centro de la imagen con tal torpeza que casi la mitad de la foto la ocupaba la mesita auxiliar que había junto al sofá.

Hannah estaba a punto de pasársela a Andrea cuando se fijó en una pila de libros y papeles que había sobre la mesita. Se veía una carpeta blanca con letras rojas encima de toda la pila. La sostuvo más cerca, entornó los ojos y leyó las palabras: «Compacts Unlimited». ¡Uno de los Woodley había alquilado el tipo de coche que el señor Harris había visto saliendo del camino de entrada a la lechería Cozy Cow la mañana de los asesinatos!

—¿Qué pasa, Hannah? —Andrea había captado la expresión conmocionada que debió de reflejársele en la cara.

—Nada, pero esta me gusta mucho. —Hannah se volvió hacia Norman y le preguntó—: ¿Puedo quedármela?

—Claro. Pero ¿por qué quieres precisamente esa?

Hannah pensó deprisa. No podía equivocarse si apelaba a la vanidad de Norman.

—Has salido muy bien.

—¿No me digas? —Norman se inclinó para examinar la foto—. A mí no me lo parece.

—Pero a mí sí. De verdad que me gustaría quedármela, Norman.

Norman tomó la foto y la examinó con ojo crítico.

—Déjame que te haga otra copia. Puedo retocar un poco el negativo en el cuarto oscuro.

—No, así ya está bien. —Hannah le arrebató la foto de las manos—. Me gusta tal como está.

Andrea la miró fijamente.

—¿Quieres quedarte esa con el brazo amputado?

—Si a Venus le quedaba bien, a mí también, ¿no? —Hannah fulminó a su hermana con una mirada de advertencia.

—Podría reencuadrarla, eliminar la mesa y ampliarla para obtener un primer plano de los dos —sugirió Norman—. ¿Quieres que lo intente?

—Por supuesto que sí. Pero de todos modos quiero conservar esta.

Norman se encogió de hombros y se volvió hacia Andrea.

—¿Y tú qué me dices?, ¿quieres una copia de alguna?

—Me encantarían estas. —Andrea le tendió dos fotos.

La campanilla que había sobre la puerta tintineó y entró el *sheriff* Grant, seguido del hombretón más intimidante que Hannah había visto en su vida. Era alto, en torno al metro noventa, y tenía un pelo rubio rojizo, unos penetrantes ojos azules y bigote. Parecía tan en forma como un atleta y, si no fuera por las arrugas profundas que surcaban su rostro, habría respondido a todos los cánones de la belleza clásica. Se produjo un revuelo en las conversaciones de los clientes en las mesas y a Hannah no le extrañó. Era el hombre más apuesto que había puesto el pie en Lake Eden desde hacía siglos.

—¡Es él! —Andrea le dio un codazo—. Es Mike Kingston.

—Lo sé. —Hannah sonrió. Su hermana había constatado lo obvio. Mike Kingston iba con el *sheriff* Grant. ¿Quién más podría ser?

—Hannah. —El *sheriff* Grant se acercó al mostrador—. Este es Mike Kingston. El lunes se incorporará al departamento.

Hannah tragó saliva. Nunca se había sentido incómoda entre hombres, pero Mike Kingston fue una excepción. En cuanto lo vio, se le aceleró el pulso y descubrió que era incapaz de mirarlo directamente a los ojos. Respiró hondo, deseó que su voz sonara firme y dijo:

—Me alegro de conocerle, ayudante Kingston.

—Llámame Mike.

Tenía una voz profunda y cálida, que no desentonaba con su corpulencia. Hannah sintió una reacción puramente física que no había experimentado desde que su adúltero profesor la había invitado a su apartamento. Se dio la vuelta rápidamente para hacer las presentaciones, suplicando que nadie adivinara qué efecto provocaba en ella estar en la misma habitación que Mike Kingston.

—Esta es mi hermana, Andrea Todd, y esta es mi sobrina, Tracey. Y este es Norman Rhodes. Acaba de hacerse cargo de la consulta dental de su padre en la ciudad. Sé que tenéis prisa, así que voy un momento a la trastienda y os traigo las galletas.

Mientras Mike Kingston se daba la vuelta para estrechar las manos a Andrea y Norman, Hannah se escapó al horno. Una vez estuvo a salvo detrás de la puerta batiente, se metió en el lavabo y se mojó la cara con agua. Si conocer a Mike Kingston le causaba tal sobresalto, ¿qué efecto tendría la cena de pizza mañana por la noche cuando de hecho tuviera que hablar con él?

Hannah, que nunca rehuía los problemas, decidió que no había mejor momento que el presente para afrontarlo. Mike Kingston pensaría que estaba loca si se retiraba a una sala distinta cada vez que él entraba en The Cookie Jar. Salió del lavabo, recogió la caja de blancas y negras para la jornada de puertas abiertas y volvió a través de la puerta batiente a la parte de delante de su local.

Mike Kingston se dio la vuelta para sonreírle y Hannah se quedó sin aliento. Esperaba no estarle mirando como una fan adolescente que se había topado cara a cara con su estrella de *rock* favorita.

—Es todo un detalle por tu parte que hornees estas galletas para nosotros, Hannah. El *sheriff* Grant dice que lo haces todos los años.

—Así es. —Hannah se sintió aliviada. No parecía que él se hubiera dado cuenta de lo ruborizada que estaba, y eso era una buena señal—. También me ocupo del pícnic estival. Es una barbacoa en la que cada uno se lleva la carne al lago Eden y yo suministro los refrescos y las galletas.

—Suena muy bien. No hay nada como una barbacoa en el lago.

—Más vale que sigamos camino, Mike.

El *sheriff* Grant se volvió hacia su nuevo pupilo y Hannah vio la admiración en sus ojos. Para hablarle, el *sheriff* tenía que mirar hacia arriba, puesto que no llegaba al uno setenta. El miembro más nuevo del departamento del *sheriff* del condado de Winnetka hizo que Hannah se sintiera pequeña, y nunca se había sentido así en su vida.

—Nos vemos luego, Hannah.

Mike Kingston se despidió con un gesto de la mano y Hannah con una sonrisa. Era un hombre muy agradable y no tenía nada contra él personalmente, pero si Bill no conseguía su ascenso, le guardaría rencor.

—Encantado de conocerte, Norman. —Mike saludó con la cabeza a Norman y luego se volvió hacia Andrea—. No sabes cuánto deseo trabajar con tu marido, Andrea.

—Es mi papá —dijo Tracey.

—Lo sé. —Mike Kingston se inclinó y le susurró algo al oído a Tracey.

Mientras Hannah observaba, los ojos de su sobrina se abrieron como platos y se le escapó una risita divertida.

—¿De verdad?

—Te lo prometo —dijo Mike asintiendo—. Pero es un secreto hasta mañana por la noche. Entonces lo llevaré.

En cuanto la puerta se cerró tras ellos, Andrea se volvió hacia Tracey:

—¿Qué te ha dicho?

—No puedo contártelo. —Tracey era toda sonrisas—. Ya lo has oído, es un secreto. Pero lo descubrirás mañana por la noche cuando cenemos la pizza.

Andrea intercambió una mirada con Hannah. Parecía gustarle que su hija se llevara tan bien con el nuevo supervisor de Bill.

—Tengo prisa, Hannah. Voy a llevarle un montón de cosas a Luanne y Tracey va a ayudarme. Y luego vamos a ir a la jornada de puertas abiertas en comisaría.

—Yo también tengo que salir. Tengo cita con un paciente en veinte minutos. —Norman metió la mano en el bolsillo, sacó una pila de tarjetas comerciales y se las pasó a Hannah—. Son para ti.

Hannah tomó las tarjetas y empezó a sonreír. Eran perfectas y Norman incluso había impreso galletitas alrededor del margen.

—Gracias, Norman. Son geniales.

—Puedo imprimir más si las necesitas.

—Esperemos que sí. Espera un momento. —Hannah abrió la caja registradora y sacó el sobre de manila con los documentos del préstamo de su madre dentro—. Ten, Norman. Es para ti.

—¿Para mí? —Norman pareció desconcertado cuando se lo pasó.

—Es algo que me encontré la otra noche. Abre el sobre cuando llegues a la consulta. Hay una nota dentro explicándolo todo.

Hannah dejó escapar un largo suspiro de alivio cuando todos se fueron juntos. Tenía trabajo que hacer, trabajo que no tenía nada que ver con hornear, vender ni servir galletas. Agarró la foto que le había pedido a Norman y se dirigió a la trastienda para decirle a Lisa que iba a tomarle la palabra en su oferta de quedarse hasta cerrar. Tenía gente que ver, llamadas que hacer y, con un poco de suerte, podría haber resuelto el caso de doble homicidio de Bill antes del lunes por la mañana.

CAPÍTULO VEINTITRÉS

Hannah abrió la puerta de su apartamento y captó un destello naranja por el rabillo del ojo. Moishe acababa de saltar de su posición sobre el televisor y había adoptado un aire tremendamente culpable. Miró a la pantalla y vio que emitían un programa de naturaleza, uno que mostraba imágenes de flamencos aleteando sus alas de un rosa asalmonado.

—Esos pájaros te cuadruplican en tamaño, Moishe. —Hannah le rascó debajo de la barbilla para que supiera que no estaba enfadada. Cuando había abierto la puerta, su feroz cazador felino estaba descolgado por el televisor y trataba de dar zarpazos a las aves de la pantalla.

Una vez hubo apagado el televisor con sus tentadores flamencos y colgado la chaqueta en el perchero, Hannah fue a la cocina para llenar el cuenco de comida de Moishe. Por descontado, estaba vacío. Siempre lo estaba. Las actividades favoritas de Moishe cuando ella estaba fuera eran comer y sestear.

Tenía tres mensajes en el contestador automático. El primero era de su vecina del piso de abajo, Sue Plotnik, preguntándole si podía servir galletas en su clase para mamás y bebés de la semana siguiente. Hannah lo apuntó en el calendario de la cocina; lo pasaría al calendario de The Cookie Jar cuando fuera al local el lunes. Entonces escuchó el segundo mensaje. Era de un hombre que se identificó como Robert Collins, de Hideaway Resorts, que la invitaba a una cena gratuita para potenciales inversores en multipropiedad en un hotel de Minneapolis. Hannah ni siquiera se molestó en anotar el número gratuito.

El tercer mensaje hizo aguzar los oídos a Hannah. Era de Bill y le decía que solo quería mantenerla informada. La administradora de Compacts Unlimited se había puesto en contacto con él esa mañana. Dado que ella no tenía el listado, había llamado a todas las demás sucursales y una de ellas había proporcionado un coche de alquiler para un cliente con una dirección de Lake Eden. Boyd Watson había alquilado un compacto negro de su sede de St. Paul el martes.

Naturalmente, Bill lo había comprobado. Había llamado al director del instituto, el señor Purvis, y había descubierto que el entrenador Watson había estado asistiendo a un curso estatal de entrenadores en aquel momento. Dado que Boyd no había regresado a la ciudad hasta el mediodía del miércoles, eso lo descartaba como posible sospechoso.

Las arrugas surcaron la frente de Hannah mientras se servía un vaso de cocacola sin azúcar y lo llevaba al salón. Cuando Maryann había dicho que había ido en coche a Minneapolis para ir de compras con Boyd, Hannah había dado por supuesto que Maryann lo había recogido y habían ido juntos al Mall of America. Pero lo que Maryann había dicho en realidad era que se había encontrado con su hermano en el centro comercial. Boyd debía de tener su coche de alquiler en ese momento. Pero ¿por qué el entrenador Watson iba a tomarse la molestia y hacer el gasto de alquilar un coche durante menos de veinticuatro horas cuando su hermana iba a pasar a recogerle? No tenía sentido.

Suspiró y estiró la mano para acariciar a Moishe, que había abandonado su plato de comida por el mullido cojín del sofá y la compañía de su dueña. ¿Había ido el entrenador Watson al volante del compacto negro que el señor Harris había visto salir zumbando del camino de acceso a la lechería? El horario era muy justo, pero cabía la posibilidad de que Boyd hubiera salido antes del amanecer, mientras Maryann y su madre dormían todavía, y hubiera conducido hasta Lake Eden. Su apellido empezaba por W, así que cuadraba que fuera él quien había quedado en reunirse con Max. Si Maryann y su madre habían estado durmiendo hasta las nueve, Boyd habría tenido tiempo para disparar tanto a Max como a Ron y volver con ellas antes de que se despertaran. Pero ¿qué móvil podría tener el entrenador Watson para asesinar a Max?

Hannah repasó todo lo que había averiguado de los Watson. El anillo de Danielle había costado mil dólares y el vestido que llevaba en la fiesta de los Woodley se había vendido por más de quinientos. Boyd y Danielle vivían en una casa muy cara, y Danielle no trabajaba. Boyd conducía un *jeep* Grand Cherokee y Danielle tenía un Lincoln, ambos nuevos. ¿Cómo podía el entrenador Watson mantener ese lujoso ritmo de vida con el salario de profesor?

—¡Max le había concedido un préstamo personal a Boyd! —exclamó Hannah haciendo que Moishe retrocediese y la mirara fijamente—. Lo siento, Moishe. No pretendía gritar, pero es lo único que tiene sentido. No había ningún documento de préstamos sobre él, pero la caja fuerte estaba abierta y se los habría llevado después de disparar a Max. ¡Y luego mató a Ron porque él lo vio con Max!

Moishe se dio la vuelta para clavarle una larga e impertérrita mirada y luego se bajó del sofá de un salto y se dirigió sin hacer ruido a la cocina. Maulló una vez, llamándola para que le llenara el cuenco, y Hannah acudió servil. Moishe era el gato más inteligente que había visto en su vida: esperaba que ella le dejara el cuenco relleno porque sabía que tenía que irse de nuevo.

Danielle abrió la puerta unos centímetros, pero no más.

—Hola, Hannah. Yo..., esto... Ahora estoy ocupada. ¿Puedes volver un poco más tarde?

—No. —Hannah metió el pie en la abertura—. Es importante, Danielle. ¿Está Boyd en casa?

—No, no está. Tenía... entrenamiento de fútbol... en la escuela.

—Bien. Eso nos dará cierto margen de tiempo solas. Tenemos que hablar, Danielle.

—Pero yo... tengo que ponerme maquillaje. Estaba..., esto..., echando una siesta... —La voz de Danielle se fue apagando hasta que se le escapó un gemido—. Por favor, Hannah. No quiero que me veas así.

Hannah tomó una de sus decisiones sobre la marcha: acertada o no, iba a entrar. Nunca había sido alguien que dudara una vez tenía las ideas claras, así que sencillamente empujó a Danielle hacia atrás y entró.

—¡Oh, Hannah! —Danielle se llevó las manos a la cara, pero no antes de que Hannah hubiera atisbado su ojo a la funerala y los moratones rojizos que dibujaban la huella de una mano en su mejilla izquierda.

—¡Por Dios santo, Danielle! —Hannah estiró el brazo para cerrar la puerta—. ¿Qué te ha pasado?

—Yo..., esto..., yo...

—Da igual, déjalo —interrumpió Hannah, sabiendo que Danielle le saldría con algún cuento chino—. Vamos. Anda, pongamos un poco de hielo en tu cara.

—No tengo hielo.

—Encontraré algo. —Hannah la tomó del brazo y la llevó a la cocina—. ¿Estás segura de que él no va a volver?

Danielle puso cara de estar más avergonzada, si cabe.

—¿Quién?, ¿el... intruso?

—Tu marido. —Hannah abrió la nevera y buscó algo que pudiera servir a modo de bolsa de hielo—. No tienes que fingir conmigo, Danielle. Sé que te ha pegado él.

—¿Y cómo lo sabes?

Uno de los ojos de Danielle se abrió del todo por la sorpresa, pero el otro siguió cerrado por la hinchazón. Hannah sacó un paquete de guisantes congelados, le dio unos golpes contra el mármol para soltar el contenido y se lo pasó, junto con el paño de cocina que colgaba del asa del horno.

—Siéntate, envuelve los guisantes en el paño y póntelo en el ojo. Te sacaré otro para la mejilla.

—Gracias, Hannah. —Danielle se hundió en una silla—. Es culpa mía. Se me olvidó llenar las bandejas de cubitos.

Hannah sacó otro paquete de guisantes congelados y lo envolvió en un paño limpio que encontró en un cajón. Lo acercó a la mejilla de Danielle y suspiró profundamente.

—No es culpa tuya. Sujétalo con la otra mano y dime dónde guardas el café.

—No tengo. Me quedé sin y se me olvidó comprar más. Por eso Boyd se puso como una fiera conmigo.

Hannah se cabreó. Algunas mañanas sería capaz de matar por una taza de café, pero en su caso solo era una forma de hablar.

—¿Y té?

—Tengo instantáneo. Está en la alacena sobre la cocina. Y el dispensador de Sparklettes tiene agua caliente.

Hannah encontró dos tazas, echó unas cucharadas de té instantáneo y una generosa cantidad de azúcar, y las llenó con agua hirviendo del dispensador. Le llevó una a Danielle y puso la suya al otro lado de la mesa. A Hannah no le gustaba el té, pero no importaba. Compartir el té establecía un vínculo entre ambas.

—Déjame verte la mejilla.

—Está mejor. —Danielle se apartó el paño y fue capaz de esbozar una pequeña sonrisa—. Ni siquiera se me había pasado por la cabeza utilizar guisantes congelados hasta ahora. Supongo que eso demuestra que las verduras son buenas para la salud.

La triste tentativa de comentar algo gracioso hizo que Hannah se sulfurara. Danielle había dicho que nunca había pensado en utilizar guisantes congelados «hasta ahora». Obviamente, esta no era la primera vez que el entrenador Watson había apaleado a su esposa. Hannah pensó en intentar convencer a Danielle para que lo denunciara o en ofrecerle consejo sobre cómo podía salir de esta situación de maltrato, pero eso podía esperar hasta más tarde. Ahora mismo tenía que averiguar si, además de maltratar a su esposa, Boyd Watson iba por ahí asesinando gente.

—Está mucho mejor —la tranquilizó Hannah—. Toma un poco de té y mantén los guisantes ahí otro par de minutos.

Danielle asintió y dio un sorbo de té.

—Le has echado mucho azúcar.

—El azúcar va bien para la conmoción. —Hannah sacó la bolsa de blancas y negras que había traído en el coche—. Y come una galleta. Son de chocolate.

Danielle alargó la mano para coger una galleta y la mordió.

—Qué buenas, Hannah.

—Gracias. ¿Te duele la cabeza?

—No tengo una conmoción cerebral, Hannah. Conozco los síntomas.

«¡No me cabe duda!», pensó Hannah. Si no se equivocaba, Danielle había estado varias veces en el hospital en el pasado: una vez por una pierna rota y otras por heridas menos graves. Siempre había contado que había sido una torpe y se había caído al resbalar sobre el hielo o se había roto algo esquiando o había tenido un accidente en el barco mientras pescaba con su marido. Hannah recordó el comentario de su hermana sobre la ropa de Danielle y cómo esta la cubría completamente. Eso debería haber disparado las alarmas en la cabeza de Hannah, sobre todo desde que Luanne ya le había contado que Danielle utilizaba maquillaje de teatro para tapar las marcas de acné. ¡Los únicos problemas que había que tapar en la piel de Danielle Watson eran los que su marido le causaba!

Danielle dio otro sorbo de té y sostuvo la improvisada bolsa de hielo contra su mejilla.

—No se lo contarás a nadie, ¿verdad que no?

—No tienes que preocuparte por eso —le prometió Hannah, eludiendo una respuesta directa. Desde luego no iba a cotillear al respecto, y a eso se había referido en realidad Danielle—. Si alguna vez quieres hablar con alguien sobre esto, estoy a tu disposición. Lo único que tienes que hacer es llamarme o subirte al coche y venir a mi casa. Tengo un cuarto de invitados y puedes utilizarlo siempre que necesites irte de tu casa.

—Gracias, Hannah.

Nunca tendría una oportunidad como esa, y Hannah la aprovechó.

—Hay algo más, Danielle. Si quieres denunciar, te ayudaré.

—No, ¡ni se me ocurriría hacer eso!

Era la respuesta que Hannah había esperado. Sabía que la mayoría de las mujeres maltratadas protegían equivocadamente a sus maltratadores, al menos hasta que el problema se agravaba hasta tal punto que algún otro se diera cuenta. A no ser que Danielle denunciara o alguien viera de hecho al entrenador Watson pegando a Danielle, las autoridades no podían hacer nada. Hannah decidió que lo intentaría una vez más y luego pasaría a otra cosa.

—Si lo denuncias, Boyd recibirá ayuda.

—¿Qué tipo de ayuda?

—Terapia, talleres de control de la ira, esa clase de cosas. —Hannah esperaba que ni su voz ni su cara delataran el desprecio que en realidad sentía. A su modo de ver, las sesiones obligatorias con un terapeuta no eran más que una palmada en la muñeca para los maltratadores crónicos. Cualquiera que causara el daño físico que había infligido el entrenador Watson a Danielle tendría que cargar con todo el peso de la ley.

—Boyd ya recibe terapia.

—¿Ah, sí? —A Hannah le entraron ganas de comentar algo ingenioso sobre lo malo que debía de ser su terapeuta, pero se contuvo.

—Ahora ha mejorado mucho. Boyd solo me ha pegado una vez desde que empezó la escuela.

—¿Contando hoy? —Hannah no pudo resistirse a preguntarlo.

—No, pero está sometido a mucha presión con el equipo de fútbol. Han perdido tres partidos seguidos.

«¿Y qué le dice Boyd a su equipo?», se preguntó Hannah. «¿Chicos, si no anotáis en el partido de hoy, cuando vuelva a casa le voy a dar una paliza a mi mujer?»

—Después siempre se arrepiente. Lo siente de verdad. Es más, se echó a llorar cuando vio cómo me había dejado la cara. Y luego fue directo al teléfono para hacer una llamada a urgencias a su terapeuta. Ahora está con él. No quería decírtelo, así que me inventé la excusa del entrenamiento de fútbol. Boyd ha ido en coche hasta St. Paul porque se siente culpable.

Hannah aguzó los oídos. Boyd había alquilado el coche de Compacts Unlimited en St. Paul.

—¿Boyd visita a un terapeuta en St. Paul?

—Va a The Holland Center. —Danielle pronunció el nombre con reverencia. Parecía todo lo orgullosa que se puede estar con un ojo a la funerala tapado por una bolsa de guisantes congelados—. Es el mejor centro del estado y lo visita el doctor Frederick Holland, el terapeuta en jefe y fundador. Seguramente habrás visto su nombre en los periódicos. Ha hecho un gran trabajo con violadores en serie.

Nada de lo que Hannah había querido decir habría parecido oportuno, pero tampoco importaba. La presa se había resquebrajado y Danielle quería hablar.

—Estuvimos a punto de divorciarnos la primavera pasada. Boyd parecía incapaz de controlarse, y el doctor Holland pensó que teníamos que separarnos. Pero Boyd dijo que pondría más empeño, y funcionó.

Hannah volvió a mirar la cara de Danielle. Si eso era poner más empeño, se alegró de no haber visto los resultados de los maltratos anteriores de Boyd. Danielle iba a tener un ojo morado del tamaño del Gran Cañón.

—¿Y ese tipo de terapia no es muy cara?

—Sí, pero el seguro médico de Boyd cubre el ochenta por ciento. Es el seguro del sindicato de profesores y en eso son muy buenos. El doctor Holland lo factura como terapia para el tratamiento del estrés causado por el trabajo. Para Boyd sería vergonzoso presentarlo de otro modo.

—Supongo que sí. —Hannah hizo lo posible para que el sarcasmo no trasluciera en su voz. ¡No quiera Dios que un maltratador se avergonzara!

—Cuando llamaste al timbre dijiste que querías hablar conmigo. ¿Es otra vez por el asesinato de Ron? ¿O por lo que le sucedió a Max Turner?

Hannah supuso que Danielle quería cambiar de tema, y a ella ya le iba bien. Es más, para ella era perfecto. Tenía que averiguar más cosas sobre el coche de alquiler de Boyd.

—Solo estoy aclarando algunos cabos sueltos. ¿Boyd ha alquilado un coche últimamente?

—Sí. —Danielle pareció sorprendida—. ¿Cómo lo sabes?

Hannah pensó deprisa.

—Me dijiste que fuiste al casino en el Jeep Cherokee de Boyd, así que supuse que había alquilado un coche para el viaje.

—Pero eso no es exactamente lo que sucedió, Hannah. Boyd fue a Minneapolis con otro entrenador, pero cuando decidió quedarse para visitar al doctor Holland, alquiló un compacto para ese día. Le dieron cita para el miércoles por la mañana y no podía pedirle a Maryann que lo llevara. Boyd no quiere que ella sepa nada de su problema.

—Claro que no. —Hannah dio la respuesta convencional.

—Lo citaron muy temprano, a las siete de la mañana —prosiguió Danielle—. Esa fue la única hora que pudo darle el doctor Holland en su agenda. Boyd tuvo que salir de casa de su madre a las seis para llegar a tiempo.

—¿Y Maryann, al despertarse, no se dio cuenta de que su hermano se había ido?

—Sí, pero él le había dicho que se levantaría temprano e iría a comprar rosquillas. A su madre le encantan. Boyd se las llevó después de ver al doctor Holland.

La reunión de Boyd podría verificarse con una llamada telefónica y Hannah pensó en hacerla en cuanto llegara a casa.

—¿Boyd le pidió dinero alguna vez a Max Turner?

—¿A Max? —Danielle frunció el ceño—. No lo creo. ¿Por qué?

—Voy a contarte algo, pero tienes que prometerme que no se lo dirás nadie. Ni siquiera a Boyd.

—Muy bien —convino Danielle, pero parecía un poco inquieta—. ¿De qué se trata?

—Max le dejó dinero a bastante gente de Lake Eden y uno de esos préstamos podría tener algo que ver con su muerte. ¿Por qué has dicho que no creías que Boyd le hubiera pedido prestado dinero a Max?

—Porque Boyd no necesita pedir dinero cuando ya tiene el mío. Supongo que ya sabes lo que cobran los profesores, Hannah. Nosotros no podríamos permitirnos vivir solo del salario de Boyd. Compramos los coches, la casa y prácticamente todo cuanto tenemos con mi dinero.

Las cejas de Hannah se dispararon hacia el techo. Esto sí que era una información inesperada.

—¿Y qué dinero es ese?

—El que heredé de mi tío. Yo era su favorita y me lo dejó todo. Lo puso en un fondo fiduciario y recibo un pago todos los años.

—¿Y por eso puedes comprar todos estos lujos?

—Así es. Cuando recibo mi pago en enero, le doy la mitad a Boyd y mi madre invierte el resto por mí. Nos ha ido muy bien en la bolsa, y el doctor Holland cree que eso forma parte del problema de Boyd. Es muy difícil para un hombretón como Boyd estar casado con una mujer que tiene mucho más dinero que él.

—Supongo que debe de ser así. —Hannah optó por hacer un comentario neutro.

—Por eso mantengo mi herencia en secreto —le confesó Danielle—. El doctor Holland dice que el ego de Boyd es demasiado frágil y que se sentiría tentado a ser aún más violento si sus amigos se enteraran. No lo contarás, ¿verdad que no?

—De ninguna manera —aceptó Hannah rápidamente. Se imaginaba el daño que podría infligir Boyd a su esposa si se supiera que era Danielle la que los mantenía a ambos. Podría incluso hacer como el avaro del cuento y matar a la gallina de los huevos de oro.

CAPÍTULO VEINTICUATRO

—Sé que es confuso —Hannah intentaba explicarlo mientras entraba en su apartamento. Por la expresión de sorpresa de Moishe, estaba claro que el gato no sabía cómo tomarse sus idas y venidas de ese día—. He vuelto para hacer unas llamadas telefónicas. ¿Qué me dices si te tengo ocupado con un plato de helado?

Moishe se le frotó contra los tobillos cuando Hannah sacó un envase de helado de vainilla francesa del congelador y sirvió una cucharada en un plato de postre. Lo llevó al salón, lo dejó sobre la mesita y le dio unas palmadas a la superficie de esta. A Moishe no hizo falta que lo invitaran dos veces. Se acercó al plato, olisqueó aquella montañita blanca y luego la probó con la punta de la lengua. El frío debió de sorprenderle porque retrocedió para mirarlo con atención, pero eso no impidió que volviera a probar con un segundo lametón.

Mientras Moishe se entretenía explorando este misterioso alimento nuevo, Hannah se dejó caer en el sofá y alcanzó el teléfono. Tenía que llamar al doctor Holland para confirmar que Boyd Watson había acudido a su cita el miércoles por la mañana.

Cinco minutos más tarde, Hannah tenía la respuesta. Había fingido ser una perito de seguros médicos y había pedido a la recepcionista del doctor Holland que verificase la hora de la cita. La recepcionista le había dicho que el señor Watson había visto al doctor Holland a las siete de la mañana y que su cita había durado los cincuenta minutos habituales.

—No sé si debería sentirme aliviada o decepcionada —le confesó Hannah a su compañero de piso felino. Boyd Watson no era el asesino, así que podía seguir dando palizas a Danielle siempre que le apeteciera.

Pero todavía estaba aquella foto de la carpeta del coche de alquiler en la instantánea que había tomado la madre de Norman. Y Woodley también empezaba por W. Hannah fue a la cocina para servirse otra cocacola sin azúcar y pensó en el coche de alquiler que había utilizado alguien de la familia Woodley. No creía que Judith o Del hubieran alquilado un impersonal vehículo compacto negro, dado que tenían un garaje atestado de vehículos de lujo entre los que podían elegir. Pero estaba Benton y su nombre no habría hecho sonar ninguna señal de alarma a la administradora de Compacts Unlimited porque su permiso de conducir todavía lo habría identificado como residente en la Costa Este. Benton podría haber alquilado un compacto para conducir desde el aeropuerto a Lake Eden. Les había dicho a Andrea y Bill que había tomado el autobús del aeropuerto, pero eso no quería decir que fuera verdad.

Hannah descolgó el teléfono y consiguió el número del servicio de autobuses lanzadera del aeropuerto de Minneapolis. Solo había un autobús que llegaba a Lake Eden, lo que facilitaba un poco su trabajo. Marcó el número de la oficina del aeropuerto y ensayó lo que diría para conseguir la información que necesitaba. Había aprendido una nueva habilidad escuchando a Andrea hablar por teléfono con la recepcionista del hotel de la Convención de Fabricantes de Mantequilla. Era posible sonsacar cualquier tipo de información si la persona en el otro extremo de la línea estaba dispuesta a colaborar.

—Servicio de Lanzaderas On-Time. Le habla Tammi.

Hannah esbozó una mueca al oír la voz animada e insípida. ¿Por qué las empresas contrataban siempre a chicas que sonaban como si trabajaran en Disneylandia?

—Hola, Tammi. Necesito su ayuda. Mi jefe, el señor Woodley, tomó el autobús lanzadera a Lake Eden el miércoles por la tarde y no encuentra su maletín. Me ha pedido que intente localizarlo y me preguntaba si su conductor no lo habría encontrado en el autobús.

—No lo creo. Nuestros conductores comprueban que no haya objetos olvidados después de cada trayecto y no hay ningún maletín en nuestro contenedor de objetos perdidos.

—Ah, ya —gruñó Hannah con la esperanza de sonar decepcionada—. ¿Es posible que alguien de su oficina se lo enviara por correo y que no nos haya llegado todavía?

—No solemos hacerlo, pero un par de nuestros conductores están aquí ahora y puedo preguntarles. ¿Habría tomado la lanzadera de las dos, de las cuatro o de las seis?

Eso dejó sin palabras a Hannah, pero se recuperó rápidamente.

—Tendría que habérselo preguntado al señor Woodley, pero cuando salió se me pasó por alto. ¿Hay alguna forma en que pueda usted comprobarlo?

—Sin problemas. ¿El apellido del pasajero era Woodley?

—Eso es —dijo Hannah, que se lo deletreó y añadió—: Benton Woodley.

—Tendré que ponerle en espera. Un momento, por favor. —Siguió un breve silencio y luego la música empezó a salir por los pequeños agujeros del aparato. Sonaba como los coros de *It's a Small World*, y Hannah iba a preguntarse si Tammi había elegido la canción a propósito cuando su animada voz volvió a la línea—: El señor Benton Woodley fue pasajero de nuestra lanzadera de las dos. Lo he comprobado con el conductor, pero dice que no encontró nada salvo un bolígrafo y un pañuelo con un monograma. Tal vez debería preguntar en las líneas aéreas.

—Buena idea. Gracias, Tammi. No sabe cuánto agradezco su ayuda.

Hannah colgó y pensó en lo que acababa de averiguar. Moishe saltó a su regazo y empezó a lamerle el brazo con su lengua áspera. El animal parecía percibir que ella estaba alterada y hacía cuanto podía para consolarla. Hannah lo acarició distraídamente y reflexionó sobre las horas de los asesinatos. El hecho de que Benton hubiera tomado la lanzadera de las dos no lo descartaba como asesino. Podía haber volado la noche anterior, alquilado un vehículo de Compacts Unlimited y hecho un viaje de ida y vuelta a Lake Eden para matar a Max y a Ron. Si había devuelto el coche a la sede del aeropuerto, podría haber ido andando hasta la estación de la lanzadera y haber tomado el autobús de las dos para darse una coartada. Pero ¿por qué querría Benton matar a Max Turner? Hacía años que no había ido a Lake Eden y, por lo que Hannah sabía, nunca había intercambiado más que unas pocas palabras con Max.

Con la cabeza dándole vueltas, Hannah descolgó el teléfono de nuevo con la intención de llamar a Compacts Unlimited para averiguar si Benton había alquilado un coche. Pero tal vez eso debería dejárselo a Bill. Conocía a la administradora y podría conseguir la información mucho más rápido que ella. Hannah marcó el número de Bill y se recordó las cosas que tenía que decirle. Estaba la foto de la carpeta de alquiler de coches y sus sospechas sobre Benton. Bill no sabía nada de eso. También estaba Boyd Watson y tenía que contarle que lo había descartado como sospechoso. No le desvelaría el doloroso secreto de Danielle por ahora. Sería mejor hacerlo cuando Bill pudiera dedicarle toda su atención. Tal vez se les ocurriera algún modo de darle un buen susto al entrenador jefe de los Gulls.

—¿Bill? Tengo alguna información que... —Hannah se paró en seco al darse cuenta de que estaba hablando a un mensaje grabado. Bill no estaba en su despacho. Cuando sonó el pitido, estuvo a punto de colgar de pura frustración, pero se impuso el sentido común—. ¿Bill? Soy Hannah. He eliminado al entrenador Watson como sospechoso. Pero ¿te acuerdas de las fotografías que hicimos en el estudio de Del Woodley? Norman me las trajo durante su hora de la comida y una de ellas mostraba una carpeta de alquiler de Compacts Unlimited. Supongo que Benton debe de haber alquilado un vehículo. Judith ni muerta conduciría un compacto y Del tiene su elegante Mercedes. La W en la agenda de Max podría referirse a Woodley, pero me falta el móvil. Voy a fisgonear para ver qué más puedo averiguar sobre los Woodley.

Hannah suspiró y colgó, imaginándose a Bill en el vestíbulo de la comisaria, comiéndose docenas de galletas que ella había preparado para la jornada de puertas abiertas y mezclándose con la gente que se había acercado a ver sus nuevos coches patrulla. Seguramente se lo estaba pasando en grande mientras ella estaba ahí sentada, angustiada, dándole vueltas a pistas que no encajaban y a sospechosos que desaparecían como bolas de nieve al sol. Se suponía que tenía que ayudar a Bill, no hacer todo el trabajo de campo para él. Al fin y al cabo, ¿quién estaba haciendo méritos para que lo ascendieran a inspector?

En ese momento sonó el teléfono, despertando a Hannah de su lúgubre estado de ánimo. Respondió, esperando que fuera Bill, pero era su madre.

—Me alegro tanto de encontrarte, Hannah. Tengo la noticia más increíble.

—No me digas, mamá. —Hannah sostuvo el teléfono a un par de centímetros de su oreja. Su madre era capaz de dejar sorda a la persona que estuviera escuchando al otro extremo de la línea cuando estaba emocionada.

—Estoy en el centro comercial con Carrie. Necesitaba pilas nuevas para su reloj. ¡Nunca te creerías lo que acabo de ver en la joyería! ¿Qué imaginas que es?

Hannah le hizo una mueca a Moishe. Tenía casi treinta años y su madre todavía quería jugar a las adivinanzas con ella.

—Seguro que no lo adivinaría nunca, mamá. Más vale que me lo digas.

—¡El anillo de Del Woodley!

—¿Su anillo? —Hannah no entendió qué tenía eso de asombroso. Todos sus conocidos llevaban sus anillos al joyero cuando necesitaban repararlos o cambiarlos de tamaño.

—Estaba en venta, Hannah. El joyero lo tenía en exposición en una vitrina y pedía veinte mil dólares por él.

—¿Veinte mil dólares? —Hannah se quedó boquiabierta.

—No es un precio irrazonable para una montura de platino y un diamante de ese tamaño. Pero ¿por qué está en venta el anillo de Del Woodley?

—No tengo ni la más remota idea. —Hannah se tomó un momento para sopesar la pregunta, pero no le encontró ningún sentido—. ¿Estás segura de que era el anillo de Del Woodley?

—Sin la menor duda. Lo estuve admirando en su fiesta del año pasado y me fijé en un diminuto arañazo en el aro. El anillo que acabo de ver en el joyero tenía el mismo arañazo. ¿Quieres saber lo que pienso?

—Claro —convino Hannah. De nada serviría decir que no. Delores se lo diría de todos modos.

—Pues pienso que Del tiene problemas económicos. Esa es la única razón por la que se desharía de ese anillo. Él mismo me dijo que lo adoraba.

—Tienes razón, mamá. —Hannah esbozó una sonrisa. Esto abría un montón de intrigantes posibilidades—. ¿Te enteraste de cuánto tiempo llevaba el anillo en venta?

—Claro que sí. El joyero me dijo que lo tenía desde hacía seis meses.

—¿Y te confirmó que pertenecía a Del?

—No, cariño. Me dijo que siempre que acepta piezas caras en depósito mantiene en secreto la identidad del propietario original.

Hannah pensó un momento al respecto mientras su madre proseguía describiendo cada detalle de su conversación con el joyero. Los Woodley no habían ahorrado gastos en su fiesta, aunque eso no significaba nada. Judith era orgullosa, el tipo de persona que guardaba las apariencias. Si el negocio de Del tenía problemas, podía haberle pedido dinero prestado a Max. Y si Max le había reclamado el préstamo, como había hecho con los padres de Norman y mucha más gente de la ciudad, Del Woodley habría tenido el móvil perfecto para asesinarlo.

—Estoy segura de que tengo razón, Hannah —siguió su madre—. Ya sabes lo buena que soy fijándome en los pequeños detalles. Nos pasamos también por la tienda de antigüedades. ¿Te acuerdas de aquellos platos de postre que te regalé?

—Sí, mamá. —Hannah bajó la mirada al plato de postre que había utilizado para el helado de Moishe.

—Ten cuidado cuando los friegues. Solo pagué veinte dólares por el conjunto en una subasta, pero tenían dos en el escaparate de la tienda de antigüedades. Ahora los venden a cincuenta dólares por pieza.

—¿De verdad? —Hannah se estaba divirtiendo. Podía imaginarse la reacción de su madre si le decía que Moishe acababa de comer de un plato de postre de cincuenta dólares.

—Te dejo, Hannah. Carrie quiere comprar ropa de hogar y hay gente haciendo cola en la cabina telefónica.

—Me alegra que hayas llamado, mamá —dijo Hannah. Y esta vez era sincera.

Hannah bajó apresurada las escaleras que llevaban al apartamento de los Plotnik y llamó al timbre. Delores no lo sabía, pero había sido de gran ayuda. Phil Plotnik era supervisor nocturno en DelRay y tal vez supiera si el negocio de Del tenía problemas.

Se abrió la puerta y allí estaba Sue Plotnik, haciendo malabares con un paño de cocina y un bebé lloroso. Pareció sorprendida al ver a su vecina de arriba, pero sonrió.

—Hola, Hannah. Espero que Kevin no te moleste. Tiene otitis y Phil ha salido a la farmacia.

—Ni siquiera lo he oído —la tranquilizó Hannah—. ¿Me presento en un mal momento?

Sue se rio.

—Con un recién nacido ningún momento es bueno, pero no importa. Pasa y tómate un café conmigo. Acabo de prepararlo ahora.

Hannah no quería importunar, sobre todo porque Sue parecía completamente desbordada, pero tenía que hablar con Phil, sin falta. Al menos podía echar una mano mientras Sue servía el café.

—Te he traído unas galletas. —Hannah entró y dejó la bolsa sobre la mesa. Entonces tendió los brazos y sonrió a Sue—. Déjame sostenerte al bebé. Lo pasearé por la casa mientras sirves el café.

Sue le entregó el fardo envuelto en una manta con visible alivio.

—Gracias, Hannah. Se ha pasado toda la mañana llorando y se me cayó su frasco de medicina. Por eso Phil ha tenido que ir a la farmacia. ¿Recibiste mi recado para que te encargaras del *catering* en la clase para mamás y bebés de la semana que viene?

—Sí. Gracias por pensar en mí, Sue. Ya lo he anotado en mi agenda. —Hannah acunó suavemente al ruidoso bebé y luego recorrió el salón con la criatura en brazos. Michelle había sufrido cólicos de bebé y Hannah estaba acostumbrada a los niños pequeños quejicosos. Siendo la hermana mayor, que casi había cumplido los once años por entonces, Hannah se había ocupado de las pequeñas cuando Delores había necesitado un respiro.

El bebé no tardó mucho en calmarse. Hannah caminaba rítmicamente arriba y abajo con una expresión de satisfacción en el rostro. Estaba claro que aún tenía buena mano con los pequeños.

Sue entró con dos tazas de café y una bandeja para las galletas. Lo depositó todo en la mesita y luego miró a Kevin boquiabierta y asombrada.

—¿Cómo lo has hecho?

—Es fácil. Solo tienes que andar despacio, rebotando ligeramente con cada paso. Yo solía fingir que era un elefante en el desfile de un circo. Voy a dejarlo acostado, Sue.

Sue observó mientras Hannah se acercaba a la cuna y acomodaba al bebé dentro. En su rostro asomó una expresión de ansiedad, pero desapareció tras varios largos segundos de silencio.

—Eres fantástica, Hannah.

—Qué va. Solo que he tenido mucha práctica, nada más. Michelle sufrió al menos cuatro cólicos antes de su primer cumpleaños.

—Tendrías que ser madre, Hannah. Todo ese talento desperdi... —Se interrumpió a media frase y pareció muy incómoda—. No tendría que haberlo dicho.

—No pasa nada. Pero hazme un favor y no se lo menciones a mi madre. Le serviría de munición.

—¿Todavía sigue intentando emparejarte con todos los hombres de la ciudad? —Sue hizo un gesto señalando el sofá y ambas se sentaron.

—Podría decirse así. —Hannah dio un sorbo del café y optó por cambiar de tema—. ¿Cómo le va a DelRay, Sue? Eso es lo que en realidad os he venido a preguntar.

—Ahora todo va bien. Phil dijo que Del incluso está hablando de diversificarse al negocio de la venta por correo como hizo Fingerhut en St. Cloud. Aunque la cosa no parecía ir tan bien en... —La voz de Sue se fue apagando al oír una llave en la puerta—. Ahí está Phil. Él te lo explicará mejor.

Phil abrió la puerta, vio a Hannah y le sonrió.

—Hola, Hannah.

—Hola, Phil.

—Hannah ha conseguido que Kevin se durmiera. —Sue señaló la cuna—. Se puso a andar como un elefante y funcionó.

Phil lanzó una mirada a su mujer que insinuaba que se estaba volviendo loca, pero luego se encogió de hombros.

—Si funciona, perfecto. ¿Queda un poco de ese café?

—Media cafetera en la cocina —le dijo Sue—. Sírvete una taza y ven a sentarte con nosotras, cariño. Hannah ha bajado a preguntarnos por DelRay.

Phil se sirvió la taza de café, volvió y se acomodó en el sillón que había frente al sofá. Probó una galleta, declaró que era la mejor que jamás había comido y luego preguntó:

—¿Qué quieres saber de DelRay?

—Solo esperaba que no hubiera habido grandes cambios, ahora que Benton ha regresado. —Así había planeado abrir la conversación mientras bajaba las escaleras.

—No creo que Benton dure mucho. —Phil cogió otra galleta y se encogió de hombros—. Por lo que cuentan, se estaba dando la gran vida en la Costa Este y solo volvió a casa para asegurarse de que el dinero no se acababa.

—¿Es que iba a acabarse? —Hannah hizo la pregunta pertinente.

—No creo que haya ningún peligro en ese sentido. La hermana de Sue trabaja en la sección de contabilidad y me contó que Del acababa de firmar un gran contrato nuevo el jueves.

Hannah asintió, pero en realidad eso no importaba. El jueves fue el día posterior a que mataran a Max.

—¿Y antes de eso? ¿Tenía problemas DelRay?

—Hubo un problema hará unos cuatro años. Fue justo antes de que Sue y yo nos casáramos y yo me puse a buscar un nuevo empleo.

—¿Tan mal iban las cosas en DelRay?

Phil alzó las cejas.

—¿Mal? Peor que mal. Perdimos cinco grandes contratos y los directivos recortaron la plantilla a la mitad. Echaron a los empleados más antiguos y yo solo llevaba un año en la empresa, así que supongo que tuve suerte de librarme. El tipo al que contrataron justo después de mí recibió la carta de despido. Pero entonces Del consiguió nueva financiación y desde ese momento nos ha ido mejor.

—¿Nueva financiación? —Hannah aguzó los oídos—. ¿Te refieres a algo así como un préstamo bancario?

Phil negó con la cabeza.

—No sé de dónde procedía el dinero, pero no era el préstamo de un banco. La hermana de Sue me contó que el banco había rechazado la petición de Del por un tema de sobreendeudamiento.

—Pero ¿no ha habido problemas desde ese préstamo o lo que fuera?

Hannah dio otro sorbo a su café y esperó la respuesta de Phil.

—La verdad es que las cosas no iban tan bien el miércoles por la mañana —intervino Sue—. Cuéntaselo, Phil.

—Sue tiene razón. El miércoles por la mañana volví un poco preocupado del trabajo.

—¿Un poco preocupado? —Sue se rio—. Estabas pensando en empezar a mandar currículums otra vez.

—Es verdad. Cuando salía de la fábrica, vi al anciano y parecía bastante amargado.

—¿A qué hora lo viste? —Hannah contuvo el aliento. Las piezas estaban empezando a encajar.

—A eso de las seis y cuarto, minuto arriba minuto abajo. Yo acababa de terminar mi turno y me dirigía al aparcamiento cuando lo vi hablando con los supervisores del turno de noche.

Hannah se quedó desconcertada.

—Creía que tú eras un supervisor del turno de noche.

—Y lo soy, pero esos tipos están un nivel por encima. Por eso pensé que podía haber problemas. El anciano nunca llega antes de las nueve, a no ser que haya una crisis grave.

Hannah pasó otro par de minutos conversando y luego dijo que tenía que irse. Mientras subía las escaleras a su propia casa, intentaba encajar las nuevas piezas de su rompecabezas. Del Woodley no podía haber asesinado a Max, dado que Phil lo había visto en la fábrica. Pero sin duda era posible que Del hubiera recibido un préstamo de Max cuatro años antes. Tendría que comprobarlo y solo había una persona que podía saberlo.

Cuando abrió la puerta de su casa ninguna bola naranja peluda recorrió el salón a la carrera para recibirla. Hannah miró a su alrededor angustiada. ¿Dónde estaba Moishe? Entonces lo vio sentado en el respaldo del sofá. La novedad de que ella entrara y saliera cada dos por tres había acabado por aburrirle.

—Hola, Moishe. —En cualquier caso, Hannah se acercó a acariciarlo—. Vuélvete a dormir. Solo he venido a casa a hacer otra llamada.

Moishe bostezó y se acomodó de nuevo mientras Hannah descolgaba el teléfono. Betty Jackson sabría si Del Woodley había pedido dinero prestado a Max cuatro años antes.

La extensión de Betty daba señal de comunicar y Hannah tuvo que pulsar el botón de rellamada una docena de veces antes de que por fin la respondiera. En cuanto la saludó, Betty se lanzó a contarle qué estaba pasando.

—¡Esto se ha convertido en un manicomio! —Betty sonaba incluso más agobiada de lo habitual—. No puedo entrar en el despacho de Max. Hay una cinta amarilla impidiendo la entrada y Bill me advirtió que no pasara. Y todo el mundo me ha estado llamando para preguntar qué va a ocurrir con la lechería.

—¿Y lo sabes ya?

—Sí. Acabo de hablar con el sobrino de Max y tiene pensado instalarse aquí y hacerse cargo de la empresa. Me pidió que convocara una reunión de empleados y que les dijera a todos los que están en nómina que no tiene planeado hacer cambios. ¿No es maravilloso?

—Sí, está claro que sí. —Hannah hizo cuanto pudo para parecer entusiasmada. Se alegraba de que la lechería siguiese abierta, pero tenía muchas otras cosas en la cabeza—. Lamento incordiarte, Betty, pero tengo que hacerte otra pregunta muy importante. ¿Sabes si Max tuvo alguna vez negocios con Del Woodley?

—Si es tan amable de esperar un momento le encontraré la factura. Enseguida estoy con usted.

Se oyó un golpe cuando Betty dejó el aparato encima de su mesa, y Hannah escuchó cómo le pedía a varias personas que salieran de su despacho porque tenía a un proveedor importante en línea. Al cabo de unos segundos, se oyó el sonido de una puerta al cerrarse y luego Hannah reconoció los pasos pesados de Betty volviendo a su mesa.

—Lo siento, Hannah. No quería decir nada mientras había gente en el despacho, pero Max sí tenía negocios con Del Woodley. Se supone que yo no debería saber nada al respecto, pero un día confundí la extensión del teléfono sin querer mientras Max hablaba con Del.

Hannah sonrió. Parecía que Betty se pasaba la mayor parte de su jornada laboral escuchando conversaciones que supuestamente no debía oír.

—Del llamó hará unos meses —prosiguió Betty—. Era por un préstamo personal. Se quejaba de los altos tipos de interés y Max no fue muy amable con él.

—No me digas —Hannah fingió sorprenderse.

—A decir verdad, fue muy desagradable. Max le dijo a Del que si no le parecían bien los tipos de interés, podía venir con el dinero y saldar el préstamo.

—¿Y Del lo saldó?

—Eso no lo sé, Hannah. Del no volvió a llamar y esa fue la última vez que supe nada sobre el asunto.

—Gracias, Betty. —Hannah colgó y hundió la cara entre las manos. Todo aquello era muy confuso. Tal vez tendría que acercarse a la lechería y observar de nuevo la escena del crimen. Era posible que a Bill se le hubiera pasado por alto algo que tuviera que ver con el préstamo que Del había negociado con Max.

—Salgo otra vez, Moishe —anunció Hannah mientras se levantaba y se palpaba el bolsillo para asegurarse de que llevaba las llaves. Pero Moishe no corrió al cuenco de comida como solía hacer. Se limitó a abrir su ojo bueno e hizo lo que equivaldría a un encogimiento de hombros de un felino tremendamente aburrido.

CAPÍTULO VEINTICINCO

Hannah recorrió la Old Lake Road a ciento diez kilómetros por hora, casi lo más rápido que su Suburban podía ir. Estaba a punto de llegar al cruce de Dairy Avenue cuando empezó a replantearse su destino. Sería una pérdida de tiempo volver a revisar la escena del crimen. El asesino lo había planeado todo cuidadosamente, convocando una cita privada con Max y engañándole para que abriera la vieja caja fuerte de la lechería original. No era posible que un asesino tan organizado hubiera dejado tras de sí alguna prueba que lo incriminara.

Así pues, ¿ahora qué hacía? Hannah levantó el pie del acelerador y dejó que el Suburban se ralentizara hasta el límite legal. Tal vez podía ir a la comisaría a buscar a Bill. Tenía más información para él, una información que ella misma desconocía cuando había dejado su mensaje de voz. Podía hacer un aparte con Bill y contarle todo. Entre los dos ya se les ocurriría qué hacer a continuación.

Hannah miró por el retrovisor y vio que la carretera estaba despejada a sus espaldas. Bajó la velocidad de su vehículo al mínimo e hizo algo que no había hecho en toda su vida. Dio un giro de ciento ochenta grados pisando la doble línea continua y se encaminó hacia la comisaría del condado de Winnetka.

Mientras volvía a subir el indicador de velocidad a ciento diez, Hannah pensó en Del Woodley. Él no podía haber matado a Max. Las leyes de la física eran absolutas y no podía haber estado en dos sitios a la vez. Incluso si Phil se había equivocado en cinco minutos y el reloj de Danielle se hubiera desviado ese mismo tiempo, seguía sin ser posible conducir desde la fábrica de DelRay Manufacturing, en la interestatal, a la lechería Cozy Cow en ese periodo de tiempo.

Pero Benton sí podría haber matado a Max. Las manos de Hannah apretaron el volante con fuerza cuando se le ocurrió la idea. Phil había dicho que había vuelto a casa porque le preocupaba que la familia se quedara sin dinero. Si Max había reclamado su préstamo y Del se lo había contado a Benton, este podía haber decidido proteger su herencia matando a Max y robando los documentos.

Hannah pensó en Benton mientras aceleraba por la autopista. Al chico siempre le había gustado tener dinero. Desde primaria, Andrea volvía a casa de la escuela hablando de la nueva mochila de cuero de Benton, o de la serie completa de películas de Disney que le habían comprado sus padres, o de los recuerdos que había traído de sus vacaciones estivales. Benton había sido el chico más popular de su clase porque había invitado a sus compañeros a los lujos que los padres de los demás no podían permitirse. «Dales cosas y hazte amigos» había sido su lema.

La riqueza de la familia de Benton había sido más ostentosa si cabe en el instituto. Entonces Benton había encandilado a las chicas, Andrea incluida, yendo a recogerlas en su flamante descapotable nuevo y colmándolas de regalos caros. El enorme frasco de perfume que le había regalado a Andrea en Navidad no había sido más que un ejemplo. Delores había buscado el precio y le había dicho a Hannah que había costado más de doscientos dólares.

Hannah dudaba que las costumbres de Benton hubieran cambiado durante los años que había estado fuera. Estaba convencida de que seguía comprando la amistad con el dinero. ¿Y si todo el efectivo que utilizaba para impresionar a los demás de repente empezaba a agotarse? ¿Era eso un móvil lo bastante potente para matar a la persona que había amenazado el estilo de vida de Benton?

Tenía delante un camión lento y Hannah se cambió de carril para adelantarlo. Sí, Benton podía ser el asesino. Era lo bastante inteligente como para haberlo organizado todo y había gente que había matado por mucho menos. Y Benton además no contaba en realidad con una coartada para las horas de los asesinatos. A no ser que se presentara con un billete de avión que demostrara que no había aterrizado en el aeropuerto hasta después de que Max y Ron hubieran sido asesinados, Benton Woodley era el principal sospechoso en la lista de Hannah.

De hecho, Benton era su único sospechoso. Hannah suspiró profundamente y pisó todavía más a fondo el acelerador. Tenía que encontrar a Bill en la jornada de puertas abiertas y contarle su nueva teoría. Bill no sabía que Del Woodley había puesto su anillo en venta y nunca se le ocurriría que Del hubiera pedido dinero prestado a Max. Ella no podía esperar que su cuñado resolviera el caso si no conocía todos los hechos.

Hannah levantó el pie del acelerador de nuevo cuando se le ocurrió otra idea. ¿Cómo iba a hablar a solas con Bill? Mike Kingston estaría allí y era el nuevo supervisor de Bill. Y este la había avisado para que no se le escapara que le estaba ayudando en la investigación. Era verdad que Mike no empezaba hasta el lunes, pero estaría en la jornada de puertas abiertas. Sencillamente, no podía irrumpir allí y comunicar a Bill y a Mike que había resuelto el caso.

El camión se había desviado y ahora no tenía a nadie detrás de ella. Hannah pisó los frenos y dio otro giro de ciento ochenta grados. Ir a comisaría no había sido una buena idea. Tendría que esperar hasta que Bill volviera a casa esta noche para poder contarle que sabía quién era el asesino. Pero ¿qué hacía ahora? Solo eran las tres y media y el resto de la tarde se extendía interminable por delante de ella.

En cuanto lo pensó, Hannah esbozó una sonrisa. Iría a DelRay Manufacturing para hablar con Benton. Entablaría una conversación cordial y le preguntaría por su vuelo. Siempre podía decir que una amiga suya, una amiga inventada que vivía en la Costa Este, tenía pensado venir a hacerle una visita. Sería la excusa perfecta para preguntarle qué líneas aéreas había utilizado, cuánto tiempo había tardado su vuelo y si había tenido que esperar mucho a la lanzadera del aeropuerto. Gracias a Andrea, contaba con la ventaja de saber que Benton siempre chasqueaba la uña del índice con el pulgar cuando mentía. Así que observaría a Benton con cuidado para distinguir la verdad de las mentiras...

No, no podía hablar con Benton. No estaría bien que interrogara a un sospechoso de asesinato sin Bill. Hannah volvió a levantar el pie del acelerador, disponiéndose a dar otro giro de ciento ochenta grados. Lo último que le había dictado el instinto era lo correcto. Iría directamente a comisaría y daría alguna excusa de que necesitaba ver a Bill a solas. Podría ser una urgencia familiar, algo que tuviera que ver con Delores. Entonces Mike los dejaría a solas y ella podría...

No hacía más que dar vueltas y eso tenía que parar. Hannah se detuvo en el arcén de la carretera y apagó el motor. Dos giros de ciento ochenta grados consecutivos eran más que suficientes y había estado a punto de hacer un tercero. ¿Qué le pasaba hoy? ¿Por qué era incapaz de pensar con lógica? Tenía la sensación de haber estado intentando componer un complicado rompecabezas con una venda en los ojos, y de que alguien se empeñaba en introducir una pieza de un rompecabezas completamente distinto para confundirla.

—Piensa —murmuró Hannah para sí misma—. Quédate aquí sentada y piensa. Eres inteligente. Puedes decidir qué vas a hacer.

Ya había eliminado a un montón de sospechosos hasta que el único que le quedaba era Benton. Hannah estaba segura de que él era el asesino, pero ¿cómo iba a ayudar a Bill a probarlo? Para empezar tenía que dar un gigantesco paso atrás y pensar en qué la había llevado a sospechar de Benton. Y eso la retrotraía a la carpeta de Compacts Unlimited en el estudio de Del Woodley. Tenía que probar que Benton había alquilado el coche compacto negro que el señor Harris había visto saliendo a toda prisa del camino de acceso a la lechería. Hannah supuso que podía esperar a que la administradora le enviara a Bill la lista de clientes que le había prometido, pero eso significaba que se desperdiciaría un día entero, o puede que dos. Había otro modo de averiguarlo, un modo que tendría que habérsele ocurrido inmediatamente a poco que se hubiera tomado un momento para pensarlo.

Hannah sonreía mientras encendía el motor y daba marcha atrás para volver a la carretera. Iba a pasarse a hacer una vista de buena vecina a la mansión de los Woodley. Le llevaría a Judith Woodley unas galletas como agradecimiento por la magnífica fiesta y luego le haría algunas preguntas intrascendentes sobre Benton. Diría que su madre se había dejado un pañuelo en el estudio cuando lo usaron como escenario para las fotografías y Judith le daría permiso para buscarlo. Si Hannah pudiera echar un segundo vistazo a la carpeta de Compacts Unlimited, estaría en condiciones de confirmar que Benton había alquilado el coche.

—Buenas tardes, Hannah. —Hannah se dio cuenta de que Judith se había sorprendido al verla, pero la buena educación no le permitía rechazar a un visitante que le traía un regalo—. Del y Benton todavía están en el trabajo, pero estaré encantada de recibirte y nos tomamos un té.

—Gracias. Me encantaría tomar un té contigo —se apresuró a decir Hannah, y esbozó una sonrisa triunfante mientras Judith la conducía por el vestíbulo. Judith había sonado muy reacia. Una huésped verdaderamente educada habría dado alguna excusa para declinar la invitación. Pero Hannah solo estaba fingiendo su papel y supuso que una invitación desganada a tomar el té era mejor que ninguna invitación.

Al pasar por el estudio, Hannah miró la mesita que había junto al sofá. La carpeta del coche de alquiler no estaba. Frunció el ceño y decidió saltarse el fragmento sobre el pañuelo perdido de su madre. Ahora ya no serviría de nada.

—Esta es mi pequeña sala de estar —anunció Judith mientras se detenía ante una puerta abierta—. Por favor, entra y ponte cómoda. Tengo que devolver una llamada telefónica, pero mi ama de llaves traerá la bandeja del té y yo estaré de vuelta en un momento.

Hannah asintió y mantuvo la sonrisa en la cara hasta que Judith se hubo ido. No había nada «pequeño» en la pequeña sala de estar de Judith. El piso entero de Hannah habría cabido en el centro y aún habría sobrado espacio.

Al mirar a su alrededor, Hannah concedió que era un salón elegante. Estaba decorado con gusto utilizando sedas y satín y ofrecía unas vistas increíbles del jardín. Mientras que la mayoría de los jardines parecían marrones y marchitos en esta época del año, el de Judith era exuberante y verde. Su jardinero había plantado hileras de pequeñas píceas ornamentales en un intrincado dibujo, y aquí y allá emergían espléndidas estatuas y unos preciosos bancos de hierro forjado.

—Discúlpeme, señora. —Un ama de llaves con un vestido de seda negra y un cuello de encaje blanco entró en la sala. Llevaba una bandeja que contenía un antiguo juego de té por el que Delores habría matado. Hannah había aprendido un poco sobre porcelana y cerámica en sus incursiones en las ventas y subastas de casas con su madre y reconoció el dibujo. Era un juego poco común y hermosamente labrado que Wedgwood había ofrecido durante un tiempo limitado en el siglo XIX.

El ama de llaves se acercó a la mesita estilo Piecrust que había al fondo de la sala y dispuso cuidadosamente el juego de té sobre la superficie pulida. También trajo una fuente de delicados sándwiches.

—La señora Woodley pide que empiece sin ella, señora. ¿Le sirvo?

—Sí, por favor. —Hannah se sentó en uno de los dos sillones que flanqueaban la mesa. Ambos sillones gozaban de una espléndida vista del jardín, pero Hannah se mostró mucho más interesada en observar cómo servía el té el ama de llaves. Lo hacía con eficacia y cuidado, y el té dorado fluía desde la boquilla de la tetera para llenar la preciosa taza de porcelana sin salpicar una sola vez. Mientras el ama de llaves secaba el pico con una servilleta de lino blanco impecablemente limpia, Hannah no pudo evitar preguntarse si el conocer la etiqueta de servir el té correctamente era una de las condiciones para que te contrataran en la mansión de los Woodley.

—¿Limón o azúcar, señora?

—Nada, gracias —respondió Hannah con una sonrisa—. Me alegro de que lo haya servido usted. A mí me habría dado pavor que se me cayera la tetera.

El ama de llaves sonrió sorprendida, pero inmediatamente recobró la compostura.

—Sí, señora. ¿Necesita algo más?

—Creo que no. —Hannah sintió el apremio de hacer algo totalmente fuera de lugar. Tanta formalidad la estaba desquiciando—. A decir verdad, detesto el té, pero no se lo diga a la reina Judith.

—No, señora, no se lo diré.

El ama de llaves emprendió un rápida retirada, pero Hannah oyó el sonido de una carcajada apenas contenida cuando la puerta se cerró tras ella. Eso hizo que se sintiera bien. Dudaba que los empleados domésticos de Judith se rieran mucho gracias a sus invitados.

Una vez el sonido de los pasos del ama de llaves se hubo desvanecido por el pasillo, Hannah levantó la otra taza de té y echó un vistazo a la etiqueta de la parte inferior. Estaba en lo cierto: era de Wedgwood. No veía el momento de contarle a Delores que había bebido té en una taza tan excepcional y cara.

No quedaba más que hacer que esperar a Judith y Hannah estudió lo que la rodeaba. Había un escritorio de origen francés en un rincón. Posiblemente era de la época de Luis XIV, pero no estaba segura del todo. Por alguna razón dudaba que Judith comprara jamás imitaciones, por mucho que fueran copias perfectas.

Las butacas eran antigüedades de mediados del siglo XVIII, sin la menor duda inglesas y ciertamente caras. Hannah hizo una suma mental de las piezas de mobiliario que la rodeaban y le salió una cantidad abrumadora. No era ninguna sorpresa que Del Woodley hubiera tenido que pedir dinero prestado. Su esposa se había gastado cerca de cien mil dólares decorando su sala de estar.

Todos aquellos cálculos hicieron que le entrara hambre y Hannah atisbó la fuente de sándwiches, pequeños rectángulos de pan sin corteza. ¿Por qué la gente que quería parecer sofisticada quitaba las cortezas de las rebanadas de pan? A Hannah le parecía que las cortezas eran lo mejor. El relleno de los sándwiches era de color verde y, dado que no creía que hubiera mortadela de Bolonia enmohecida en la nevera de los Woodley, Hannah supuso que sería berro o pepino. Un sándwich vegetal de pan blanco sin corteza no era precisamente la idea que tenía Hannah de la alta cocina. Se estaba preguntando si sabrían mejor de lo que aparentaban cuando oyó pasos que se acercaban. Judith volvía y Hannah dibujó en su rostro una expresión que imitaba a la perfección una sonrisa educada. Era la hora de empezar el espectáculo.

CAPÍTULO VEINTISÉIS

—Hannah, querida. Siento mucho haberte tenido esperando —dijo Judith al acercarse y acomodarse en el otro sillón—. Veo que la señora Lawson te ha servido el té.

Hannah alzó su taza para dar un apresurado sorbo. El té estaba tibio porque llevaba un rato sin tocarlo, pero se las apañó para esbozar una sonrisa.

—Está delicioso.

—Yo prefiero el té azul, pero muchos de mis invitados se inclinan por el *darjeeling*.

Hannah no estaba segura de si el té al que acababa de dar un sorbo era azul o *darjeeling*, pero no importaba.

—He venido a felicitarte por tu fiesta, Judith. Fue perfecta, como siempre.

—Gracias, querida.

Judith se sirvió una taza de té y Hannah se fijó en que hervía al salir por la boquilla de la antigua tetera. La exclusiva pieza de Wedgwood no tenía grietas, aunque el juego de té debía de haber cumplido los dos siglos. Delores había mencionado que bastaba una grieta tan fina como un cabello para que la tetera perdiera calor y el té se enfriara.

Judith mantenía un silencio absoluto mientras bebía su té y Hannah supo que tenía que decir algo. Su anfitriona no se lo estaba poniendo fácil y a Hannah nunca se le había dado bien la charla social.

—Fue muy agradable ver a Benton de nuevo —empezó Hannah—. ¿Se quedará mucho tiempo?

—No estoy segura. Todavía no hemos tenido un momento para hablar de sus planes.

«Un callejón sin salida», pensó Hannah para sí y decidió intentar un método más directo.

—Me preguntaba si Benton quedó satisfecho con el coche que alquiló.

Hannah vio recompensados sus esfuerzos con una ceja levantada de contorno perfecto y un silencio total. Judith era la maestra de la evasión.

—Me refiero al vehículo de Compacts Unlimited —explicó Hannah—. Me fijé en la carpeta cuando tu marido nos dio permiso para hacernos fotos en su estudio.

—Oh, ese no era el coche de Benton —la corrigió Judith—. El personal de la fiesta vino en coches alquilados en Compacts Unlimited.

Hannah se quiso morir por no haber pensado en esa posibilidad. La doncella de la fiesta le había dicho que Judith había pagado el transporte. Pero el hecho de que Benton no hubiera alquilado el coche no implicaba que no lo utilizara mientras el vehículo estaba aquí. Y el miércoles por la mañana estaba.

—¿Por qué estás tan interesada en los coches de alquiler?

La pregunta de Judith sacó a Hannah de su ensimismamiento con un sobresalto. Intentando sonsacar información no iba a ninguna parte y Judith le había dado la oportunidad perfecta. Bien podría haber preguntado directamente.

—Mira, Judith. —Hannah levantó la mirada para buscar los ojos verdes y en perfecta calma de Judith—. Posiblemente no debería decir nada, pero un coche de alquiler negro de Compacts Unlimited fue visto abandonando la lechería la mañana en que Max Turner fue asesinado. Ciertamente no creo que Benton tuviera nada que ver con el asesinato de Max, pero mi cuñado es el encargado de la investigación y probablemente se pase por aquí para hacer preguntas. Solo quería avisarte.

—¿Avisarme? ¿Y de qué ibas a avisarme?

Hannah suspiró.

—Supongo que «avisar» era la palabra equivocada. Debería haber dicho que he venido a «alertarte». ¿Tiene Benton una coartada para la hora de la muerte de Max?

—¡Por descontado que la tiene! —La voz de Judith era gélida—. Benton ni siquiera estaba en la ciudad en ese momento.

—Eso era lo que pensaba. Si Benton conserva todavía sus billetes de avión, no dejes que los tire. Podrían demostrar su inocencia.

Judith entrecerró los ojos.

—¿Me estás diciendo que tu cuñado sospecha que Benton asesinó a Max Turner?

—No. Este es un comentario entre nosotras. Si encuentras los billetes de avión de Benton y me los enseñas, no tendré por qué mencionárselo a Bill. Siempre has sido agradable conmigo y, de verdad, me gustaría ahorrar a tu familia la vergüenza de una visita policial.

—Gracias por tu preocupación, Hannah. —Judith esbozó una breve y fría sonrisa—. Si me concedes un momento, te buscaré esos billetes. Probablemente estén en la habitación de Benton. Espera aquí y los encontraré.

Hannah dejó escapar un gran suspiro de alivio cuando Judith salió del salón. El comentario que había hecho sobre evitar a la familia la vergüenza había funcionado. También había librado a Bill de un momento incómodo. Judith no era el tipo de mujer que se deja intimidar por las autoridades y podría haber demandado al departamento del *sheriff* del condado de Winnetka por acoso si Bill forzaba a Benton a someterse a un interrogatorio.

Los segundos iban pasando y Hannah alcanzó un sándwich. Se había saltado la comida y le sonaban las tripas. Los sándwiches no estaban mal, eran sin duda de berro, pero no lo que ella habría llamado sustanciosos. Podría zamparse la bandeja entera y ni así darían para una comida decente. Hannah estaba levantando la parte de arriba de otro —tal vez hubiera alguno con pollo o atún mezclado— cuando oyó aproximarse los pasos de Judith por el pasillo. Dejó el pan en su sitio justo a tiempo y esbozó una falsa sonrisa.

—Aquí están. —Judith llevaba un chal de seda sobre el brazo derecho y la voz le temblaba levemente. No hacía ningún frío en la sala, pero tal vez el hecho de saber que Benton era sospechoso de un homicidio le había producido un escalofrío. Se sentó en su sillón con el chal en el regazo y le dio los billetes a Hannah con la mano izquierda.

—Si abres la carpeta, verás que el avión de Benton no aterrizó hasta las doce y diecisiete. Supongo que esto lo descarta como sospechoso, ¿no?

Hannah estudió los billetes.

—Sí, lo descarta. Lamento de verdad haber tenido que sacar el tema y espero no haberte alterado demasiado. Es que las pruebas circunstanciales contra Benton parecían abrumadoras.

—¿Abrumadoras? —Judith levantó las cejas—. ¿Cómo es posible? Un asesino requiere un móvil. ¿Y qué móvil podía tener Benton para matar a Max Turner?

—De hecho —dijo Hannah vacilando y escogiendo cuidadosamente sus palabras—, tiene que ver con el préstamo personal que pidió tu marido a Max Turner.

—¿De qué estás hablando, Hannah?

Judith pareció ruborizarse, perdiendo su habitual aire sereno, y Hannah se preguntó si le convenía retractarse. Pero Judith se había mostrado muy comunicativa y se merecía saber la verdad.

—Lamento tener que decírtelo, Judith, pero Del pidió un préstamo personal a Max Turner. Me he enterado esta tarde. Y sé que Del estaba teniendo algunos problemas con los pagos. Supongo que entenderás cómo encaja todo esto, ¿no?

—Sí, lo entiendo. —La voz de Judith adquirió un tono de dureza y Hannah supuso que la mujer estaba avergonzada—. Pensaste que Benton mató a Max para que Del no tuviera que saldar el préstamo, ¿es eso?

—Eso es. Lo siento de verdad, Judith, pero tenía sentido. Debes admitirlo.

Judith bajó la cabeza y asintió.

—Tienes razón, Hannah. Tenía sentido. ¿Sabe tu cuñado lo del préstamo?

—No. No consta ningún registro del préstamo y no veo ninguna razón para contárselo ahora que Benton ha quedado descartado. Y Del tiene una coartada perfecta para la hora del asesinato de Max. Tenía una reunión con sus supervisores de noche en DelRay y de ningún modo podría estar en dos sitios a la vez. La única otra persona que podría estar preocupada por el préstamo eres tú, y...

—Bravo, Hannah. —Judith esbozó una sonrisa gélida y extrajo un arma de debajo de los pliegues de su chal de seda—. Es una pena que hayas encajado todas las piezas, pero, ahora que lo has hecho, no puedo permitir que se lo cuentes a tu cuñado.

—¿Que tú mataste a Max? —Hannah tragó saliva. Nunca había mirado el cañón de un arma y no era una experiencia que le gustaría repetir. Y a juzgar por la expresión fría y calculadora que había asomado en el rostro de Judith, Hannah sospechaba que no tendría ocasión de repetirla de nuevo.

—Estabas haciendo demasiadas preguntas, Hannah. Y te acercabas demasiado a la verdad. Sabía que era solo cuestión de tiempo que llegaras a una conclusión acertada y se la transmitieras a tu cuñado. No podía permitírtelo, ¿verdad que no?

Judith iba a matarla. Hannah lo supo con una desalentadora certidumbre. También supo que tenía que conseguir que Judith siguiera hablando, para ganar algo de tiempo hasta que llegaran los refuerzos.

Pero no se esperaba ningún refuerzo, se recordó Hannah. No le había dicho a Bill que iba a ver a Judith y él no sabía nada sobre el préstamo de Del con Max. Para empeorar las cosas, Bill ni siquiera era inspector todavía. ¡Nunca se le ocurriría nada parecido a tiempo!

—¿Nerviosa, querida?

El tono de voz de Judith era burlón y Hannah se estremeció. La educada miembro de la alta sociedad se había transformado en una asesina a sangre fría y ella estaba perdida a no ser que lograra mantener a Judith hablando.

—¡Pues claro que estoy nerviosa! ¿De dónde ha salido esa pistola? ¿O la llevabas encima en cuanto entré por la puerta?

—¿De verdad te crees que iba a llevar un arma en mi propia casa? —Judith se rio sin ganas.

«Por supuesto que no. Incluso una sencilla funda sobaquera arruinaría las líneas de tu vestido», pensó Hannah. Y luego se preguntó cómo podían ocurrírsele esas frivolidades cuando Judith estaba a punto de matarla. O bien era mucho más valiente de lo que había imaginado jamás, o todavía esperaba que irrumpiera la caballería en el último momento.

La cabeza de Hannah funcionaba a mil por hora, buscando preguntas que Judith quisiera responder. A los asesinos de sus películas favoritas parecía gustarles explicar por qué habían matado a sus víctimas. Lo único que tenía que hacer ella era conseguir que Judith no pensara en matarla hasta que se le ocurriera qué hacer.

—¿Cuándo fuiste a buscar la pistola? Siento curiosidad.

—¿Por qué?

—No lo sé. Así es como funciona mi mente. Vas a matarme en cualquier caso. Ya que estamos, podrías hacerme un favor y satisfacer mi curiosidad primero.

—¿Y por qué tendría que hacerte ningún favor?

—Porque te he traído galletas —respondió Hannah—. Son de las mejores que preparo, bocados de nueces pacanas. Te encantarán.

Judith se rio. Parecía creer que el comentario de Hannah era gracioso. A lo mejor lo era, pero a Hannah, en ese momento, el cañón de pistola que la apuntaba le impedía verle la gracia.

—Vamos, Judith —insistió Hannah—. ¿Qué daño puede hacer que me lo cuentes? Fuiste lo bastante inteligente para ir a por la pistola. Solo quiero saber cuándo te diste cuenta de que la necesitabas.

—Traje el arma cuando volví con los billetes de avión. La llevaba debajo del chal.

Hannah suspiró. Tendría que haberse percatado de que el chal de seda de Judith no hacía juego con el vestido que llevaba.

Si lo hubiera pensado dos veces, se habría dado cuenta de que tramaba algo.

—¿Ya habías pensado en matarme entonces?

—En ese momento, no. Traje el arma como precaución, pero esperaba no tener que usarla. Por desgracia, me has obligado al mencionar el préstamo.

—Es que soy una bocazas —soltó Hannah. Entonces suspiró—. Si no hubiera dicho nada sobre el préstamo, ¿habrías dejado que me fuera?

—Sí. Pero el caso es que lo dijiste y ahora es demasiado tarde.

Hannah pensó en otra pregunta todo lo rápido que pudo.

—Estoy al tanto de algunos otros préstamos de Max y cómo obligó a la gente a ceder los derechos de sus propiedades como avales. ¿Es eso lo que os hizo a vosotros?

—Sí. DelRay sufrió un revés y cuando Del necesitó más capital, cedió mi hogar. Fue un idiota. Le advertí que no lo hiciera, pero no me hizo caso. Del nunca ha sido muy listo.

El cañón de la pistola se agitó levemente y Hannah se preguntó si debería intentar agarrarla. En una de las series policiacas que veía, el protagonista había metido el dedo en alguna parte para impedir que la pistola disparase. Pero aquella pistola no se parecía a la que sostenía Judith. Si salía con vida de esta, iba a averiguar cuanto pudiera sobre armas y cómo funcionaban.

—Te has quedado muy callada, Hannah. —Los labios de Judith se retorcieron en una parodia de sonrisa—. ¿No vas a hacerme más preguntas?

Hannah se quitó de la cabeza todos los pensamientos que no fueran útiles y se le ocurrió otra pregunta. Le venía bien que Judith quisiera hablar de Max y de lo que ella le había hecho.

—¿Por qué no pidió Del un préstamo al banco? Habría sido mucho más seguro que recurrir a Max.

—El banco lo rechazó. Dijeron que era un tema de sobreendeudamiento, y tenían razón. Yo había aconsejado a Del que cerrara, pero él no pensaba en otra cosa que en cómo afectaría eso a sus empleados. Esa gente habría encontrado otros trabajos. E incluso si no los encontraban, ¡a mí me habría dado igual!

Hannah procuró que no la delataran sus emociones. Judith no pensaba más que en sí misma. Su única preocupación era su casa, no los centenares de trabajadores de Lake Eden que habrían perdido sus empleos.

—Supongo que Max reclamó la devolución del préstamo a Del y que por eso creíste que debías... pasar a la acción.

—Así fue justamente. Avisé a Del para que tuviera cuidado con las cláusulas ocultas cuando firmó los documentos del préstamo, pero nunca ha sido muy competente leyendo documentos legales. Max se aprovechó de su ingenuidad.

—¿No tenía un abogado que le revisara los documentos?

—No hubo tiempo de avisarlo. Max le dijo que no habría acuerdo si no firmaba inmediatamente. Del estaba desesperado y eso lo volvió vulnerable. Max contaba con eso. ¡Ese hombre no tenía escrúpulos!

Hannah respiró hondo. Por lo que sabía sobre Max, podía estar completamente de acuerdo con Judith al respecto.

—Tienes razón, Judith. Y tú no eres la primera persona que Max intentó arruinar. ¿De verdad iba a incautarse de tu casa?

—Sí, y yo no podía permitir que eso sucediera. Del construyó esta casa para mí. Era una condición para nuestro matrimonio. Hice que el arquitecto siguiera los planos del proyecto de la casa de mi padre. Es una réplica exacta y no podría soportar perderla. Seguramente lo entenderás.

—¿Tu casa significa tanto para ti?

—¡Es mi vida! —Judith pareció agresiva y protectora—. ¿Cómo iba a quedarme esperando sin hacer nada mientras Max Turner amenazaba con arrebatarme la vida?

Hannah se mordió los labios para contenerse y no recordar a Judith que ella le había arrebatado la vida a Max de una manera mucho más tangible y permanente.

—¿Esa es la razón por la que pediste a Benton que volviera a casa?

—Claro. Pero Benton no ama esta casa como la amo yo. Es más, me dijo que tenía que aceptarlo, que su padre había firmado esos documentos del préstamo voluntariamente y no había marcha atrás posible.

—¿Así que decidiste matar a Max y recuperar los documentos del préstamo?

—¿Qué otra opción tenía? ¡No podía quedarme con los brazos cruzados y dejar que Max Turner me desahuciara de mi maravillosa casa!

—No, supongo que no. —Hannah vio que la mano le temblaba ligeramente a Judith y le hizo otra pregunta para calmarla—. ¿Y Max no se mostró suspicaz cuando le llamaste y le dijiste que querías verlo?

Judith dejó escapar una risita fría.

—Max no era lo bastante listo para ser suspicaz. Le dije que había vendido algunos recuerdos de familia y que estaba dispuesta a saldar la deuda de Del. Cuando llegué a su despacho, pedí ver los documentos del préstamo antes de darle el dinero.

—¿Así que te llevó a la antigua lechería y los sacó de la caja fuerte?

—Sí, pero primero tuve que enseñarle el dinero. Tendrías que ver la avaricia en su cara. ¡Era penoso!

Hannah estaba confusa.

—Entonces, ¿tenías dinero suficiente para saldar el préstamo?

—Por supuesto que no. Le dejé echar un vistazo a un fajo de billetes de mil dólares. Max era demasiado estúpido para darse cuenta de que solo los cinco primeros eran auténticos. Y, después de que me pasara los documentos del préstamo, ¡me di el inmenso placer de librar al mundo de Maxwell Turner!

Judith endureció la mirada y Hannah supo que tenía que hacer algo para aplacar su ira.

—Hay mucha gente que te lo agradecería, Judith. Si otros a los que Max intentó arruinar supiesen lo que yo sé, seguramente te erigirían una estatua en el parque de Lake Eden.

—Pero no lo saben. —Judith no era fácil de manipular—. Y no lo sabrán.

—Claro que no. Nadie lo averiguará jamás. Pero ¿por qué mataste a Ron?

—Me vio con Max. —Judith pareció triste—. No quería hacerlo, Hannah. No se trató de nada personal y siento muchos remordimientos por haber acabado con su vida. Es importante que me creas.

—Entonces, ¿el único error de Ron fue estar en el lugar equivocado en el momento inoportuno?

Judith suspiró.

—Así es. Ojalá no hubiera entrado en la lechería; pero, una vez me vio, tuve que reaccionar. Cuando se descubriera el cadáver de Max, él habría mencionado que me había visto allí. No fue agradable, Hannah. Ron me caía bien. No se merecía morir.

—¿Y yo merezco morir? —Hannah contuvo el aliento, esperando la respuesta de Judith. Tal vez, si Judith se sentía lo bastante culpable, se lo replantearía todo.

—No. Tú también me caes bien, Hannah. No hay mucha gente tan sincera como tú. Y eso es precisamente lo que hace que esta situación me resulte tan difícil. Al menos, habrá acabado rápidamente. No quisiera que sufrieras. Lo tengo todo planeado.

—¿De verdad? —Hannah intentó sonar interesada, pero hablar sobre su muerte inminente daba pavor—. ¿Qué has planeado? No irás a pifiarla ahora, cuando estás tan cerca de salir bien librada con tus crímenes perfectos.

—No la pifiaré. —Judith sonó muy segura de sí misma—. Es sencillo, Hannah. Voy a llevarte fuera, te dispararé detrás de tu camioneta, y luego la conduciré hasta el lago por la parte de atrás de tu apartamento. Una vez deje ir el freno y empuje tu vehículo colina abajo, se hundirá sin dejar rastro.

Hannah se estremeció y alcanzó su taza de té para dar otro sorbo. Escuchar a su posible asesina relatar fríamente cómo pensaba deshacerse de su cadáver le había secado la boca.

—Eso es muy inteligente. Pero ¿y tu ama de llaves? Sabe que estoy aquí y oirá el disparo.

—Se ha ido. Le di libre el resto de la jornada. Estamos solas, Hannah, y Benton y Del tardarán horas en volver a casa. Tienen una reunión en la fábrica. —Judith hizo un gesto con el cañón de la pistola—. Basta de charlas. Deja la taza, Hannah. Este juego de té es un recuerdo de familia de valor inapreciable. Lo ha tenido mi familia desde hace casi doscientos años. Fue un regalo del rey Jorge III y mi abuela paterna lo trajo desde Inglaterra. Le tengo un cariño especial.

Hannah pensó rápido, con la taza de té todavía en la mano.

—Mi madre es coleccionista. Esto es un juego de Wedgwood, ¿no?

—Por supuesto. —Judith se rio divertida—. Incluso una coleccionista aficionada reconocería inmediatamente su valor. ¿Sabes que me han ofrecido más de cien mil dólares por el juego?

—Deberías haberlos aceptado —le espetó Hannah, mientras una idea empezaba a formarse en su cabeza—. Porque es falso.

—¿Qué? —preguntó Judith boquiabierta, mirándola fijamente con incredulidad.

—Mira, te lo enseñaré. —Hannah dejó la taza en la mesa y levantó la tapa de la tetera para examinar la marca que había estampada en la parte de abajo—. Mucha gente no lo sabe, pero hice un estudio sobre Wedgwood para mi madre. Este juego de té es muy raro y Wedgwood ponía una marca doble de su artesano justo aquí. Tu juego solo tiene una marca y eso demuestra que no es un auténtico Wedgwood. ¿Ves a lo que me refiero?

Hannah pasó la tapa a su mano izquierda y el cañón de la pistola bajó unos tres centímetros para que Judith pudiera inclinarse hacia delante y mirar la marca en la cerámica. Ese fue el momento. Hannah sabía que nunca tendría una ocasión mejor. Agarró la tetera con la mano derecha y lanzó el té hirviendo a la cara de Judith. Esta reaccionó dando un salto hacia atrás y Hannah se le echó encima antes de que pudiera recuperar el equilibrio. La pistola salió volando de la mano de Judith y Hannah tiró a la mujer al suelo con todas sus fuerzas, aplastándola contra la pelusa de la cara alfombra de Aubusson.

Judith se revolvió con sus largas uñas de cuidadosa manicura, pero no era rival para la adrenalina de Hannah. También ayudaba que Hannah pesara una docena más de kilos. En un abrir y cerrar de ojos, puso a Judith boca abajo, le retorció las manos a la espalda y se las ató con fuerza con el pañuelo de seda Hermès que Judith llevaba al cuello.

Las manos de Hannah temblaban mientras recogía el arma y la apuntaba a la nuca de Judith.

—Un solo movimiento y estás muerta. ¿Lo has entendido, Judith?

No hubo respuesta de la temblorosa dama tirada en el suelo, pero Hannah tampoco había esperado ninguna. Estaba dirigiéndose al teléfono, con la intención de decirle a la secretaria de la comisaría que la pusiera con Bill, cuando su propio cuñado irrumpió en la sala.

—Ya me encargo yo, Hannah. —Bill pareció orgulloso de ella, pero Hannah estaba demasiado alterada para reaccionar—. Puedes darme la pistola.

Hannah negó con la cabeza. No estaba dispuesta a correr el menor riesgo con la mujer que había estado a punto de matarla.

—Espósala primero, Bill. Es muy lista y es posible que ese pañuelo de seda no aguante mucho.

—Muy bien. —Bill empezó a sonreír mientras se acercaba a Judith y sacaba las esposas—. ¿Mató ella a Max y a Ron?

—Eso es. Léele sus derechos, Bill. No me gustaría que el caso se desestimara por un tecnicismo legal.

Por un instante, Hannah pensó que se había pasado de lista porque Bill le clavó una de esas miradas que dicen «pero ¿quién te crees que eres?». Sin embargo, pareció que él lo pasaba por alto porque se puso a leerle sus derechos a Judith.

—¿Cómo supiste que estaba aquí? —preguntó Hannah a Bill cuando este hubo acabado con las formalidades.

—Escuché tu mensaje sobre la carpeta del coche de alquiler y conduje hasta DelRay para hablar con Del. Me dijo que no te había visto y me imaginé que debías estar aquí. Siento no haber llegado antes, pero parece que te has apañado bastante bien. Tal vez tendrías que darme algunas lecciones.

—Como quieras —dijo Hannah con humildad. No iba a admitir ahora que se había salvado por una combinación de casualidad, potra y buena suerte.

Los siguientes minutos parecieron pasar volando. Llegaron refuerzos para llevarse a Judith detenida. Bill tomó declaración a Hannah en la inmensa cocina de los Woodley, y la sala de estar de Judith fue acordonada con cinta amarilla policial. Hannah pidió a Bill que avisara a los agentes de que tuvieran cuidado con el juego de té, que, en realidad, sí era una antigüedad de valor incalculable. Luego Bill la acompañó fuera, al fresco aire nocturno que había creído que no volvería a disfrutar.

La noche era increíblemente tranquila. Caían copos de nieve con suavidad, lo que parecía un final apropiado para un día que había estado lleno de confusión, frustración, temor y, al final, la sensación de un trabajo bien hecho. Hannah estaba a punto de subir a su Suburban cuando se acordó de lo que había visto sobre el mármol de la cocina de los Woodley.

—Se me ha olvidado algo, Bill. Enseguida vuelvo.

Hannah entró corriendo en la casa y se encaminó directamente a la cocina. Ahí estaba la bolsa blanca de su panadería con las asas de plástico rojas y «The Cookie Jar» impreso a un lado en letras doradas. La agarró y volvió a salir corriendo.

—Son para ti. —Hannah se había quedado sin aliento cuando le pasó la bolsa a Bill—. Son las mejores galletas que hago, los bocados de nueces pacanas.

Bill pareció a la vez sorprendido y complacido.

—Gracias, Hannah. ¿Por qué las dejaste dentro?

—Las utilicé como excusa para ver a Judith. —Hannah se rio y el eco de su propia risa sonó encantador a sus oídos—. Se las di como agradecimiento por la fiesta del otro día, pero no creo que vaya a haber mucha diversión en el lugar donde va a acabar.

EPÍLOGO

Para ser una fiesta familiar, esta no estaba mal del todo, se dijo Hannah gratamente sorprendida. Norman había asistido a la jornada de puertas abiertas de la comisaría y se había ofrecido a ayudar a Bill en la mudanza de Mike Kingston a su nuevo apartamento. Naturalmente, Bill le había pedido que fuera a casa a cenar pizza con ellos y ahora todos estaban sentados alrededor de la mesa del comedor de Andrea y Bill dando buena cuenta de la pizza, la ensalada que había llevado Delores y la contribución de Hannah, dos bandejas de sus barritas de limón. Les había dicho a todos que le parecía un regalo apropiado, un guiño a los barrotes de la cárcel que iban a tener encerrada a Judith Woodley durante una buena temporada.

Había pasado algo más que había convertido esta noche en una celebración. El *sheriff* Grant había ascendido a Bill a inspector y había decidido que fuera el compañero de Mike. Este seguiría siendo el supervisor de Bill, pero trabajarían juntos en los casos. Por descontado, el *sheriff* Grant no sabía nada del papel que había desempeñado Hannah en la resolución del doble homicidio, ni tampoco sabía nada Mike. Hannah le había dicho a Bill que ella quería que todo el mérito fuera para él.

Había otra cosa que celebrar y tenía que ver con la carrera de Andrea. Bill había decidido que, dado que a Tracey le gustaba tanto la guardería, sería una pena separarla de las amigas que había hecho. Y, como Tracey pasaría la jornada en Kiddie Korner, Andrea podía seguir como agente inmobiliaria.

—Hora de acostarse, Tracey. —Andrea sonó relajada y feliz cuando se dirigió a su hija—. Mañana tienes que ir al colegio.

—Muy bien, mami. ¿Podré llevarme al cole el peluche detective que me ha regalado Mike?

—Claro que puedes —le respondió Bill.

—Pero si es un peluche coleccionable —se opuso Delores—. ¿Y si se lo ensucia uno de los amigos de Tracey?

Mike se encogió de hombros.

—Pues si se ensucia, que se ensucie. Déjaselo llevar, Andrea. No sería un gran regalo para Tracey si no puede jugar con él.

—Tienes razón —Andrea le sonrió y luego se volvió a Tracey—. Puedes llevarlo al cole, cariño, no pasa nada.

Hannah observó la conversación y la hizo sentirse bien. Tal vez Andrea se estaba volviendo un poco menos materialista. Sin duda, ahora era más maternal que antes. Tracey la había llamado «mami» y Andrea no había rechazado el apelativo.

Después de que Tracey hubiera dado el beso de buenas noches a todos y se hubiera ido con Andrea al piso de arriba, Delores le hizo un gesto a Hannah.

—¿Me ayudas a aliñar otra ensalada, cariño? Se nos está acabando.

—Claro. —Hannah siguió a Delores a la cocina, pero en cuanto quedaron fuera del alcance del oído de los demás, tomó del brazo a su madre—. Suéltalo, mamá.

—¿Que suelte qué?

—La razón por la que querías hacer un aparte a solas conmigo. No se está acabando la ensalada. El cuenco está todavía medio lleno.

—Siempre has sido la más lista de todas —dijo Delores riéndose—. Solo quería saber cómo te sientes con dos hombres compitiendo por ti.

Hannah retrocedió un paso y clavó una mirada a su madre que habría marchitado un capullo en un rosal.

—¿Estás loca, mamá? Norman no está interesado por mí en ese sentido. Somos amigos, pero nada más. Y Mike Kingston ciertamente tampoco es un pretendiente. Solo está siendo amable con la cuñada de su nuevo compañero.

—Yo no lo creo así. —A Delores no la convenció el argumento—. Norman le dijo a Carrie que tú eras la primera chica con la que se sentía cómodo desde hacía años.

—Resulta un comentario agradable, pero no tiene nada que ver con el amor. Norman se siente igual de cómodo con Andrea. Es más, yo diría que se siente aún más cómodo con ella. Han estado juntos un buen rato en el salón, hablando del color que debería elegir Andrea para su nueva alfombra.

—Pero Andrea está casada —señaló Delores—; y tú no.

Hannah no pudo evitar burlarse de su madre.

—Eso es verdad. ¿Crees que Norman se sentiría más cómodo conmigo si me casara?

—No me refiero a eso ¡y tú lo sabes! —Delores intentó que su voz sonara lo más irritada posible, teniendo en cuenta que no podía gritar.

—Lo siento, mamá. Lo que pasa es que siempre me estás presionando para que me case. Ya te lo he dicho antes, soltera soy perfectamente feliz.

—Eso cambiará cuando conozcas al hombre correcto. —Delores pareció muy segura de sus palabras—. Creo que, de hecho, ya lo has conocido, pero todavía no te has dado cuenta. En cuestiones de amor, Norman es como un pez gordo.

—Haces que parezca una trucha.

—Justamente, cariño. —Delores parecía divertirse mucho—. Norman ha mordido el anzuelo. Ahora lo único que tienes que hacer es recoger el sedal.

Hannah se rio ante la imagen mental que le vino a la cabeza y Delores se unió a ella. Cuando dejaron de reírse, Hannah la regañó con amabilidad:

—Si dejas de intentar liarme con todo hombre que se te cruce, nos llevaremos mucho mejor. Ya tienes una nieta y es perfecta. Y tu yerno acaba de resolver un doble homicidio y lo han ascendido a inspector. Pasemos un buen rato esta noche y celebremos todo lo bueno que ha sucedido.

—Tienes razón, Hannah —convino Delores—. Pero sigo creyendo que esos dos hombres están compitiendo por ti.

No había forma de callar a Delores y Hannah estaba a punto de dar por perdida la lucha, pero no sin una última réplica final.

—Si están compitiendo por mí, ¿por qué ninguno de los dos me ha pedido salir hasta ahora?

—Oh, ya lo harán. —Delores sonó muy segura—. Antes de que acabe esta noche, tendrás dos citas.

—¿Eso crees?

—¿Qué te apuestas?

—No lo sé. ¿Qué me llevaré cuando gane?

—Si es que ganas —la corrigió Delores.

—Vale, si es que gano.

—Te compraré ropa nueva. Claire tiene un maravilloso vestido de seda verde que te quedará espléndido.

Hannah había visto el vestido de seda verde en el escaparate de Claire y Delores tenía razón: era maravilloso.

—Nunca ganarás esta apuesta, mamá, pero, aunque solo sea por guardar las formas, ¿qué quieres si ganas tú?

—Quiero que dejes de llevar esas espantosas zapatillas deportivas. ¡Son lamentables!

—Pero a mí me encantan. —Hannah bajó la mirada a sus viejas Nike, el calzado más cómodo que tenía.

—Te han encantado durante los últimos cinco años y ha llegado la hora de darles un entierro decente. —Delores le dedicó una sonrisa desafiante—. ¿Qué es lo que te preocupa tanto? Acabas de decirme que no hay posibilidades de que yo gane.

Hannah se lo pensó. La probabilidad de que tanto Norman como Mike le pidieran salir antes de que acabara la noche era tan remota que para calcularla tendría que utilizar números con nombres tan extraños como gúgol o gúgolplex.

—Muy bien, mamá, trato hecho.

—Bien —dijo Delores risueña—. Aliñemos esa ensalada antes de que venga alguien a preguntar de qué estamos hablando.

Cuando la ensalada estuvo lista, Hannah la llevó a la mesa. Delores empezó a calentarle la cabeza a Mike con juguetes coleccionables, y Norman y Andrea se enzarzaron en una discusión sobre paredes con textura y el método de aplicación de pintura con esponja. Eso dejó solos a Hannah y a Bill y ella supo que nunca tendría mejor oportunidad para hablar con él sobre el entrenador Watson.

—¿Me enseñas dónde tenéis el cubo de reciclaje? —Hannah cogió la lata de cocacola sin azúcar.

—Ya sabes dónde está. Es la caja amarilla de la cocina, debajo del fregadero.

Hannah miró a su alrededor. Nadie les prestaba atención, así que agarró a Bill del brazo y se inclinó hacia él.

—Tengo que hablar contigo a solas.

—Oh, perdona —susurró Bill—. Retirémonos al salón.

Cuando ya nadie podía oírles, Hannah se volvió hacia él.

—Necesito que me hagas un favor, pero es complicado.

—Muy bien, ¿de qué se trata?

—Esto no es oficial, Bill. Y no puedes contarle a nadie que yo te lo he dicho.

—No diré nada.

—Sé que el entrenador Watson le ha estado pegando a Danielle. Hablé con ella al respecto, pero se niega a denunciarlo.

—Yo no puedo hacer nada si ella no presenta una denuncia. —Bill suspiró profundamente—. Es terrible, pero yo tengo las manos atadas.

—Lo sé. Boyd acude a terapia, pero yo sigo preocupada. Solo me preguntaba si podías echarle un ojo extraoficialmente.

—Eso sí puedo hacerlo.

—A él no le digas nada. Si se imagina que Danielle se lo ha contado a alguien, podría explotar.

—Sí, no sería la primera vez. ¿Puedo pedirle consejo a Mike sobre esto?

—Buena idea. —Hannah sonrió—. Debe de haberse enfrentado a este tipo de situaciones antes. Pero no menciones a Boyd ni a Danielle por sus nombres.

—No lo haré. Ha sido una buena idea que me lo contaras ahora, por si pasa algo.

Hannah se estremeció mientras volvía al comedor con Bill. No conocía mucho a Danielle hasta que mataron a Ron, pero ahora sí, y le caía muy bien. Deseaba haber podido hacer más para protegerla, pero Danielle se negaba a aceptar la realidad de su situación y el sistema no podía hacer nada si ella no lo permitía.

El estado de ánimo de Hannah mejoró al volver a reunirse con el grupo alrededor de la mesa. La conversación era animada y se gastaban bromas bienintencionadas. Era una de las mejores fiestas de los últimos tiempos y Hannah se dijo que quizá deberían invitar siempre a personas ajenas a la familia a sus celebraciones.

Varias veces, mientras tomaban el postre y el café, Delores le guiñó un ojo. Hannah le devolvió los guiños. Sus viejas y queridas Nike no parecían correr ningún peligro.

Conseguir una cita ni se le pasaba a Hannah por la cabeza cuando fue a la cocina a por la fuente extra de barritas que había traído y se encontró a Norman allí, esperándola.

—Hola, Norman. ¿No estarás afanando barritas a nuestras espaldas?

—No. —Norman negó con la cabeza con aire serio—. Estaba esperando la ocasión de poder hablar contigo a solas, Hannah. Quería darte las gracias por los documentos del préstamo. Mi madre también te lo agradecería, si lo supiera.

—No pasa nada, Norman. Simplemente no quería que los viera nadie más, así que..., eh...

—¿Te apropiaste de ellos? —Norman sonrió al acabar la frase por ella.

Hannah le devolvió la sonrisa.

—Justamente.

—¿Quieres cenar conmigo el próximo viernes? Podríamos acercarnos a esa brasería que hay junto al lago. Tengo que hablar contigo en privado, Hannah. Es sobre mi madre.

—Claro —aceptó Hannah sin pensárselo—. Sería muy agradable, Norman.

Hasta que Hannah no volvió a su silla, no se dio cuenta de que Delores había ganado el cincuenta por ciento de la apuesta.

Norman le había pedido ir a cenar y eso contaba como una cita. Miró a Mike. Era imposible que él le pidiera salir. Sus deportivas favoritas no peligraban.

La fiesta se acabó a eso de las diez. Bill y Mike tenían que presentarse en comisaría a las ocho y Norman tenía una consulta temprana. Acompañaron a Delores hasta su coche, y Hannah se entretuvo ayudando a Andrea a tirar los platos de papel y las cajas de pizza a la basura. Cuando acabaron de recoger y Bill había colocado los cubos de basura en su sitio para llevárselos al día siguiente por la mañana, Hannah se calzó las botas, dio las buenas noches a su hermana y a su cuñado, y caminó sobre la nieve blanca y blanda hasta su vehículo.

—¿Hannah?

—Mike, ¡hola! —A Hannah la sorprendió ver a Mike Kingston apoyado en el capó de su coche—. Creía que ya te habías ido.

—Todavía no. Quería hablar contigo.

Su voz sonó tensa y Hannah empezó a fruncir el ceño.

—Claro. ¿De qué se trata?

—Me gustas, Hannah.

Hannah se sintió confusa ante aquellas palabras que le había soltado a bocajarro.

—Tú también me gustas, Mike.

—Y me gustaría poder conocerte mejor.

Hannah empezó a sospechar que algo que no había pensado que fuera a pasar estaba pasando.

—A mí también me gustaría conocerte mejor.

Mike sonrió y se le iluminó la cara entera.

—Es un alivio. Acabo de mudarme aquí, así que no sé qué puede hacerse los fines de semana, pero si encuentro un buen sitio, ¿por qué no sales conmigo el sábado por la noche?

Hannah estaba tan pasmada que se quedó boquiabierta.

—¿Me estás pidiendo que salgamos este sábado por la noche?

—Eso es. Podemos buscar algo interesante que hacer en Lake Eden, ¿no?

—Claro que podemos. —Una imagen de sábanas de satín y almohadas de plumas revoloteó por la mente de Hannah durante una fracción de segundo, pero se la quitó con firmeza de la cabeza. Solo era porque Mike era muy apuesto y sexy. Y ella se sentía muy... disponible.

Mike volvió a sonreír.

—Supongo que más vale que me vaya. Las seis de la mañana llegan en nada.

—¿Las seis? —Hannah levantó las cejas—. Creía que no teníais que estar en comisaría hasta las ocho.

—Yo no, pero mi nuevo apartamento tiene gimnasio y me gusta hacer algo de deporte por las mañanas. ¿Quieres que te siga hasta casa?

Hannah se quitó otra imagen de la cabeza. No pensaba que Mike se refiriera, bueno, a eso.

—¿Y por qué ibas a seguirme hasta casa?

—Se me ocurren varias razones, pero más vale que no entremos en ello ahora. Solo me refería a que estaba preocupado por tu seguridad. Vives sola y es de noche.

—No te preocupes, Mike. Esto es Lake Eden. Aquí no se cometen crímenes.

—No, aparte de algún doble homicidio que otro... —Mike se echó a reír.

Hannah se rio también, aunque el chiste fuera a su costa.

—Tienes toda la razón, pero eso fue la excepción más que la regla. No te preocupes. Tú vete a casa y duerme un poco.

—Eso haré. —Mike se dio la vuelta y caminó hasta su coche. Se subió, puso el motor en marcha y entonces bajó la ventanilla—.

Mañana te llamaré al trabajo y fijamos una hora concreta para nuestra cita.

—Me pasaré allí el día entero. —Hannah se despidió con la mano mientras él se alejaba. Estaba acomodándose detrás del volante de su Suburban cuando se percató de sus últimas palabras. Acababa de aceptar una cita con Mike Kingston.

—¡Ay, ay, ay! —Hannah frunció el ceño al alargar la mano y agarrar las deportivas que había dejado tiradas en el asiento del pasajero. Se bajó del vehículo, se acercó a uno de los contenedores de basura que Bill había colocado para la recogida matinal y esperó que Delores supiera valorar lo que estaba a punto de hacer. Tenía una cita con Norman y otra con Mike. Los dos le habían pedido salir antes de que la noche llegara a su fin y ella nunca había dejado de pagar una apuesta perdida en toda su vida.

Dos citas en una sola noche, ¡no estaba nada mal! El ceño fruncido de Hannah se transformó en una sonrisa cuando levantó la tapa y dejó caer dentro las Nike que la habían acompañado fielmente desde hacía cinco años.

Barritas de limón

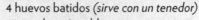

Precaliente el horno a 175 °C,
con la rejilla en la posición intermedia.

225 g de mantequilla fría
260 g de harina (no hace falta tamizar)
60 g de azúcar glas (no hace falta tamizar a
   no ser que haya grumos)
4 huevos batidos (sirve con un tenedor)
400 g de azúcar blanco
8 cucharadas de zumo de limón
1 cucharadita aprox. de ralladura de limón
   (opcional)
1/2 cucharadita de sal
1 cucharadita de levadura en polvo
4 cucharadas de harina (no hace falta
   tamizar)

Corte la mantequilla en dados y méz-
clelos con la harina y el azúcar glas en un
robot de cocina hasta que adquiera
una textura desmenuzable (como la de
la base de una tarta). Extiéndalo en un
molde engrasado de 23 × 33 cm (molde
de repostería estándar) y aplánelo con
las manos.

Hornee a 175 °C entre 15 y 20 minutos o hasta que se doren los bordes. Saque la bandeja del horno. *(¡No lo apague!)*

 Mezcle los huevos con el azúcar blanco. Añada el zumo de limón *(y la ralladura, si la usa).* Agregue la sal y la levadura y mezcle. Luego añada la harina y remueva bien. *(La mezcla debe quedar más bien líquida).*

 Vierta esta mezcla sobre la masa que acaba de hornear y vuelva a introducirla en el horno. Hornee a 175 °C otros 30 o 35 minutos. Saque la bandeja del horno y espolvoree con azúcar glas.

 Déjelo enfriar del todo y córtelo en trozos estrechos y alargados, formando barritas.

 Las llevé a la cena que siguió a la mudanza de Mike Kingston, el día después de que Bill resolviera el caso de homicidio doble y consiguiera su ascenso. (Soy una buena cuñada. Le dejé que se llevara todo el mérito.)

TABLA DE EQUIVALENCIAS

PESO

Mantequilla	225 g	1 taza
Azúcar blanco	200 g	1 taza
Azúcar moreno	200 g	1 taza
Harina	130 g	1 taza
Pepitas de chocolate	170 g	1 taza
Azúcar glas	125 g	1 taza
Cacao en polvo	115 g	1 taza
Leche condensada	306 g	1 taza

VOLUMEN

2 ml	½ cucharadita de café
5 ml	1 cucharadita de café
15 ml	1 cucharada sopera
50 ml	¼ de taza
75 ml	⅓ de taza
125 ml	½ taza
175 ml	¾ de taza
250 ml	1 taza

TEMPERATURA DEL HORNO

165 °C	325 grados Fahrenheit
175 °C	350 grados Fahrenheit
190 °C	375 grados Fahrenheit

COZY MYSTERY

Serie *Misterios felinos*
MIRANDA JAMES

 1   🐱 2

🐱 3

Serie *Coffee Lovers Club*
CLEO COYLE

 1   2

Serie *Misterios bibliófilos*
KATE CARLISLE

1   2

Serie *Misterios de una
diva* doméstica
KRISTA DAVIS

1

Serie *Secretos, libros
y bollos*
ELLERY ADAMS

Serie *Misterios en la
librería Sherlock Holmes*
VICKI DELANY

JOANNE FLUKE

Joanne Fluke es la autora estadounidense super-
ventas del *New York Times* creadora de los misterios de Hannah Swensen, serie que incluye
*Caramel Pecan Roll Murder, Triple Chocolate
Cheesecake Murder, Coconut Layer Cake Murder* y
el libro con el que todo empezó, *Chocolate Chip
Cookie Murder.* Sus historias se han adaptado en la
serie de televisión *Murder, She Baked,* que se emi-
te en el canal estadounidense Hallmark Movies &
Mysteries. La asociación de escritores Mistery
Writers of America le concedió, junto a Michael
Conelly, el premio Grand Master en la edición de
2023 de los Edgard Awards. Al igual que Hannah
Swensen, Joanne Fluke nació y se crio en un pequeño pueblo de la Minnesota rural, pero ahora
vive en el sur de California.

Más información en: www.JoanneFluke.com

Descubre más títulos de la serie en:
www.almacozymystery.com